달기지여
안녕

달기지여
안녕

스튜어트 깁스 지음 ◎ **이도영** 옮김

미래인

달기지여 안녕

1판 1쇄 펴낸날 2018년 10월 25일
1판 2쇄 펴낸날 2019년 8월 30일

지은이 스튜어트 깁스 **옮긴이** 이도영 **펴낸이** 김민지 **펴낸곳** 미래M&B
책임편집 황인석 **디자인** 서정민
영업관리 장동환, 김하연
등록 1993년 1월 8일(제10-772호) **주소** 서울시 마포구 동교로 134(서교동 464-41) 미진빌딩 2층
전화 02-562-1800(대표) **팩스** 02-562-1885(대표) **전자우편** mirae@miraemnb.com
홈페이지 www.miraeinbooks.com **블로그** blog.naver.com/miraeibooks

ISBN 978-89-8394-850-2 03840

값 13,000원

*잘못 만들어진 책은 구입처에서 바꾸어 드립니다.
*미래인은 미래M&B가 만든 단행본 브랜드입니다.

이 우주에서 가장 소중한

나의 진짜 딸,

바이올렛에게

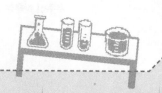

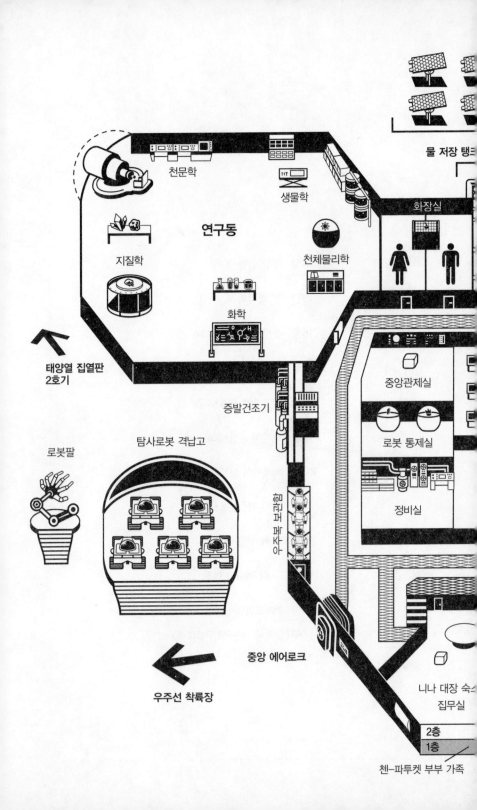

물 저장 탱크

천문학

생물학

화장실

연구동

지질학

천체물리학

화학

태양열 집열판
2호기

증발건조기

중앙관제실

로봇 통제실

정비실

로봇팔

탐사로봇 격납고

아쿠아포닉스

중앙 에어로크

니나 대장 숙소
집무실

우주선 착륙장

2층

1층

첸–파투켓 부부 가족

달기지 알파

태양열 집열판 1호기

음식 저장고

비상탈출용 에어로크

식당

체육관

온실

진료실 (1층)

남성 전용 임시 숙소 (2층)

학교/다목적실

여성 전용 임시 숙소 (2층)

여행객용 특실 (쇼버그 가족)

해리스-깁슨 가족

하워드 가족

마르케스 가족

창 코왈스키 박사

...르 발니코프 박사

킴-알바레스 부부 가족

골드스타인-이와니 부부 가족

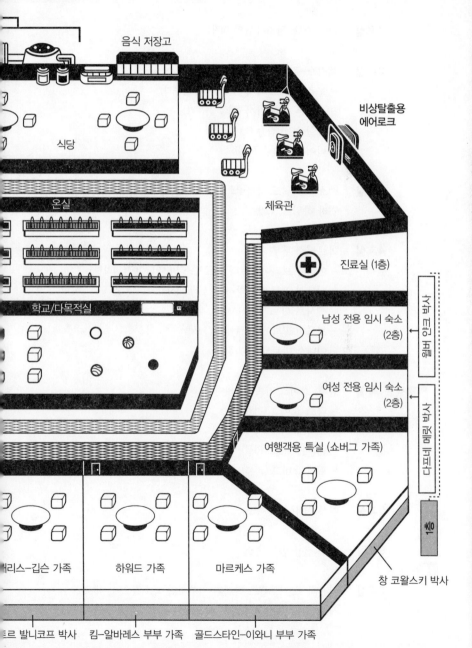

달기지 알파 내 거주구역 구성표

상층

1호실 나나 스택 (달기지 알파 대장)

2호실 해리스–깁슨 부부 가족
– 로즈 해리스 박사 (달 지질학 전문가)
– 스티븐 깁슨 박사 (채굴 전문가)
– 대실(대시) 깁슨 (13세)
– 바이올렛 깁슨 (6세)

3호실 맥스웰 하워드 박사 (달 공학 전문가)
키라 하워드 (12세)

4호실 마르케스 부부 가족
– 이리나 브라마푸트라 마르케스 박사 (천체물리학자)
– 티모시 마르케스 박사 (정신과 의사)
– 세사르 마르케스 (16세)
– 로드리고(로디) 마르케스 (13세)
– 이네스 마르케스 (7세)

여행객용 특실 현재, 쇼버그 가족이 사용 중
– 라스 쇼버그 (기업인)
– 소냐 쇼버그 (아내)
– 패튼 쇼버그 (16세)
– 릴리 쇼버그 (16세)

5호실 여성 전용 임시 숙소

6호실 남성 전용 임시 숙소

7호실 이전에 로널드 홀츠 박사가 거주하던 숙소였으나, 새로 오게 될 담당 의사의 숙소로 사용하기 위해 비워둠.

하충

8호실 이전에 가스 그리산 씨가 거주하던 숙소였으나, 새로 오게 될 유지·보수 전문가의 숙소로 사용하기 위해 비워둠.

9호실 월버 얀크 박사 (우주생물학자)

10호실 다프네 메릿 박사 (로봇 전문가)

11호실 창 코왈스키 박사 (지구화학자)

12호실 골드스타인-이와니 부부 가족
- 샤리 골드스타인 박사 (달 농업 전문가)
- 푸지 이와니 박사 (천문학자)
- 카모제 이와니 (7세)

13호실 킴-알바레스 부부 가족
- 제니퍼 킴 박사 (지진 지질학자)
- 센주 알바레스 박사 (용수[用水] 추출 전문가)

14호실 빅토르 발니코프 박사 (천체물리학자)

15호실 첸-파투켓 부부 가족
- 자스민 첸 박사 (달기지 베타 건설을 위한 수석 공학 코디네이터)
- 세스 파투켓 박사 (우주생물학자)
- 홀리 파투켓 (13세)
*도착 일정이 연기되어, 이곳은 그때까지 임시 체류하는 기지 노동자를 위한 숙소로 사용됨.

달기지여
안녕

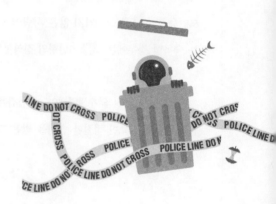

경고 :

　이 지침서에 포함된 모든 내용들은 극비로 분류되어 있으므로, 정부 소속으로서 AAA의 보안등급을 소지한 사람만이 열람할 수 있습니다. 만약 보안등급 AAA를 소지하지 않은 사람이 이 지침서를 열람하거나 스캔 또는 숙독할 경우에는, 최소 5년형의 징역형을 선고받아 연방교도소에 수감될 수 있습니다.

　단, 지능을 가진 외계생명체와 이미 접촉이 있었거나 예정되어 있고, 지침서 열람에 필요한 적절한 승인을 받은 경우에는, 봉인을 해제하고 열람해도 좋습니다.

우주 캐치볼

지구년 2041년

달 생활 252일째

꼭두새벽

  나의 열세 번째 생일날, 아빠가 상상도 못한 선물을 주셨다. 캐치볼을 하기 위해 나를 기지 밖으로 데려가신 거다.

  그런데 여러분이 혹시 우리 아빠가 지구 최고의 구두쇠일지도 모른다는 생각을 할까 봐 짚고 넘어갈 것이 있다.

  우선, 우리 아빠는 지구 최고의 구두쇠가 아니다. 왜냐하면, 우리는 지금 지구에서 살고 있는 게 아니기 때문이다. 지금 살고 있는 곳은 바로 달 위니까.

  우리 가족은 최초의 달 이주민들 중 한 가족이다. 몇 안 되는 과학자들, 그리고 그들의 자녀들과 함께, 인류 최초로 지구 밖에 건설한 달기지 알파(MBA)라는 곳에서 살고 있다. NASA에서 우리 가족을 선발할 때만 해도, 그들은 MBA가 우주에서 가장 짜릿하고 놀라운 곳이라고 설레발을 쳤다.

참나, 어디서 약을 팔고 있어.

막상 와보니, 달 위에서의 생활은 그 누구의 예상보다도 훨씬 형편없는 것임이 드러났다. 달 생활에 적응하기란 어른들조차 쉽지 않았음은 물론이고, 아이들에겐 문제가 더 심각했다. 수분을 제거해버린 형편없는 음식과 옥죄는 듯한 수면 공간, 그리고 가학적으로 느껴질 정도의 화장실을 참고 견뎌야 하는 것은 마찬가지지만, 아이들에겐 그보다 더 큰 문제가 하나 있었다.

이를테면, 친구를 사귀는 문제라고나 할까. MBA에는 다른 아이들도 함께 살긴 하지만, 내 입장에서는, 마음에 드는 친구를 고를 수 있는 선택권이라는 것이 아예 없었다. 울며 겨자 먹기 식으로 그 애들과 함께 지낼 수밖에 없는 건 그렇다 치고, 나와 동갑내기인 로디 마르케스라는 녀석조차 같이 놀아봐야 별로 즐거울 것도 없다는 게 문제였다. 알다시피, 지구에서는 가끔씩 부모님이 친구 집으로 자녀를 데리고 가서 그 집 아이와 함께 놀 기회를 만들어주기도 한다. 그런데 그 둘이 잘 어울리지 못한다면 어떨까? 힐, 그런데 그게 하룻밤도 아니고 3년이라면? 게다가 그 집에서 나갈 수도 없다면?

달 위에서 사는 아이들이 겪어야 하는 또 다른 문제점이 바로 그

것이다. 놀고 싶어도 기지 밖으로는 나가지 못한다는 것. 절대로. MBA의 외부로 나가는 것은 극도로 위험한 일이다. 인간이 달 표면 위에서 죽을 수 있는 방법은 100가지쯤 되는데, 우리는 이미 한 사람의 목숨을 잃었고, 또 한 명은 거의 죽을 뻔했다 살아났다. 이런 이유 때문에 NASA에서는 아이들이 절대로 기지 밖으로 나가지 못하게 제한하고 있는데, 그 말은 아이들이 달에서 생활하는 동안, 어지간한 모텔 건물보다도 작은 공간 안에 갇혀 살아야 한다는 뜻이다.

따지고 보면 규정을 어긴 꼴이었지만, 나 역시 달 표면에서 위험에 노출된 경험이 있었다. 그것도 네 번이나. 한 번은 달에 착륙한 우주선에서 내려 MBA로 걸어 들어왔고, 나머지 세 번은 비상 상황 때문이었다. 네 번의 기지 밖 외출 중에 두 번은 거의 죽다 살아났는데, 결과적으로 50퍼센트의 확률로 목숨을 건진 셈이다.

그럼에도 나는 여전히 기지 밖으로 나가지 못해 안달이었다.

MBA 안에서 꼼짝 못하고 있으면 정말 미쳐버릴 것만 같다. 그건 다른 아이들도 마찬가지다. 오죽하면, 만화 속의 다람쥐처럼 흥을 주체 못 하는 내 여동생 바이올렛마저 답답해 미치려고 할까. 달 위에서 8개월이라는 시간을 보내고 나니, 바이올렛은 TV 프로그램이라면 놓친 게 없을 정도로 질리도록 보고 또 봤고, 그걸로 모자라 엄마, 아빠를 졸졸 따라 다니며 밖에 나가 놀고 싶다고 떼쓰기 일쑤였다.

그럴 때마다 부모님은 입버릇처럼 이렇게 대답할 수밖에 없었다.

"안 돼."

"왜에에에요오오오?" 바이올렛은 그때마다 징징거렸다. "이 안은 지겹단 말이에요. 아무것도 할 게 없다고요."

"그렇지 않아." 부모님 대답은 늘 이런 식이다. "게임을 하면 되잖니. 아니면 책을 읽든가. 컴퓨터로 읽을 수 있는 책이 얼마나 많은데."

"자전거 타고 싶단 말이에요."

"네 자전거는 지구에 두고 왔잖니."

"그럼 나가서 월면차라도 탈래요. 대시 오빠는 타봤잖아요."

"그땐 비상 상황이라 그랬던 거지. 게다가 유성우 때문에, 하마터면 큰일 날 뻔했잖아."

"그래도 재미는 있었을 거 아녜요. 저는 절대로 그럴 일 없을 거예요. 이 답답한 기지, 지긋지긋해!"

바이올렛이 그렇게 나오면 부모님은 살짝 당황하곤 했다. 그 상황에서 두 분은 바이올렛한테 '지긋지긋하다'는 말은 너무 심한 표현이며 기지는 답답한 곳이 아니라고 조목조목 타이를 법도 했지만, 솔직히 두 분도 MBA에 그다지 호감을 갖고 있지는 않았다. 아무래도 우리를 데리고 달기지 행을 자원했던 선택에 대해 미안한 마음을 많이 갖고 있는 듯했다. 그러니까 아빠가 내 생일날, 기지 밖에 나가 캐치볼을 하자고 새벽 두 시부터 나를 깨웠겠지.

"대시." 아빠가 내 몸을 가볍게 흔들며 속삭였다. "깜짝 선물이 있어."

나는 몽롱한 상태로 침대에서 몸을 일으키다가 수면 캡슐 천장에 머리를 부딪혔다. MBA에서 생활한 지 벌써 8개월이 지났는데도, 관처럼 좁은 수면 공간은 도무지 적응이 잘 되지 않았다. 나는 시계를 힐끗 보면서 꿍 소리를 냈다.

"아빠, 아직 한밤중이잖아요…."

"알아."

"…그것도 제 생일날."

"미안. 니나 대장한테 들키지 않고 너를 밖으로 데려가려면, 지금이 아니면 곤란해서 말이다."

"밖이라고요?!" 나는 소리를 지르고 말았다. "왜요?"

"쉿!" 아빠가 주의를 줬다. "아빤 네가 밖에서 놀자고 하면 얼씨구나 할 줄 알았는데?"

나는 어둠 속에서 눈을 껌벅이며 아빠를 쳐다보면서, 이게 꿈인가 생시인가 하고 생각을 가다듬었다.

"제가 기지 밖에 나가면 규정 위반 아니에요?"

"다른 날도 아니고 생일인데, 좀 봐달라고 하지 뭐. 어때?"

나는 아빠가 말을 채 끝내기도 전에 수면 캡슐 밖으로 나와, 잠잘 때도 그대로 입고 있던 티셔츠와 반바지를 벗어 던졌다.

"유성이라도 떨어지면 어떡해요?"

"유성이 지나간다는 얘기는 없었어. 아빠가 벌써 일기예보를 열 번도 더 확인했어. 반경 30만 킬로미터 이내에 혹시 모를 유성이나 우주쓰레기 잔해는 보이지 않는다더라. 그래도 혹시 모르니, 우린 기지에 가까이 붙어 있을 거야."

"좋아요."

사실 유성에 정통으로 맞는다면, 기지랑 얼마나 가까운 곳에 있는지는 전혀 중요한 게 아니다. 그 자리에서 사망하고 말 테니까. 하지만 하늘에 아무것도 보이지 않고 깨끗한 걸 보니, 그럴 위험성은 없어 보였다. 아빠도 우리가 안전하다는 판단이 서지 않았다면, 이런 기회를 만들지도 않았을 테고.

"그럼, 니나 대장님은요?"

"자고 있을 거야. 두 시간 전만 해도 컴링크로 지구와 교신 중이었는데, 그 이후론 아무 소리도 들리지 않더라."

달기지 알파의 대장인 니나 스택은 냉정하기 이를 데 없고, 감정의 변화 따윈 모르는 사람이다. 그녀의 숙소는 우리 숙소와 맞닿아 있다. 벽이 워낙 얇다 보니, 벽에 바짝 귀를 들이대면 반대편에서 무슨 일이 벌어지는지 고스란히 들을 수 있다. 아빠 말대로 니나 대장이 실제로 잠들었다고 생각해도 될 것 같았다.

"에어로크 문을 열 때, 경보음 같은 게 울리지 않을까요?"

"평상시엔 그렇지. 하지만 창 박사한테 해킹하는 법을 배웠거든."

창 코왈스키 박사는 MBA 내에서 우리 아빠와 가장 가까운 친구이자 내가 아는 사람들 중에서 가장 똑똑한 사람이다. 기지 시스템을 해킹할 수 있는 사람은 그 사람밖에 없다.

"서두르자." 아빠가 독촉하며 말했다. "이러다 네 동생 깰라."

아빠가 엄마에 대한 언급을 않기에, 나는 엄마의 수면 캡슐 쪽을 힐끗 봤다. 엄마도 잠에서 깨어 있었고, 아빠가 나와 함께 나가는 모습을 왠지 부럽다는 눈초리로 빠끔 쳐다보고 있었다.

"생일 축하한다." 엄마가 속삭였다. "나가서 재미있게 놀고 와."

"고마워요, 엄마."

엄마가 쓸쓸해하면서도 다정한 미소를 보냈다.

"나한테 벌써 이런 아들이 있다는 게 믿기지가 않네. 나도 늙었나 봐."

"당신, 하나도 안 늙어 보여." 아빠가 엄마한테 말했다. "처음 만났을 때나 지금이나 똑같아."

"그게 다 중력이 작은 탓이에요. 지구로 돌아가도 그런지는 두고 보자고요."

"그땐 더 예뻐 보일걸? 내가 장담할게."

아빠는 엄마한테 키스하고(나는 고개를 돌렸다) 야구공을 집어 들고는 나를 데리고 숙소 밖으로 나갔다.

기지 밖으로 나가기까지는 15분이 더 걸렸다. 우주복은 입는 것 자체가 힘들 뿐 아니라, 행여 실수라도 있으면 안 되기 때문이다. 자칫하면 얼어 죽을 수도 있다. 산소가 새어나가 숨이 막혀 죽을 수도 있고. 혹은 두 가지 다 해당될 수도. 어떤 경우든 절대로 일어나서는 안 될 일이다. 그래서 아빠와 나는 우주복을 챙겨 입으면서 두 번, 세 번, 네 번, 서로에게 엄청난 신경을 썼다.

"우주복 느낌 괜찮니?" 아빠가 물었다.

우리는 바로 옆에 나란히 서 있었지만, 헬멧을 쓰고 있어서 무전으로 교신했다.

"괜찮은 것 같아요. 여기 도착했을 때보다는 어깨 쪽이 살짝 끼는 느낌이긴 하지만요."

"그래?" 아빠가 깜짝 놀라더니 이내 이유를 알겠다는 표정을 지었다. "아이고." 아빠가 한숨을 내쉬었다. "그럴 만도 하지."

"왜요?"

"네 키가 자라고 있으니 그렇지."

만약 내가 헬멧을 쓰고 있지 않았다면 이마를 손으로 탁 쳤을지도 모른다. 지난 몇 주 동안, 나는 폭풍 성장의 시기를 거쳤다. 아직 2~3센티미터에 불과하지만, 달 위에서는 지구에서보다 그 영향이 사뭇 달랐다. 지구에서 가져온 몇 장 되지도 않는 티셔츠가 날이 갈수록 끼고 짧아진 탓에, 다음번 보급 우주선 편으로 새 옷들을 보내달라고 NASA에 요청해야만 했다. 달랑 한 켤레뿐인 스니커즈도 마찬가지였다. 발가락이 꽉 끼어서 스니커즈에 구멍을 내야 할 정도였다. 그렇다면, 내 우주복도….

달기지 주민들은 모두 자신만을 위해 특별 제작된 우주복을 가지고 있다. 내 우주복도 내 몸의 치수를 재서 꼭 맞게 제작되었다. 그 말은, 다른 사람들에게 내 우주복은 너무 크거나 작아서 사용할 수 없다는 뜻이기도 하다. 하지만 NASA는 주로 어른들을 위한 우주복을 제작하느라, 아이들의 중요한 특징을 놓치고 있는 게 아닌가 싶다. 아이들은 하루가 다르게 키가 큰다는 사실을. 게다가,

지구에 비해 월등히 작은 중력이 작용하는 달 위에서는 아이들이 훨씬 더 쑥쑥 자랄지도 모르는데 말이다.

"제가 이걸 입어도 괜찮을까요?"

"괜찮아." 아빠가 나를 안심시키며 말했다. "네가 그렇게 많이 자란 건 아니니까. 하지만, 네 동생 것은 잘 맞을지 걱정이구나. 바이올렛은 여기 온 이후로 쑥쑥 컸는데, 지난 8개월 동안 우주복을 입어볼 생각조차 안 해봤으니 말이야. 아무튼 한번 입어보라고 해야겠다. 다른 아이들도 마찬가지고."

"로디는 꼭 입어보라고 해야겠어요." 나는 기지 내에서 유일하게 나와 동갑내기 남자 친구인 로디 마르케스를 떠올리며 말했다. 내가 달 위에서 선택의 여지 없이 같이 놀아야 하는 녀석. "제가 보기에, 키는 전혀 안 큰 거 같은데, 몸은 확실히 불었더라고요."

실제로, 로디는 MBA 내에서 몸무게가 늘어난 유일한 사람이었다. 녀석은 기지 음식에도 식욕을 느끼는 몇 안 되는 무니(NASA에서는 우리를 '달 탐사 우주인'으로 호칭할 것을 권장했지만, 일반인들은 그 말 대신 '무니Moonies'라고 불렀다) 중 하나인 데다, 중력이 작은 달 위에서 뼈와 근육이 손상되는 것을 방지하기 위해 의무적으로 할당된, 매일 2시간씩의 운동을 일관되게 걸렀다. 나중에 지구로 돌아가면, 로디 녀석은 더 강해진 중력을 이기지 못하고 제대로 서지도 못할 가능성이 크다.

아빠는 내 말에 아무 대꾸도 하지 않았다. 아빠 얼굴에 뭔가 근심 어린 기색이 역력했다.

"아빠? 뭐가 잘못됐어요?"

"응?"

제정신을 차린 듯, 아빠가 다시 나를 봤다. 아빠는 씩 웃어 보였지만, 내가 보기엔 억지웃음 같았다.

"아, 우주복 생각을 하느라. 아침 되면 가장 먼저 바이올렛한테 우주복을 입혀봐야겠다는 생각을 하고 있었어."

"가장 먼저요? 앞으로 2년 반 동안 여길 뜰 일이 없는데요? 그것도 운이 좋을 때 얘기지."

"그렇긴 하지만, 언제 어떻게 비상 상황이 발생해서 기지를 탈출해야 할지 모르잖니."

아빠의 말이 틀린 말은 아니지만, 내 생각엔 왠지 다른 걱정을 하고 있는 것만 같았다. 내가 더 캐묻기 전에 아빠가 말했다.

"이만하면 나가도 괜찮겠다. 다른 사람들 눈에 띄기 전에 밖으로 나가자."

그 말과 함께 아빠가 야구공을 집어 들더니 에어로크 안쪽 문을 열고 발을 내딛었다. 나는 아빠를 뒤따랐다.

나는 몸이 떨릴 정도로 짜릿한 기분이 들었다. 예전에 달 표면에서 목숨이 간당간당했던 경험이 있는 터라 꽤나 긴장될 줄 알았는데, 그때와는 사뭇 다른 기분이었다. 이번엔 그저 즐기기 위해 밖으로 나가기 직전이었다.

말이야 바른 말이지, 달 표면으로 나가봤자 그저 땅 위를 걸어 다니는 게 전부다. 하지만 달을 동경하는 사람이라면 단순히 기지 안에 갇혀 있는 것을 상상하지는 않을 것이다. 그의 꿈은 영원히 지워지지 않을 발자국을 달 위에 남기고, 어느 누구도 오른 적 없는 언덕을 정복하고, 하늘을 올려다보며 저 멀리 지구에 있는 고향을 떠올리는 것이리라. 인류가 최초로 달 위에 발을 내딛은 사건에 대해 모든 사람들이 기억하고 있는 것은 닐 암스트롱과 버즈 올드린이 달 표면에서 보낸 2시간 30분이지, 그 이후 그들이 달착륙선에서 보낸 19시간은 아닐 것이다.

에어로크 내부의 압력이 빠져나가고, 바깥쪽 문에 밖으로 나가도 괜찮다는 초록불이 켜졌다.

"태양이 떠 있으니," 아빠가 말했다. "가리개를 내려써."

나는 이미 헬멧 가리개를 내리고 있었다. 달에는 대기층이 존재하지 않기 때문에, 직접 내리쬐는 햇빛의 온도가 무려 섭씨 400도가 넘는다. 헬멧에 장착된 가리개가 없다면 우리 머리는 전자레인지 속의 팝콘처럼 되고 말 거다.

아빠도 가리개를 내려썼다. 아빠의 얼굴이 가려지고, 가리개 위로 내 모습이 비쳤다.

아빠가 바깥쪽 에어로크 문을 열었고, 우리는 달 표면 위로 발을 깡충 내딛었다.

평원처럼 펼쳐진 달 표면이 햇빛을 받으며 반짝였다. 우리 머리 위로는 지평선 근처의 지구를 제외하곤 온통 새까만 하늘만이 덩그러니 자리를 지키고 있었다. 나는 잠시 그 자리에 멈춰 서서 지구가 얼마나 아름다운지 새삼 깨달으며 다시 지구로 돌아가고 싶다는 생각을 했다.

내가 어떤 기분인지 눈치챘는지, 아빠가 내 헬멧을 두드렸다.

"왜요?"

내가 몸을 돌리자 아빠가 야구공을 손에 쥐고 말했다.

"저만치 가봐."

나는 아빠가 시키는 대로 움직였다. 달 표면을 통통 튀어 오르면서. 표면의 흙먼지층은 생각보다 두터워서 발이 살짝 빠질 정도였다. 거기다 묵직한 우주복 무게가 약한 중력을 상쇄시켜서, 움직이기가 그리 쉽지 않았다. 하지만 누가 뭐래도 기지 밖에서 이렇게 놀 수 있다는 건 신나는 일이었다.

내가 아빠랑 마지막으로 캐치볼을 해본 지도 벌써 8개월이 훌쩍 지났다. 달에 오기 전 마지막으로 여행을 갔다가 하와이에 있는 집으로 돌아왔을 때였다. 우리 가족은 휴스턴에 있는 존슨 우주센터에서 훈련을 마치고 돌아와서, 친척들과 친구들에게 작별 인사를 하고, 산을 몇 군데 오르고, 서핑을 몇 번 즐긴 것이 다였다. 앞으로 3년 동안은 그런 즐거움을 누리지 못한다는 것을 알기에, 한편으론 즐겁고 다른 한편으론 씁쓸한 기분을 느끼면서도, 우리 가족은 달 여행에 대한 기대로 한껏 부풀어 있었다. 하도 들떠 있던 나머지, NASA에서 말한 달기지에서의 삶이 이렇게 형편없을 거라곤 상상도 못했다.

기지 안에서도 캐치볼을 할 기회가 있었지만, 기지 밖에서 하는 것과는 비교 자체가 안 됐다. 게다가 캐치볼을 할 때마다 나나 대장이 귀신같이 나타나서 다른 사람이 다치거나 기물이 파손될 수 있으니 그만두라고 명령하기 일쑤였다. 아이들이 숨바꼭질이나 장님놀이 같은, 뭔가 몸을 쓰는 놀이를 할 때도 그런 일은 반복됐다. 공식적으로 MBA 내에서 과격한 몸동작이 허락되는 장소는 체육관뿐이지만, 우리가 뛰어놀기에 체육관은 너무 좁았다. 아이들의 입장에서, 달 생활에서 아쉬운 또 한 가지가 바로 그것이었다.

규정대로라면 지구에서 야구공을 가져올 수도 없었다. 혹시 부상을 입을 수 있다는 것이 그 이유였는데, 다행히 아빠가 규정상의 허점을 찾아냈다. 고향을 떠올릴 수 있는 '특별한 개인 소지품'에 한해 소량 가져올 수 있다는 규정이 있었는데, 아빠는 야구공에 샌디 쿠팩스(미국 메이저 리그의 전설적인 투수:옮긴이)의 사인을 가짜로 새겨놓곤 집안의 가보라고 우기는 데 성공했다.

나는 달 표면 위를 30여 미터 가로지른 다음, 몸을 아빠 쪽으로 돌렸다.

아빠가 공을 던졌다. 아빠는 중력이 약한 곳에서는 자기 힘이 얼마나 센지 모르는 것 같았다. 아빠의 손을 떠난 야구공이 로켓처럼 솟아오르더니 내 머리 위로 한참이나 날아 올라갔다.

"아이고, 이런!" 아빠가 소리 질렀다.

나는 몸을 확 돌려 공을 향해 달렸다. 다행히 공의 궤적을 따라가는 게 어렵지는 않았다. 새까만 하늘과 대비되어 공이 자동차 헤드라이트 불빛처럼 반짝였다. 나는 떨어지는 공을 쫓으며 작은 충돌분화구를 넘어 온몸을 던졌다. 그리고 공중에서 공을 낚아채서는 달 표면에 고랑이 파일 만큼 다이빙하듯 그대로 떨어졌다.

공은 내 글러브 안에 얌전히 들어 있었다. 몸을 일으켜 보니, 아빠와의 거리가 축구장 길이만큼이나 멀었다. 나는 아빠를 향해 의기양양하게 공을 위로 치켜들었다.

아빠가 와하고 탄성을 질렀다.

"잘했어, 대시! 인류 역사상 최고의 나이스 캐치였어! 윌리 메이스도 울고 가겠는데!"

공을 향해 몸을 던지다니, 생각해보면 무모하기 짝이 없는 행동이었다. 까딱 잘못하면 바위에 부딪혀 우주복이 찢어질 수도 있는데. 다행히 내 우주복은 흙먼지만 잔뜩 뒤집어썼다. 말끔히 털어내려면 한 시간은 걸릴 것 같았다. 그래도 나는 뛸 듯이 기뻤다.

"이젠 제가 던지는 거 잘 보세요!"

"조심해라." 아빠가 주의를 주며 말했다. "그렇게 세게 던지지도 않았는데. 괜히 있는 힘 다 썼다간, 공이 궤도 밖으로 나갈지도 몰라."

"알겠어요."

나는 고향인 하와이에서 놀던 때를 떠올리며, 힘을 빼고 가볍게 팅기듯 공을 던졌다. 아니나 다를까, 공이 아빠를 향해 곧장 날아갔다. 이번엔 좀 더 멀리. 공은 아빠 머리 위를 지나치더니, 급기야 에어로크 문에 맞고 팅겨 나와서 아빠 발밑의 흙먼지 속에 폭 파묻혔다.

"좋았어." 아빠가 말했다. "이젠 감을 잡은 것 같다. 얼마나 멀리

던질 수 있는지 한번 볼까? 역대 최고 기록을 갈아치우는 것쯤이야 식은 죽 먹기일 거야.”

　내가 몇 걸음 뒤로 물러나자, 아빠가 나한테 공을 던졌다. 저중력 상태에서 제대로 던지는 방법을 터득했는지, 아빠는 아까보다 훨씬 정확하게 공을 보냈다. 나는 공을 받은 다음 몇 걸음 뒤로 물러나서, 다시 아빠한테 공을 되돌려 보냈다. 몇 분 동안 같은 동작을 반복했더니, 어느새 우리 사이의 거리가 축구장 길이의 두 배 정도로 멀어졌다. 신기록이라는 건 굳이 말할 필요도 없었다. 별로 세게 던진 것도 아닌데 말이다.

　더 멀리 갈 수도 있지만 그러지 못한 건 더 이상 멀리 갔다가는 서로 보이지도 않을 것 같아서였다. 그렇잖아도, 아빠의 모습이 고작 지평선 위의 작은 점 하나처럼 보이고 있었다. 공을 던질 때도 미리 알려줘야 공이 날아오는지 알 수 있었다. 만약 주변의 흙먼지 속에서 공을 잃어버리면 절대 찾지 못할 것 같았다. 가장 가까운 스포츠용품점은 여기서 40만 킬로미터나 떨어진 곳에 있었다.

　그러는 동안에도 나는 머리 위 하늘에 드리워진 지구의 모습에 자꾸만 시선을 뺏기고 있었다.

　미칠 듯이 집으로 돌아가고 싶었다.

　지난 8개월 동안, 나는 신선한 공기를 한 모금도 마시지 못했다. 하이킹을 가본 적도 없고 자전거를 타본 적도 없으며, 실험실에 있는 것 말고는 동물 한 마리도 보지 못했다. 또 그동안 먹은 음식은 죄다 물기라곤 찾아볼 수 없는, 방사선에 쪼이고 열처리를 해서 잘

게 조각 낸 건조식품들뿐이었다. 아이스크림이든 연어든, 아니면 샐러드라도 좋으니, 진짜 맛을 느끼고 싶어 미칠 지경이었다.

무엇보다도 물이 미치도록 그리웠다. 물이 그렇게 소중한 것인지는 미처 몰랐다. 그렇게나 귀한 것을 그동안 너무도 당연하게 쓰고 살았던 것이다. 달기지에서는 쫄쫄 흐르는 찬물로만 샤워를 할 수 있다.(그나마도 몇 주에 한 번만.) 마시는 물도 소변으로 배출된 물을 재활용한 것이고, 수도꼭지에서 콸콸 쏟아지는 물은 상상할 수도 없다.

하늘에서 퍼붓는 빗방울이 내 몸을 적시는 느낌, 아른거리는 무지개 빛깔, 그리고 비가 그친 뒤의 상쾌한 내음… 모두 내가 지난 8개월 동안 놓치고 있던 것들이었다.

하지만, 정말 찰나와도 같았던 한순간만큼은 달랐다.

한 달 전, 나는 잔 퍼포닉이란 이름을 가진 외계인의 도움으로, 생각만으로 지구로 이동해 절친인 라일리 복을 만난 적이 있었다. 기껏해야 2초 정도의 짧은 시간이었지만, 나는 하와이의 하푸나 비치에 서 있는 경험을 했다. 그 느낌은 단순히 화면으로 풍경을 바라보는 것과는 달랐다. 실제로 내가 그곳에 있는 게 느껴졌다. 해변의 바람이 피부에 느껴졌고 발밑에서는 차갑고 축축한 모래가 느껴졌다. 공기에서는 짭조름한 바다 냄새가 났고, 내 주위에서 따스한 석양의 기운을 느낄 수 있었다.

그러다 갑자기 연결이 끊겼다.

미친 소리로 들릴 수도 있다는 걸 나도 안다. 달 위에서 오랜 시간을 꼼짝 못하고 갇혀 있다 보면, 정신줄을 놓거나 환각을 보는 증세가 나타날 수도 있으니까.

하지만 미친 소리가 아니다. 잔은 실제로 존재한다. 그녀는 그보다 두 달 전쯤 나를 찾아왔다. 원래 그녀가 처음 접촉한 사람은 홀츠 박사님이지만, 박사님이 살해된 이후에 나를 찾아와서 인류와의 교류를 계속 이어가고 싶어 했다. 그녀와 대화를 나눌 수 있는 사람은 나뿐이었고, 그녀에겐 생각만으로 나와 대화할 수 있는 능력이 있었다. 그녀는 자신의 모습을 내 머릿속에 투영하고, 고도로 진화된 은하계 ESP(Extra Sensory Perception. 초감각적 지각 능력:옮긴이)를 통해 나와 대화할 수 있었다.(이 방법은 다른 행성으로 몸을 이동하는 데 수십만 년이나 걸리는 시간을 단축시킬 수 있다. 게다가, 이 방법은 그녀가 나와의 관계를 비밀로 유지하길 원하며, 특별히 나한테만 사용하는 방법이라 더 좋았다.) 그녀가 어떻게 그럴 수 있는지, 나는 모른다. 사실, 내가 직접 성공했을 때도 어떻게 해서 그렇게 된 건지는 알 수 없었다. 나는 그때의 경험을 떠올리며 다시 시도해봤지만 성공하지 못했다. 잔이 그 방법에 대해 여러 번 설명해주긴 했는데, 나는 그녀가 무슨 말을 하는지조차 이해하기 힘들었다.

내가 지구로 여행했던 그 2초 남짓한 시간은 훨씬 힘든 결과를 낳았다. 그리운 것들과 남겨두고 온 것들이 더 간절하게 생각났기 때문이다. 그 느낌은 마치, 내게 손톱만 한 초콜릿 한 조각을 맛보게 해주곤 앞으로 2년 반 동안 초콜릿을 먹을 수 없다고 말하는 것과 같았다. 게다가, 다시 해보려 해도 안 되는 나의 무능력함은 나를 미치도록 좌절하게 만들었다.

눈앞에 보이는 푸른 행성을 올려다보면서, 나는 그때의 황홀감을 되새기며 넋을 뺏기고 있었다.

"대시! 조심해!"

아빠가 외치는 소리에 나는 정신이 번쩍 들었다. 나를 향해 날아오는 야구공의 위치를 찾으려고 신경을 곤두세웠다. 내가 잠시 딴 생각을 하는 사이, 아빠가 정확히 나를 향해 공을 던진 모양이었다. 공이 정통으로 내 헬멧에 맞으며 쿵 소리를 냈다. 나는 휘청거리며 뒷걸음치다가 바위에 걸려, 결국 엉덩방아를 찧고 말았다.

아빠가 웃음을 터뜨렸다.

"왜 그래? 그새 멍 때리기라도 한 거야?"

"그랬나 봐요."

나는 비틀거리며 몸을 일으키곤, 몇 미터 떨어진 흙먼지 속에서 공을 발견했다.

"지구 감상하느라 넋이 나갔었니?" 아빠가 갑자기 사뭇 진지한 목소리로 물었다.

"네." 나는 솔직하게 말했다. "집에 가려면 앞으로 28개월을 더 기다려야 한다는 사실이 어이가 없어서요. 앞으로 868일 남았네요. 뭐, 일부러 세고 있었던 건 아니지만요."

아빠는 잠시 말이 없었다. 나를 달로 데려온 게 미안해서 그랬는지, 아니면 어떤 말을 해야 할지 고민하느라 그랬는지는 잘 모르겠다. 혹은 그저 무전 교신 상태가 안 좋았던 건지도.

마침내 아빠가 입을 열었다.

"그 문제는 말이다. 너하고 상의할 일이 좀 있다."

아빠의 목소리에 기운이 없는 게 느껴져서 나는 불안한 마음이 들었다. 왠지 안 좋은 소식이 있는 것 같았다.

"뭔데요?"

아빠가 막 대답을 하려는데, 다른 목소리가 끼어들었다. 니나 대장의 화난 목소리였다.

"스티븐 박사님, 그리고 대시! 거기서 뭐 하시는 겁니까?"

아빠는 움찔하기는커녕, 오히려 그녀의 화를 돋울 작정인지 천진난만하게 대답했다.

"좋은 아침입니다, 니나! 대시하고 나는 말이죠, 달 표면에서 구 모양 발사체의 운동에 관한 물리학 실험을 수행 중입니다."

니나 대장은 이런 얘기를 농담으로 받아들일 사람이 아니었다. 그녀에게 장난기라는 게 있기나 할까.

"지금 안전 규정을 몇 개나 위반하고 있는지 알아요?"

"열일곱 개?" 아빠가 자신 없는 목소리로 말했다.

"일흔여섯 개라고요." 니나 대장이 굳이 개수까지 콕 집으면서 말했다. "당장 기지로 돌아오세요."

"아이고, 니나. 그렇게 깐깐하게 굴 것까진 없잖아요." 아빠가 사정하듯 말했다. "다른 날도 아니고, 대시 생일이라서 그래요. 우리가 딱히 위험한 짓을 하는 것도 아니고…."

"달 표면에 발을 내딛는 것 자체가 위험한 행동이라고요." 니나 대장이 말했다. "누구보다 그걸 잘 아는 사람들이 왜 그래요? 당장 닥친 문제도 문제지만, 생각지도 못한 데서 사고라도 나면 대체 어쩌려고요?"

나는 니나 대장이 말한 '당장 닥친 문제'가 뭘까 궁금했지만, 미처 물어볼 틈이 없었다.

"10분만 더 시간을 주면 안 되겠어요?" 아빠가 물었다.

"안 돼요! 지금 내가 두 사람 뭐 하는지 다 지켜보고 있습니다. 당장 되돌아오지 않는다면, 명령 불복종으로 처리할 거예요."

니나 대장은 세계에서 가장 잘나가는 지질학자에게 마치 유치원 아이를 야단치듯 다그쳤다.

"이런 식으로 나올 거예요?" 아빠가 말했다. "내가 당신한테 어떻게 했는지 알면서?"

얼핏 들으면 아빠가 니나 대장을 놀리는 소리로 들릴지도 모르지만, 나는 그 말의 속내를 알고 있었다. 니나 대장도 최근에 MBA 규정을 위반한(지금 우리가 위반하고 있는 것보다 훨씬 심각한) 전력이 있었고 그 때문에 직위에서 물러날 위기에 처했었다. 그녀는 자신의 모든 행위에 대해 사실대로 NASA에 보고했다. 하지만 우리 아빠와 엄마, 그리고 다른 무니들이 나서서 정상 참작을 해달라는 지지의 목소리를 낸 덕에, 니나 대장은 기지 대장의 지위를 유지할 수 있었다.

"하고 싶은 말이 뭐죠?" 니나 대장이 냉정하게 물었다.

"생일 맞은 아들이랑 딱 10분만 더, 달 위에서 시간을 보내게 해달라는 거죠." 아빠가 대답했다.

"그만하세요, 아빠." 나는 아빠가 더 곤란해질까 봐 그렇게 말했다. "기지로 돌아가서 해도…."

"아니다." 아빠가 단호한 목소리로 말했다. "넌 지난 8개월 동안 기지 내에서 모범을 보여왔어. 다른 사람들이 그러지 못할 때조차도." 마지막 말은 다분히 니나 대장을 겨냥한 말이었다. "넌 충분히 그럴 자격이 있어. 솔직히, 이보다 더한 걸 요구해도 할 말이 없지. 적어도, 니나 대장만큼은…."

아빠는 미처 말을 끝내지 못했다. 무전기 너머에서 공포에 질린 비명 소리가 들려왔다.

잡음이 섞여 명확한 소리는 아니었지만, 깜짝 놀라기에는 충분했다.

비명 소리는 니나 대장의 목소리가 아니었다. 달기지 알파 내부에서 들리는 소리 같았다. 누가 비명을 질렀는지, 남자인지 여자인지조차 분간할 수 없었지만, 한 가지만은 분명했다.

기지 내에 심각한 위험에 처한 사람이 있다는 사실이었다.

〈지적 외계생명체와의 접촉에 대비한 NASA 업무지침서〉
(ⓒ NASA 외계업무부, 2029. 보안등급 AAA)

외계생명체와 접촉할 가능성

최근 수십 년간의 연구를 통해, 은하계에는 셀 수 없이 많은 행성들이 존재한다는 사실이 확인되었습니다. 실제로, 천체망원경을 통해 보이는 행성들 중에서 절반은 최소 1개의 위성이 그 행성의 주위를 돌고 있다는 사실도 확인되었습니다.

물론 대부분의 행성들은 생명체가 존재하기에 적합하지 않지만, 은하계에만 1,000억 개가 넘는 행성들이 존재하기 때문에,* 그중 극히 일부만이라도 생명체가 살기에 적합한 환경을 갖추고 있다면, 생명체가 존재할 가능성이 있는 행성의 개수는 수천만 개가 넘습니다. 그러므로 적어도 수백만 개의 행성에 지능을 가진 생명체가 존재할 가능성이 있으며, 그중에서 일부는 인간보다 월등히 앞선 기술을 보유하고 다른 행성으로 여행할 수 있는 능력과 열망이 있을 것이라는 추정이 가능합니다.

이제 인류는 단순히 지적 외계생명체를 만날 수 있는지의 문제가 아니라, 언제쯤 만날 수 있을 것인지에 대한 의문을 가져야 할 때가 왔습니다.

이 지침서는 그 역사적인 순간에 도움을 줄 수 있도록 만들어졌습니다. NASA 외계업무부에서는 필연적으로 맞이하게 될 그 순간을 위해 천문학자, 우주생물학자, 언어학자, 의사, 기술공학자, 그리고 군 전문가와 같은 뛰어난 인재들을 한자리에 불러 모아, 수십 년째 순조롭게 그에 대한 준비를 해오고 있습니다.

---

* 우주 전체로 보면 약 1,000억 개의 은하계가 존재함.

우주착란증

달 생활 252일째

여전히 꼭두새벽

"누굽니까?" 아빠가 걱정스러운 목소리로 물었다.

니나 대장은 묻는 말에 대답 않고 우리에게 말했다. "당장 복귀하세요. 명령입니다." 그러곤 교신을 끊었다.

그녀에게 우리보다 더 급한 용건이 생긴 게 분명했다.

"대시…." 아빠가 말했다.

아빠의 목소리는 왠지 기운이 없었다. 캐치볼을 계속 할 수 없게 돼서 속이 상한 듯했다.

"가고 있어요."

누군가 곤경에 처해 있을지 모르는데, 계속 달 표면에서 시간을 보내는 게 옳은 일 같지 않았다. 도대체 무슨 일일까 걱정하며, 나는 최대한 빠른 걸음으로 MBA로 향했다.

그동안 NASA에서는 달 위에서도 지구에서와 마찬가지로 안전하다며 우리를 안심시켜왔다. 하지만 홀츠 박사님이 살해당한 것도 그렇고, 니나 대장이 헬멧에 금이 가서 목숨을 잃을 뻔했던 사건도 그렇고, 키라와 나도 유성우 때문에 거의 죽다 살아난 걸 보면, 딱히 그렇다고 보기는 힘들었다. 우주선 폭발이나 기지의 생명 유지장치 고장, 그 밖에 수십 가지의 잠재적 위험들이 언제든 문제를 일으킬 수 있었다. 달 위에서 산다는 것 자체가 이미, 언제 터질지 모르는 위험 요소들을 끌어안아야 하는 긴장의 연속이었다.

아빠와 나는 에어로크 안으로 들어가 문을 닫고 내부 압력이 빠지기를 기다렸다가 우주복을 벗었다. 평상시라면 우주복에 쌓인 먼지들을 바로 털어내야 하지만, 비상 상황일지도 모른다는 생각에, 우주복을 바닥에 그대로 놓아두고 기지 안으로 들어갔다.

꼭두새벽인데도 MBA는 집 짓느라 흙을 퍼 옮기는 개미들이 바글거리는 개미굴처럼 분주한 분위기였다. 비명 소리에 놀라 잠이 덜 깬 채 숙소 밖으로 나온 무니들은 무슨 일인지 영문을 모르겠다는 표정으로 졸린 눈을 비비고 있었다.

MBA의 거주 구역은 2층으로 이루어져 있다. 2층의 숙소는 에어로크 앞 대기구역을 내려다볼 수 있는 캣워크로 연결돼 있어서, 그곳에서 1층과 2층의 모든 움직임을 볼 수 있다. 2층에서는 이리나 브라마푸트라 마르케스 박사가 자녀인 세사르, 로디, 이네스에게 상황이 파악될 때까지 집 안에 얌전히 있으라고 다독이고 있었다. 그러나 그녀의 남편이자 정신과 의사인 티모시 마르케스 박사는 오히려 아이들보다 당황한 기색이 역력했다.(지구를 떠나기 전에 마르케스 박사는 정신과학에 관한 베스트셀러 책도 출간했지만, 우리 부모님은 그렇다고 해서 꼭 훌륭한 의사라는 말은 아니라고 말씀하시곤 했다.) 그들 숙소의 바로 옆에는 MBA에서 여자애들 중 유일하게 나와 나이가 같은 키라 하워드가 지내고 있는데, 키라 아빠가 아직 딸한테 딱히 무슨 말을 해준 것 같지는 않았다. 이번에도 여지없이, 하워드 박사의 정신은 딴 데 팔려 있는 모양이었다. 그는 MBA에서의 생활을 개선할 방법을 끊임없이 찾고 있었다. 개선이 필요한 부분이 한두 가지가 아니다 보니, 이런 위기 상황에도 오로지 그 생각에만 여념이 없는 듯했다.

천문학자들 중 한 명인 이와니 박사는 1층의 자기 숙소에서 혼자만 모습을 보였다. 보아하니, 그의 아내이자 식물학자인 골드스타인 박사, 그리고 일곱 살짜리 아들 카모제는 아직 이불 속에 있거나, 그냥 숙소 안에 남아 있기로 한 모양이었다. 한편, 로봇공학자인 다프네 메릿 박사는 계속 잠이나 더 잤으면 하는 표정이었다. 평소에는 그렇게나 쾌활하고 명랑한 성격의 소유자지만, 피곤에 절어 있는 표정에서는 잔뜩 짜증이 묻어났다. 지질학자인 킴 박사와 용수 추출 전문가인 알바레스 박사는 외출복으로 갈아입고 신발을 챙기느라 허둥대고 있었다. 반면, 페루 출신의 우주생물학자인 얀크 박사는 육중한 체격을 가진 러시아 출신의 천체물리학자

발니코프 박사와 뭔가 긴박하게 대화를 나누고 있었다.

그 와중에, 창 코왈스키 박사는 몸이 먼저 움직이고 있었다. 기지 내에서 천재 소리를 들을 만큼 뛰어난 지구화학자인 그는 누구보다 몸 관리에 철저한 사람이었다. 그는 이곳에 와서도 하루에 꼬박 4시간씩, 운동을 거른 적이 없었다. 그의 숙소는 1층이지만, 몸은 이미 2층 캣워크에 올라와 있었다.

그는 곧장 쇼버그 가족이 머무는 스위트룸으로 돌진했다. 그러고 보니, 끔찍한 비명 소리가 들린 곳이 바로 거기였나 싶었다.

갑자기, 걱정이 사라졌다.

쇼버그 가족은 내가 치를 떠는 사람들이었다. 그들은 기지 화장실보다도 더 끔찍한 사람들이었다. 나만 그렇게 생각하는 것은 아니었다. 다른 사람들 역시 그들이라면 치를 떨었다. 도덕관념이라곤 눈을 씻고 찾아봐도 볼 수 없는 라스와 소냐 부부는 물론이고 자녀들인 16세 쌍둥이 남매, 패튼과 릴리 역시 악랄하고 사악하기는 마찬가지였다. 평소에도 그렇게 끔찍하기로 소문난 그 가족은 자신들이 투자한 여행사를 위해 기지 내의 로봇 작동 시스템을 고의로 망가뜨리기까지 했다. 결국 니나 대장은 그에 따른 처벌로, 그들에게 일체의 컴링크 사용을 제한함으로써 지구와 어떤 연락도 주고받지 못하는 조치를 취했다. 그 조치에 따라, 그들은 그나마 누릴 수 있었던 즐거움, 즉 친구들과의 연락, 영화나 책의 다운로드, 가상현실 게임 접속 따위를 할 수 없었기 때문에 비참한 생활을 보내고 있었다.

아무리 그렇더라도, 그들에게 나쁜 일이 생겼을지도 모른다는 생각에 내 기분이 고소한 건 아니었다. 어차피 나쁜 일이 생길 거라면 이왕이면 그들에게 생기길 바란 게 솔직한 심정이긴 하지만.

기지의 모든 무니들이 쇼버그 가족의 숙소에만 정신이 팔려 있는 덕분에, 아빠와 나는 다른 사람의 눈에 띄지 않고 에어로크를 통해 기지로 들어올 수 있었다.

그때, 엄마가 캣워크 위로 모습을 보였다. 그 뒤로 자주색의 '다람쥐 특공대' 캐릭터 잠옷을 입은 바이올렛이 잠이 덜 깬 모습으로 엄마 손에 이끌려 나왔다. 우리 가족 숙소는 니나 대장의 숙소 다음으로 에어로크와 가깝기 때문에, 에어로크의 바로 위에 있는 것과 마찬가지였다. 엄마는 아빠와 내가 기지 안으로 무사히 들어왔는지 확인하려고 대기구역 쪽을 힐끗 살폈다. 바이올렛도 우리 쪽을 쳐다보다가, 아빠가 에어로크의 안쪽 문을 닫는 모습을 보았다. 바이올렛이 갑자기 잠에서 확 깬 듯 목청을 높여 말했다.

"밖에 나갔다 온 거야?"

바이올렛이 그렇게 큰 소리를 냈지만, 그 애 목소리에 반응하는 사람은 아무도 없었다. 창 코왈스키 박사만 빼고. 그는 아무 말 없이 아빠한테 뭔가 의미심장해 보이는 윙크를 보냈다. 그러고는 쇼버그 가족 숙소를 향해 계속 움직였다.

아빠가 서둘러 에어로크 문을 닫고 엄마가 서 있는 위층을 향해 소리 질렀다.

"무슨 일이야?"

엄마가 대답할 틈을 주지 않고 바이올렛이 끼어들었다.

"왜 대시 오빠는 또 기지 밖에 갔다 온 거예요? 나만 빼고?"

"엄마가 나중에 설명해줄게."

바이올렛이 한껏 뿌루퉁한 표정을 지었다.

"이런 법이 어디 있어요!"

바이올렛이 소란을 피우는 바람에 다른 무니들이 우리 쪽을 쳐다봤지만, 그들이 보기에 아빠와 내가 막 에어로크를 통해 들어왔다고 생각하긴 힘들었다. 우리는 이미 우주복을 벗어 던지고 평상복으로 갈아입은 후였다.

"바이올렛, 너 정말 왜 그러니?" 엄마가 말했다.

"난 재미있는 건 하나도 못 해봤단 말이에요!"

엄마가 바이올렛의 입을 손으로 틀어막으며 아빠한테 말했다.

"무슨 일인지는 잘 모르겠어요. 소냐가 비명 지르는 소리가 들렸을 뿐이에요."

그 무렵, 나머지 무니들이 쇼버그 가족의 스위트룸 문 앞에 모두 모여 있었다. 니나 대장과 라스 쇼버그 씨가 모습을 드러내자 주변이 갑자기 소란스러워졌다. 니나 대장은 우리와 교신을 끊자마자 바로 달려온 모양이었다.

한밤중에도 니나 대장은 제복을 차려입고 있었다. 제복에 주름 하나만 보였더라도, 나는 그녀가 잠잘 때도 제복을 입는 줄로만 알았을 거다. 광이 나는 구두에서 왁스로 단단히 고정한 머리카락까지, 어디 한 군데라도 흐트러진 구석이 없었다.

바로 옆에 서 있는 라스 씨의 모습은 정반대였다. 평상시에도 영 단정치 못한 사람이지만 지금은 심각할 정도로 부스스한 몰골이었다. 그의 두 눈은 게슴츠레했고, 몇 가닥 남지 않은 머리카락은 삐죽 솟아 있었으며, 얼굴은 믿기 힘들 만큼 평소보다 창백했다. 라스 씨가 MBA에 왔을 때 나는 그렇게 피부가 하얀 사람은 처음 봤다. 그리고 햇빛 한 점 받지 못하고 5개월이 지난 지금, 그의 피부색은 더 하얘져서 두부처럼 보일 지경이었다. 그런데 지금 그의 창백한 얼굴에는 뭔가 불안하고 기괴한 구석이 있었다. 그는 두 다리가 제대로 움직이지 않는 듯, 부축하는 니나 대장에게 기대어 당황스러운 표정을 짓고 있었다. 그래도 하는 짓은 여전했다. 제 버릇 개 못 준다더니.

"날 어디로 데려가는 거요?" 라스 씨가 니나 대장에게 화를 내며 물었다. "나도 알아야겠소!"

"제가 이미 세 번이나 말했잖습니까." 니나 대장이 냉정하게 말했다. "진료실로 모신다고 말입니다. 라스 씨께 무슨 문제가 있는지 확인해야 한다고요."

"난 아무렇지도 않다니까!" 라스 씨가 그녀를 떠밀며 쏘아붙였다. "무슨 문제가 있다고 그래!"

"여보, 그렇지 않아요." 소냐 아줌마가 남편을 따라 캣워크로 나오면서 말했다.

그녀 역시 평소보다 얼굴이 안 좋아 보였다. 혹시 평소에 늘 찍어 바르는 화장품을 바르지 않아서 그렇다면 모를까. 소냐 아줌마는 이미 열 번이 넘는 성형수술을 받아서 얼굴에 손대지 않은 곳이 없을 정도였다. 불행하게도 지구의 중력이 작용할 때 수술을 받아서 그런지, 달에 와서 끔찍할 정도로 상태가 나빠졌다. 지구에서 매끈하게 솟아 오른 그녀의 엉덩이는 풍선만큼이나 부풀어 올랐고, 피부가 처지는 것을 방지하기 위해 얼굴에 주입한 헬륨 마이크로포켓은 장미꽃만큼이나 커져버리고 말았다. 평상시에는 화장으로 덮어 숨겼지만, 화장을 하지 않으면 그녀의 얼굴은 무섭기 짝이 없었다. 무니들 중 몇몇은 그 모습에 놀라 움찔거리기까지 했다.

패튼과 릴리 남매는 스위트룸 문간에서 몸을 사리고 있었다. 릴리는 자기 아빠를 꽤나 걱정스러워하는 모습이었고, 패튼은 아빠 때문에 한밤중에 잠을 깬 것이 못내 짜증스러운 듯했다.

"가시죠." 니나 내장이 라스 씨의 팔을 잡아당기며 말했다.

"마지막으로 말하는데, 당신 도움은 필요 없소!" 라스 씨가 쏘아붙였다. "내 몸은 지극히 멀쩡하단 말이오!"

그러고는 니나 대장의 팔을 세차게 뿌리쳤는데, 그 바람에 뒤로 비틀거리다 캣워크 난간을 들이받더니, 몸이 뒤집혀 아래층으로 떨어지고 말았다.

"여보!" 소냐 아줌마가 비명을 질렀다.

만일 지구에서 그렇게 추락했다면 라스 씨는 심한 부상을 입었을 거다. 하지만 달 위에서는 중력이 작아서 어디 한 군데 부러지지 않고 멀쩡할 수 있었다. 다만 떨어지면서 머리를 부딪혔는지, 탁 소리가 세게 들렸다. 소냐 아줌마가 놀라 자빠지며 다시 날카로운 비명을 질렀다. 아까 무전으로 들었던, 귀청이 떨어져나갈 듯한 고주파 소리였다. 바로 앞에서 들으니 나도 모르게 이를 악물게 만들었다.

아빠가 반사적으로 라스 씨에게 달려가 괜찮은지 살폈다. 나도 아빠의 뒤를 따랐다. 바닥 위에 큰대자로 뻗은 그의 모습이 아까보다 더 정신없어 보였다.

"괜찮아요?" 아빠가 물었다.

"난 판다 곰이 좋아." 라스 씨가 꿈이라도 꾸는 듯 헛소리했다.

니나 대장과 창 박사가 계단을 통해 빙 도는 대신, 캣워크에서 바로 아래층으로 뛰어내렸다.

"저 양반, 아무래도 망상 증세를 보이는 것 같네요." 마르케스 박사가 난간 아래를 내려다보며 말했다.

"어이구, 그래요?" 창 박사가 빈정댔다.

창 박사는 마르케스 박사의 의학적 전문성에 대해 매우 부정적이었다. 나 역시 아인슈타인과 비교해도 될 만큼 천재인 창 박사의 생각에 동의하는 편이었다. 하지만 안타깝게도 마르케스 박사 말고 다른 의사는 없었다. 예전에 있던 다른 한 분은 살해되었고, 그분을 대체할 의사는 앞으로 몇 주가 더 지나야 도착할 예정이었다. 그때까지는 창 박사의 보편적 의학 지식과 왠지 못 미더운 마르케스 박사의 지식에 의존할 수밖에 없었다.

소냐 아줌마가 결국 발작 증세를 보이며 울기 시작했고, 스웨덴어를 남발하며 횡설수설했다. 우리 엄마와 브라마푸트라 마르케스 박사는 진땀 흘리며 그녀를 진정시킨 뒤, 간신히 그녀를 숙소 안으로 데리고 들어갈 수 있었다.

"그렇게 놀랄 필요 없어요." 엄마가 말했다. "남편은 다른 사람들이 잘 돌봐드릴 거예요."

소냐 아줌마는 대답 대신 치를 떨며 울먹였다.

라스 씨는 여전히 바닥에 누운 채 바보처럼 실실 웃고 있었다. 자기 아내가 얼마나 걱정하고 있는지는 전혀 모르는 눈치였다.

"판다 곰 좋아하는 사람 누구 없소?" 그가 말했다. "말만 하면 내가 다 사드릴게."

"저요!" 바이올렛이 신나게 손을 들며 외쳤다. "저는 두 마리요!"

"이 양반은 망상 증세를 보이니 차라리 봐줄 만하군요." 아빠가 말했다.

"천 배쯤은 더 나아 보이네요." 창 박사가 장단을 맞추며 말했다. "이럴 줄 알았으면, 진즉에 이 양반 머리를 한 대 후려칠 걸 그랬네요."

농담이라곤 받아줄 줄 모르는 니나 대장이 얼굴을 찡그렸다.

"저산소증 때문은 아닐까요?" 그녀가 창 박사에게 물었다.

저산소증은 산소가 부족할 때 나타나는 증상이다. 달 위에는 산소가 존재하지 않기 때문에 우리는 산소를 발생시켜 재사용해야 한다. 인간은 산소가 없으면 3분도 버티기 어려우니, 산소 수치는 MBA에서 최우선으로 관리하는 항목이다. 아이들을 포함한 모든 주민이 저산소증에 대한 교육을 받은 터라, 저산소증이 오면 호흡

곤란, 심장박동 수 증가, 발한, 쌕쌕거림, 착란, 피부 변색 등이 발생한다는 것쯤은 나도 잘 알고 있었다. 사람들은 보통 산소 결핍으로 인해 피부색이 파랗게 변한다고 알고 있지만, 경우에 따라서는 선홍색과 같은 다른 색으로 변하는 경우도 있다.

니나 대장에게 대답하기 전, 창 박사가 불편한 기색으로 내 눈치를 살폈다.

"내 생각엔 저산소증은 아닙니다."

"그럼, 뭘까요?" 니나 대장이 물었다.

"잘 모르겠어요." 창 박사가 마지못해 대답했다.

니나 대장이 낙담한 표정으로 얼굴을 찡그렸다.

"왜 그런지 전혀 모르겠어요?"

"짚이는 거야 많이 있죠. 하지만 뭐가 맞는지는 잘 모르겠어요. 중앙관제센터로 연락해서 의사에게 물어봐야겠습니다."

"내가 연락하죠."

그렇게 말하고 니나 대장은 서둘러 진료실로 향했다.

"내가 한번 살펴볼까요?" 여태껏 라스 씨와는 상담조차 싫어하던 마르케스 박사가 말했다. "나도 명색이 의사인데."

"난 진짜 의사를 말했던 겁니다." 창 박사가 콕 집어 말했다. "의사가 할 일이 뭔지 정확히 아는 사람 말입니다."

마르케스 박사는 기분이 언짢아졌다.

"나도 진짜 의사요! 베스트셀러는 아무나 쓰는지 알아요?"

"심심풀이 심리학 책 말인가요?" 창 박사가 비아냥거리며 말했다. "라스 씨가 마음의 안정을 찾지 못하면 그때 부르겠습니다. 하지만 지금은 치료가 필요해요." 그러고는 라스 씨의 팔을 붙잡았다. "일어설 수 있겠어요?"

"얼마든지." 기분이 좋은 듯 라스 씨가 대답했다. "네덜란드어로 '나는 작은 주전자'도 부를 줄 아는걸. 한번 들어보실라우?"

"그건 됐고." 창 박사가 서둘러 말을 잘랐다. "일으켜 세워줄 테니 나랑 진료실로 갑시다."

라스 씨가 몸을 일으키면서 굳이 네덜란드어로 노래를 부르기 시작했다.

"Ik ben een beetje waterkoker…."

아빠와 창 박사가 여전히 불안해 보이는 라스 씨를 부축했다. 진료실은 라스 씨가 추락한 곳으로부터 몇 미터밖에 안 돼서, 그를 진료실로 옮기는 데는 그리 시간이 걸리지 않았다. 그 와중에도 라스 씨는 계속 노래를 불러댔다. 음치도 그런 음치가 없었다. 누가 들으면 고양이 목을 조르는 줄 알았을지도 모른다.

그들이 진료실 안으로 들어간 다음 문이 닫히고 잠잠해지자, 비로소 나는 안심이 됐다.

그때 무늬들이 우르르 아래층으로 내려왔다. 바이올렛, 키라, 그리고 로디도 내 옆으로 다가왔다.

"왜 그런 것 같아?" 키라가 물었다.

키라가 MBA에 온 지는 두 달밖에 되지 않지만, 그녀는 나와 가장 친한 친구였다.(그렇다고 내가 너무 쉬운 남자라는 뜻은 아니다.) 웬

만한 규정 따원 신경도 쓰지 않는 성격인 게 흠이긴 해도, 그녀는 놀라울 만큼 똑똑한 아이였다.

"예에—" 바이올렛이 키라의 몸동작을 따라 하며 말했다. "왜 그런 것 같아?"

바이올렛은 키라를 정말 좋아해서 종종 그녀의 행동을 그대로 흉내 내곤 했다.

"내가 보기엔 우주착란증이 아닐까 싶다." 로디가 말했다.

로디는 MBA에서 이해할 수 없는 일이 벌어질 때마다 그렇게 말하곤 했다. 뭐든 제 마음대로 속단을 내리고는 아니면 말고, 뭐 그런 식이다. 녀석은 과학 상식을 제법 많이 알고 있으면서도, 너무 쉽게 공상과학영화적인 결론을 내는 경향이 있었다.

"우주착란증이란 게 어뒀냐?" 키라가 로디의 말을 무시하며 말했다.

"예에—" 바이올렛이 또 한 번 흉내를 내면서 말했다. "우주착란증이란 게 어뒀냐?"

"어허, 있다니까 그러네." 로디가 고집을 부렸다. "하지만 NASA에서 그 사실을 감추고 있는 거지. 달기지를 건설하러 왔던 사람들 중 절반이 미쳐서 돌아갔다는 것도 모르냐? 좁은 공간에 처박혀서, 지구와 그렇게 오랫동안 떨어져 있다고 생각해봐. 제정신이 남아 있겠냐고."

"헐, 제정신이 안 남은 건 너지." 키라가 말했다. "아니면 제정신이 아닌 상태로 여길 왔든가."

"쾅!" 바이올렛이 신이 나서 말했다. "한 방 먹었지롱!"

"하—하—" 로디가 비웃으며 말했다. "우주착란증이 아니라면, 라스 씨가 지금 왜 저러겠냐? 딱 봐도 제정신이 아니구먼."

"맥각 중독일지도 몰라." 키라가 말했다.

"예에—" 바이올렛이 맞장구를 쳤다. "메탄 중독일지도 몰라."

"메탄이 아니라 맥각이라고." 내가 바이올렛의 말을 바로잡아줬다. "맥각은 곡물에서 자라는 곰팡이 종류야. 그걸 먹으면 환각 증세 같은 게 나타날 수 있어."

"어떤 곡물?" 바이올렛이 걱정스러운 듯 물었다. "곡물 시리얼도?"

"아니, 그런 시리얼은 말고. 호밀이나 밀 같은 거 말이야."

바이올렛이 안도의 한숨을 내쉬었다.

"휴우~ 내가 곡물 시리얼을 얼마나 좋아하는데. 까딱하면 내 머리도 중독될 뻔했네."

"그 시리얼도 밀로 만든 거야, 이 바보야." 로디가 말했다. "하지만 NASA에서 방사선을 쏘이고 밀봉했기 때문에, 중독이라는 게 있을 수가 없지." 그러고는 키라를 향해 보란 듯이 히죽거렸다.

"그러니까," 키라가 말했다. "네 말은 NASA에서 우리한테 우주착란증이란 병을 숨기려는 거대 음모를 꾸미고 있는데도, 넌 우리가 먹는 음식이 100퍼센트 안전하다고 믿는다, 이 얘기지?"

로디의 히죽거리던 얼굴이 굳어졌다.

"그게… 난… 그러니까…."

"누가 바보야 그럼?" 바이올렛이 물었다. "힌트 하나 줄까? 바로 오빠!" 그러고는 손을 들어 키라와 하이파이브를 했다.

우리 주변의 다른 무니들도 삼삼오오 모여 라스 씨한테 무슨 일이 생긴 건지, 이런저런 말을 주고받고 있었다. 그들 대부분은 음식으로 인한 중독이나 스트레스 따윈 원인이 아니라고 생각하는 것 같았다. 로디의 덜떨어진 형, 세사르 마르케스는 '일종의 스웨덴 뇌질환'일지도 모른다는 얘길 하고 있었다. 그리고 다프네 박사가 이와니 박사에게 하는 말이 내 귀에 들렸다.

"어찌 된 일인지 모르겠지만, 라스 씨가 딱 저 상태로 유지될 수만 있다면, 굳이 치료까지 할 필요가 있나 싶네요."

그때 엄마가 쇼버그 가족 숙소에서 캣워크로 나왔다. 엄마는 소냐 아줌마를 진정시키느라 진이 빠진 모습이었다.

다른 사람들이 뭔가 기대하는 눈빛으로 위를 올려다봤다. 소냐 아줌마의 우는 소리는 더 이상 들리지 않았다.

"이제 좀 진정됐어요." 엄마가 사람들에게 알렸다. "이리나가 그녀에게 진정제를 놔줬거든요."

얀크 박사가 물었다. "라스 씨에게 무슨 일이 생긴 건지, 소냐도 전혀 모르는 눈치예요?"

"갑자기 그랬다는 말밖에는." 엄마가 대답했다. "그녀 말로는, 자다가 일어나니 자기 남편이 이상한 말을 중얼거리며 방 안을 서성이더래요."

"우주착란증 맞네!" 로디가 환호하듯 소리 질렀다. "거봐, 내 생각이 맞다니까!"

"적당히 좀 해라, 이 꼴통아." 세사르가 로디의 기를 죽였다.

그 모습을 보고 바이올렛이 킥킥거리며 웃었다.

로디의 얼굴이 저산소증 증세를 보이기라도 하듯 빨갛게 달아올랐다. 보나 마나, 자기가 좋아하는 키라의 면전에서 자기 꼴을 우습게 만든 형이 원망스러웠을 거다.

"내가 증거를 대볼까?" 로디가 도전이라도 하듯 이의를 제기했다. "확실한 증거를 보여주지. 니나 대장님은 아마 지금쯤 컴링크에 접속해서 의사한테 자문을 구하고 있을 거야. 니나 대장님이 뭐라고 말할지 두고 보자구." 그러고는 진료실을 향해 달려갔다.

"로디!" 엄마가 소리쳤다. "괜히 방해하지 마! 지금 비상 상황이란 말이야!"

하지만 로디는 들은 척도 하지 않았다. 녀석의 마음속에는 오직 자기 생각이 맞다는 걸 보여주겠다는 일념밖에 없었다.

엄마가 나한테 뭐라도 해보라는 신호를 보냈다. 엄마보다는 내가 녀석과 가까운 거리에 있었다.

하지만 녀석을 막아 세울 틈도 없이 로디가 진료실 앞에 다다랐고, 그때 진료실 문이 열렸다. 그 덕에 나는 진료실 안의 광경을 제대로 살필 수 있었다.

라스 씨는 진찰대 위에 큰대자로 뻗어 있었다. 아빠와 창 박사는 그를 꼼짝 못하게 붙잡고 있었고, 니나 대장의 손에는 주사기가 들려 있었다. 진찰대 위에는 해골바가지와 뼈의 모양이 그려진 노란색 상자가 놓여 있었다.

컴링크를 통해 연결된 한 의사가 슬림스크린 화면을 꽉 채운 채 말을 하고 있었다.

"우선 아밀아질산염을 흡입하게 한 후에, 주사를 놓으세요."

로디가 진료실 안으로 들어가자, 세 사람 다 녀석한테 몸을 돌렸다.

"로디!" 니나 대장이 사납게 말했다. "얼른 나가지 못하겠니!"

로디가 덤벼든 것도 아닌데, 니나 대장은 버럭 화를 냈다. 로디는 황급히 뒷걸음질을 쳐서 진료실 문을 닫았다.

하지만 나는 짧은 순간 보고 들은 것만으로도 충분했다. 그동안 나는 의료교육 시간마다 충분히 집중해서 교육을 받았고, 〈달기지 알파 주민들을 위한 공식 안내서〉에 실린 비상 상황시 대처법 또한 빠짐없이 읽었다. 나는 해골바가지와 뼈가 그려진 노란색 상자가 무엇을 의미하는지 정확히 알고 있었다.

라스 쇼버그 씨는 우주착란증에 걸린 게 아니었다.

독극물에 중독된 거였다.

〈지적 외계생명체와의 접촉에 대비한 NASA 업무지침서〉
(© NASA 외계업무부, 2029. 보안등급 AAA)

역사에 미치는 영향

이 지침서를 읽어 내려가기에 앞서, 지적 외계생명체와의 만남이 인류에 미치는 영향이 얼마나 중요한지를 생각해볼 필요가 있습니다. 외계생명체와의 만남이 인류 역사상 가장 엄청난 사건까지는 아닐지라도, 그러한 사건들 중 하나가 될 것이라는 사실은 의심의 여지가 없습니다. 역사적인 순간에 어떻게 대응하느냐에 따라, 향후 인류의 미래가 결정될 수도 있습니다. 그러므로 지적 외계생명체와의 최초 조우 순간이 계획대로 진행되지 않더라도,* 그 이후에 발생할 조우 및 교류는 지구를 적절히 대표할 수 있는 전문가들에 의해 이루어져야 합니다. 그렇지 않을 경우, 지구의 모든 생명체들이 재앙을 맞이하는 결과를 초래할 수도 있습니다.

---

* 외계 문명에서 온 생명체는 지구 문명에 대한 이해가 거의 없을 가능성이 크기 때문에, 그들이 지구를 대표할 것으로 예상하는 대상을 정확히 예측하기란 불가능함. 그러므로 처음에는 정부 요인들이 아닌, 비전문가나 어린아이들, 심지어 동물과 우선적으로 접촉할 가능성이 있음.

인류라는 종족

정확하게 말하면, 청산가리 중독이었다.

니나 대장은 사람들이 겁에 질릴 것을 우려해서 그 사실을 숨기려 했던 것 같다. 그러나 로디 역시 그 노란색 상자가 무엇인지 잘 알고 있었다. 녀석은 내가 제지할 틈도 주지 않고, 전체 주민들을 향해 그 사실을 떠벌리고 말았다.

"누가 라스 씨한테 독을 먹였나 봐요."

기지는 바로 혼란에 빠졌다. 사람들은 설마 누가 그런 짓을 했겠냐며 웅성거리다가, 이내 자신의 결백을 주장하기 시작했다.

나는 사람들이 왜 그런 모습을 보이는지 알 것 같았다. 여기 있는 사람이라면 누구든, 라스 쇼버그 씨가 사라져주길 바라는 마음을 품고 있었기 때문이다. 심지어 그 속내를 공공연히 떠들고 다니는 사람도 제법 많았다.(나도 그중 한 사람이었다. 그것도 한두 번이 아니었다.) 라스 씨는 우리 모두에게 그야말로 끔찍한 대상이었다. 그는 우리에게 모욕을 주고, 흠을 잡고, 정신적으로 고통을 주었으며, 협박까지 일삼았다.

그런 왕재수와 몇 개월이나 더 같은 공간에 갇힌 채 부대껴야 한다면, 누군가는 차라리 그를 없애고 싶었을 수도 있다. 그런데 문제는 그런 생각을 품은 사람이 한둘이 아니리라는 거였다.

아무튼, 니나 대장은 질서를 회복시키기 위해 재빠르게 움직였다. 라스 씨가 청산가리 중독으로 확인되자, 그녀는 아빠와 창 박사가 진료실에 남아 라스 씨를 지켜보게 하고, 우리에게 이 사실을 공지하기 위해 진료실에서 나왔다.

"라스 씨가 청산가리에 중독된 것은 맞지만," 니나 대장이 말을 꺼냈다. "그렇다고 누군가 독을 먹였다는 뜻은 아닙니다."

"아이고, 어련하실까." 로디가 내 옆에서 중얼거렸다.

"라스 씨가 청산가리에 노출된 것을 독살 시도로 볼 수만은 없는, 다른 원인들이 많이 있습니다." 니나 대장이 말을 이었다.

"예를 들면요?" 발니코프 박사가 수상쩍다는 듯 물었다.

"그러게 말이에요." 이리나 브라마푸트라 마르케스 박사가 맞장구를 치며 말했다. "기지 내에서 우리가 알고 있어야 할 환경적인 위험 요소라도 있나요?"

사람들 사이에서 우려 섞인 웅성거림이 터져 나왔다.

"그렇다고 불안에 떨 필요는 없습니다." 니나 대장은 강하게 밀어붙였다. "모두들 아시다시피, NASA에서 지속적으로 우리의 거주 공간에 대한 모니터링을 하고 있지만, 아직까지 우려할 만한 사항은 발견되지 않았습니다."

"적어도 오늘 일은 그렇지 않죠." 알바레스 박사가 투덜댔다.

그의 아내인 킴 박사가 팔꿈치로 그의 옆구리를 세게 찔렀다. "여보!" 그러고는 혹시 자기 남편이 한 말을 들었을까 봐, 로디와 키라와 나를 힐끗 쳐다봤다.

오늘따라 나를 쳐다보는 사람들마다 어쩜 그렇게 걱정스러운 표정을 짓는지 모르겠다는 생각이 들었다.

"내일은 모두들 정신없이 바쁜 하루를 보내게 될 겁니다." 니나 대장이 말했다. "여러분 숙소는 안전하니 모두 돌아가서 눈을 좀 붙이시길 바랍니다. 이런 식으로 확인되지 않은 사실에 대해 계속 운운하는 것은 역효과를 낼 뿐입니다."

그러고는 그렇게 면전에서 쓴소리를 해댔으니 모두들 군말 없이 자기 말을 따를 거라는 확신이 들었는지, 몸을 홱 돌려 진료실로 돌아갔다.

하지만 니나 대장의 말을 따르는 사람은 아무도 없었다. 모두들 숙소로 되돌아가는 시늉만 할 뿐, 정작 숙소 안으로 들어간 사람은 없었다. 그러면서 니나 대장이 듣지 못하게 목소리만 낮추고 있었다. 그 모습을 보고 있자니, 잘 시간이 됐는데도 떠들어대는 아이들에게 캠프 감독관이 호통을 치고 났을 때의 장면이 떠올랐다.

"어떤 사람이 라스 아저씨한테 독을 먹였어요?" 바이올렛이 엄마한테 물었다.

"누가 독을 먹였다고 그래." 엄마가 말했다. "니나 대장이 하는 말 못 들었니?"

"들었어요. 그럼, 왜 독을 먹이려고 했어요? 죽이려고요?"

"너무 늦었다." 엄마가 심기가 불편한 표정으로 말했다. "가서 더 자야지."

"라스 아저씨가 죽으면 엄마는 기분이 좋아요? 아빠는 그럴 것 같은데."

"바이올렛!" 혹시 엿들은 사람이 없는지, 엄마가 주위를 살폈다. 물론 대부분의 사람들이 그 소리를 들은 뒤였다. "도대체 왜 그런 소리를 하는 거니?"

"아빠가 예전에 그랬단 말이에요. 라스 아저씨를 죽이고 싶다고. 그 아저씨가 대시 오빠를 못살게 굴었을 때 말이에요."

"자, 가자." 엄마가 바이올렛의 팔을 잡아끌며 말했다. "당장 가서 자야지."

"안 졸립단 말이에요! 자러 가는 사람, 아무도 없는데! 아무도 나한테 청산가리가 뭔지 알려주지도 않으면서!"

엄마는 서둘러 바이올렛을 데리고 위층으로 향했다. 그러다 내 옆을 지나다 말고 잠시 멈춰 섰다. 문득 어떤 생각이 떠올랐는지, 엄마 얼굴에는 미안한 표정이 잔뜩 서려 있었다.

"대시. 네 생일날 이런 일이 생길 거라곤 미처 몰랐지만…."

"괜찮아요." 나는 엄마를 안심시켰다. 사실 소동을 겪으면서 오늘이 내 생일이라는 것도 까맣게 잊고 있었다. 나는 아무도 듣지 못하게 목소리를 낮춰 말했다. "밖에 나가는 거 허락해주셔서 감사해요. 기분이 끝내줬어요."

"이 일 때문에 더 놀지 못하게 돼서 유감이구나."

"창 아저씨도 라스 아저씨를 죽이고 싶어 했던 거 같아요." 바이올렛이 말했다. "그 얘기를 여러 번 들었거든요."

엄마가 한숨을 내쉬더니 바이올렛을 질질 끌고 숙소 안으로 들어갔다. 마음이 급해서였는지, 아니면 나한테 미안해서 그랬는지 모르겠지만, 엄마는 나한테는 자라는 말을 하지 않았다.

그렇다고 더 잘 시간이 있는 것도 아니었다. 때마침, 잔 퍼포닉이 내 앞에 나타났기 때문이다.

비록 잔이 내 머릿속을 통해 들어온 것이지만, 그녀는 자기 모습을 나한테 투영하면서 여느 때 못지않은 연결 상태를 유지하고 있었다. 그녀가 선택한 인간의 모습은 놀라울 만큼 아름다운 외모에 매끄러운 피부와 눈부시게 빛나는 두 눈을 가지고 있었다.

나는 잔이 실제로 어떻게 생겼는지 모른다. 내가 그렇게 애걸복걸해도, 그녀는 아직 실제 모습을 보여주지 않았다. 분명한 것은 그녀는 인간과 완전히 딴판으로 생겼을 것이라는 사실이다.

잔은 나한테 모습을 보일 때마다 최대한 자연스럽게 나타나려고 신경 썼다. 갑자기 툭하고 모습을 드러내진 않으려고 했다. 그랬다간 내가 깜짝 놀랄 수도 있기 때문이다.(우리에겐 이미 그런 경험이 있었다. 최근 잔이 모습을 보였을 땐 너무나 갑작스레 나타나는 바람에 구내식당에서 소리를 지른 적도 있었다.)

이번에 그녀는 체육관 모퉁이를 돌아 천천히 걸어오는 모습을 연출하며, 사람들 사이에서 나를 향해 가볍게 손을 흔들었다.

"야." 잔이 옆에 있다는 사실을 모르는 키라가 나를 불렀다. "깜빡할 뻔했네. 생일 축하해."

"고마워."

"누가 너한테 굉장한 선물을 줄 뻔했는데 아깝다. 라스 쇼버그 사망."

건너편에서 우리 얘기를 듣던 잔이 얼굴을 찡그렸다. 그녀의 모습은 나와 몇 미터나 떨어진 곳에 투영되고 있었지만, 그녀에겐 내 생각을 모두 읽을 수 있는 능력이 있었다. 그래서 바로 라스 씨에 관한 정보를 얻을 수 있었다.

"난 라스 씨가 죽는 걸 바라진 않았어." 나는 재빨리 말했다.

"글쎄, 다른 사람들은 내심 바라고 있었을걸?" 키라가 목소리를 낮췄다. "누가 그런 거 같아? 하긴, 누가 그랬어도 이상하지 않을 것 같긴 하다만."

"글쎄다. 잠깐 실례 좀 해도 되지? 화장실에 가야 해서."

"그래. 생일맞이 쾌변 기원할게. 이따가 봐."

나는 괜히 다른 사람들과 말을 섞게 될까 봐 잽싸게 사람들 틈을 빠져나갔다. 실제로 화장실로 향했지만, 정말로 용변이 급해서는 아니었다. MBA에는 사적인 공간이라 할 만한 곳이 딱히 없다. 애초에 기지 자체가 넓지 않은 데다, 이미 대부분의 공용 구역을 사람들이 차지하고서 라스 씨 타살 기도 의혹에 대해 왈가왈부하고 있었다. 다목적실은 발니코프 박사와 얀크 박사가 자리를 차지하고 있었고, 마르케스 박사와 이와니 박사는 커피를 마시기 위해 구내식당을 어슬렁거리고 있었다. 키라의 아빠인 하워드 박사는 온실 옆에 혼자 서서 식물들을 빤히 쳐다보고 있었다.

나는 화장실로 가서 세 개의 칸 중 한 곳에 들어가 문을 잠근 다음, 변기 위에 자리 잡고 앉았다. 바지는 입은 채로. 고등생명체와 의사소통을 하는데 바지를 내리고 있을 수는 없는 노릇이니까.

잠시 후, 잔이 가벼운 바람을 일으키면서 내가 앉아 있는 칸으로 들어왔다. 그녀에게 잠긴 문 따윈 문제가 되지 않았다.

"오늘이 네 생일이구나." 잔이 말했다. "지구가 너를 위해 태양을 열세 번째 도는 마지막 날이네?"

"네."

화장실에 아무도 없었지만, 나는 소리 내어 말하지 않았다. 생각만으로 문장을 떠올리면 아무 소리도 내지 않고 대화를 이어갈 수 있었다. 으레 말할 때는 습관적으로 소리를 내게 마련이지만, 지난 몇 주 동안 겪으면서 점점 더 나아지고 있었다.

"이렇게 이른 새벽에 너를 만나러 올 생각은 아니었어." 잔이 말했다. "하지만 네가 이미 깨어 있는 게 느껴졌고, 네가 엄마 뱃속에서 탈출한 날을 축하해주고 싶었어."

"그게, 우리는 보통 '생일 축하해' 하고 말해요. 혹시 저를 위한 신나는 계획이라도 있나요? 예를 들면, 당신의 진짜 모습을 공개한다든지."

"사실은, 비슷한 계획이 있긴 했지."

"정말요?"

나는 너무 신이 나서 하마터면 소리를 낼 뻔했다. 지난 몇 달 동안 잔에 대해 궁금한 것들을 알고 싶어 미칠 지경이었지만, 그녀는 인간에 대해 궁금한 것이 있을 때마다 그토록 나를 닦달하면서도 자신에 대해서는 입을 꼭 다물고 어지간해선 대답해주는 법이 없었다.

"응. 이젠 너도 우리 종족에 대해 좀 더 알 자격이 있다는 생각이 들었거든." 잔이 한숨을 내쉬며 말했다. "하지만 지금 라스 씨에게 무슨 일이 생겼는지 물어봐도 되려나 모르겠다. 누가 정말로 그 사람을 죽이려고 했던 거니?"

나는 저절로 얼굴이 찡그려졌다. 이유는 두 가지였다.

우선, 잔이 자기가 사는 세상에 대해 알려준다면 내겐 최고의 생일선물이 될 수도 있는데, 하필이면 이런 날 라스 씨의 청산가리 중독 사건이 걸림돌이 되고 말았다는 거다.

그보다 중요한 것은, MBA에서 벌어진 또 한 번의 잠재적 살인 의혹 때문에 잔이 인간을 더 형편없는 존재로 여길지도 모른다는 점이었다.

그로 인해, 내가 잔을 만나는 것이 마냥 안심할 수만은 없는 일이 되고 말았다. 그건 지구의 미래가 불확실한 상태에 놓이게 됐다는 뜻이기도 했다.

몇 주 전에 잔이 말하기를, 인류는 스스로를 파멸시킬 수도 있는 중대한 위험에 놓여 있다고 했다. 그 말이 그리 놀랍게 느껴지지 않았던 건, 조금만 관심을 가지면 우리 스스로 지구 위에서 얼마나 많은 생명들을 파멸시키고 있는지 뻔히 보이기 때문이었다. 코뿔소나 코끼리 사냥, 멸종 위기의 고릴라, 산불에 타들어가는 숲들, 급상승하는 지구 온도, 수많은 전쟁을 통해 벌어지는 온갖 살상과 집단 학살, 그리고 지난 10년간 끊이지 않았던 온갖 갈등들. 그렇긴 해도, 그 파국의 시간이 먼 미래의 어느 때가 아니라 얼마 남지 않았다는 말을 들으니, 여간 불안한 마음이 드는 게 아니었다. 잔은 인류를 빗대어, 모든 생명을 한순간에 앗아갈 수 있는 파괴력을 지닌 채 지구로 돌진하는 소행성과 닮았다고 했다.

그러나 아직 희망은 남아 있었다. 잔의 종족은 물론이고, 은하계의 다른 몇몇 종족들은 우리가 가진 많은 문제점들을 해결할 수 있는 방법을 알고 있다고 했다.

안타까운 것은 그들 중 대다수가 그 방법을 우리와 공유하고 싶어 하지 않는다는 사실이었다.

그들은 자신들의 해결책이 잘못 사용하면 오히려 위험을 초래할 수 있다고 봤다. 그들이 느끼기에 인간은 새로운 기술을 받아들일 때마다 그 기술을 이용해 만든 화약이나 전투기, 핵폭탄 등으로 다른 인간들을 죽이는 데 사용했다. 따라서 인간이 자신들의 기술을 이용해 무기를 만들려 한다면, 그 파급력은 은하계 전체로 영향을 미쳐 자신들의 문명마저 파국을 맞을 수도 있었다. 그러한 이유로, 그들은 우리에게 가망이 없다는 판단을 내렸다.

유일하게 잔은 그렇게 생각하지 않았다. 그녀는 다른 종족들이 보지 못한, 인간만의 잠재력을 봤다. 서로 죽고 죽이는 인간의 본성은 분명 나쁜 것이지만, 반대로 그 이면에는 착한 본성 역시 존재한다는 것이었다. 인간은 다른 문명에서는 볼 수 없는 것들을 창조해냈다. 음악, 미술, 시, 그리고 사랑 같은 것들이 그것이다. 잔의 종족 중에서도 일부는 그녀의 생각에 동조했지만, 수적으로 보면 많지는 않았다. 잔이 나와 접촉하는 것도 원래는 허락되지 않은 행위이기 때문에, 그녀는 커다란 위험을 감수하면서 나와 접촉하고 있었다.

이런 형편에서, 기술까지 전수한다는 것은 그야말로 엄청난 위험을 안게 될 터였다. 잔에게는 그런 결정을 내릴 권한이 없기 때문에, 그녀가 규율을 깨면 심각한 위험에 처할 수 있을 터였다. 그래서 그녀는 어떻게 해야 할지 신중하게 고민하던 중이었다.

내가 이런 일에 엮이게 된 것도 바로 그런 이유에서였다.

인류는 어차피 시험에 들었고, 나는 인류를 변호하는 입장에서 힘겨운 전투를 벌이고 있었다. 잔을 알고 지낸 2개월 동안, MBA에서는 이미 한 건의 살인사건이 발생했고, 탐욕과 이중성을 드러내는 많은 행위들이 자행되어왔다. 설상가상인 건, 이 모든 사건이 고작 25명밖에 되지 않는 소규모 그룹 안에서 벌어졌고, 그들 중 몇몇은 현존하는 가장 똑똑한 인간들이라는 것이다.

반대로, 그중에는 현존하는 최악의 인간 대표인 쇼버그 가족도 포함되어 있었다.

그런 만큼 나는 이미 충분히 힘에 겨운 싸움을 벌이고 있었다. 게다가, 이제 내 앞에는 설명해야 할 또 다른 잠재적 살인사건까지 생기고 말았다.

"누군가 라스 씨를 죽이려고 한 건지 아닌지는 잘 모르겠어요. 니나 대장님 말로는, 우연한 사고일 가능성이 있대요."

"하지만 넌 니나 대장을 믿지 않잖아."

그녀의 말은 질문이 아니라 선언이었다. 잔에게는 내 생각과 감정을 읽고 무엇이 내 진심인지 알아내는 능력이 있었다.

"진실이 뭔지는 잘 모르겠어요. 이번 사건에 대해 딱히 아는 게 없어서요. 일이 벌어진 것도 방금 전이고."

"니나 대장은 전에도 너한테 거짓말을 했잖아. 여러 번이나."

"당신도 저한테 거짓말했는데요 뭐."

"그거야, 너를 보호하려고 그랬던 거지."

"니나 대장님도 그런가 보죠. 그분은 우리 모두를 보호하려고 애쓰고 있거든요."

"어떻게?"

"쓸데없이 불안에 떨지 않도록 말이에요."

"하지만 이번에도 범인이 너희들 중 한 명일 수 있잖아. 그렇다면, 모두들 그 사실 때문에 불안해해야 하는 거 아니니?"

"범인이 있다면야 그렇죠. 하지만 아직 확실한 건 몰라요. 그냥 사고일 수도 있어요. 혹시 모르죠, 라스 씨가 정말로 음식을 먹고 중독이 된 건지도."

"음식 때문에 중독이 됐다면 그거야말로 모두들 걱정해야 할 일이겠다."

"음… 그건 그러네요." 나는 순순히 인정할 수밖에 없었다. "중요한 건 니나 대장님도 옳은 일을 하려고 한다는 거죠. 그건 우리도 마찬가지…."

"라스 씨를 죽이려고 하는 사람만 빼고 말이지."

"누군가 정말로 그 사람을 죽이려 했다 해도, 아직은 아무 증거가 없어요. 반면에, 많은 사람들은 쇼버그 가족을 위해 선행을 베풀고 있어요. 그러니까, 우리 아빠와 창 박사님도 평소에 그 사람들이라면 치를 떨었지만 지금은 라스 씨를 살리겠다고 돕고 있고, 우리 엄마와 브라마푸트라 마르케스 박사님 역시 소냐 아줌마를 보살피고 있거든요."

"그건 그래." 잔은 내 말에 동의하면서도, 잠시 동안 그 말을 곱씹었다. 그러다가 결국 물었다. "인간들은 서로 죽이는 걸 좋아하니?"

"네?" 나는 기겁을 하고 물었다. "왜 그렇게까지 생각하세요?"

"인간들이 종종 그런 생각을 하는 것 같아서."

"그럴 리가요."

"이 기지에 사는 사람이라 해봤자 고작 25명뿐이야. 그런데 이미 살인사건이 한 번 발생했고, 이번엔 독살이라니. 좀 심한 것 같지 않니?"

"글쎄요. 제가 말했듯이, 독살 시도가 아니라 단순한 사고일지도 몰라요."

"지구에서는 매일 수많은 사람이 죽는다면서?"

"그 소리는 좀 과장된⋯."

"어쨌든 전쟁이 나면 사람들이 목숨을 잃잖아. 그런데 지구에서는 지금도 그런 일이 많이 발생하고 있고, 그렇지?"

나는 얼굴을 찡그렸다. 왠지 대화가 점점 안 좋은 방향으로 흐르고 있었다.

"맞아요."

"너희들 역사 속에는 수백 번의 전쟁이 있었어. 어쩌면 수천 번일지도 모르겠다. 전쟁이 즐겁지 않다면, 왜 그렇게 자주 전쟁을 일으킬까?"

"그건⋯ 음⋯ 뭐랄까, 설명하기 좀 복잡하네요. 그래도 사람 죽이는 걸 좋아하는 사람은 아무도 없어요. 제가 맹세할 수 있어요."

"웬만한 너희들 영화 속에도 서로 죽이는 장면이 많이 들어 있었어. 그런데 그 영화들은 즐거움을 위해 만든 거 아니었어?"

내 얼굴이 아까보다 더 찡그려졌다. 잔이 본 영화들은 죄다 내가 보여줬기 때문이다.

"맞아요."

"〈스타워즈〉 하나만 봐도 그래. 수백만 명이 죽는 장면이 나오더라. 가스 슈메이더는 행성 하나를 완전히 날려버리던데?"

"다스 베이더겠죠. 그리고 그 사람은 못된 편이에요."

"하지만 착한 편에서도 막 죽이던걸? 영웅 대접을 받으면서 말이야."

"당신이 〈스타워즈〉를 좋아하는 줄 알았어요." 나는 화제를 돌릴 요량으로 그렇게 말했다. "제가 보여드린 다른 영화들도요. 저는 당신이 그 영화들이 인간의 위대한 산물들 중 하나라고 생각할 줄 알았거든요."

"그렇게 획기적인 방법으로 다른 사람들을 즐겁게 한다는 발상은 확실히 유별난 것 같긴 해. 인간이 그렇게 멋진 이야기를 만들어낼 수 있다는 점은 정말 놀랍지만, 그래도 서로 죽이는 걸 즐기는 것 같아."

"우리는 서로 죽이는 걸 좋아하지 않는다니까요!"

"그런데 왜 그런 일이 자주 생기는 거니? 무기를 만드느라 그렇게 많은 돈을 쏟아 붓는 건 무슨 이유 때문이고? 군대 규모도 그렇게 커야 하는 거야?"

"잠깐만요. 그럼, 당신 행성에서는 종족 간에 서로 죽이는 일이 절대 없다는 말이에요?"

"그래."

"정말요? 전쟁을 치르지 않아도 모든 갈등이 해결된다고요?"

"당연하지."

나는 어떻게든 놀라움을 감추려고 애썼다. 어쩌면 내 모습이 인간의 나쁜 단면을 드러내는 것일 수도 있겠지만, 나는 과연 그런 일이 정말로 가능한지 상상하기조차 힘들었다.

"그리고 당신이 알고 있는 은하계 전체가 그렇다 이거예요?"

"지능을 가진 종족들은 그렇지."

"그 말은… 그렇지 않은 종족들도 있다는 말이네요?"

"맞아. 하지만 우리는 그런 일이 발생하지 않도록 최선을 다하고 있지."

"저기요. 솔직히 인간들이 왜 서로를 죽이는지는 저도 잘 모르겠어요. 하지만 즐겁자고 하는 짓이 아니라는 건 알아요. 누군가를 죽이고 싶어 하는 사람은 아무도 없다고요."

"그런데 왜, 그 많은 게임 속에 그런 장면들이 들어 있는 거니? 네 친구 로디도 하루에 몇 시간씩 그런 게임을 하면서 시간을 보내잖아."

"로디는 제 친구가 아니에요. 그냥 여기서, 어쩔 수 없이 같이 지내야 하는 애라고요."

"하지만 그 애가 유별나게 다른 인간은 아니잖아, 그렇지? 네 입으로 직접 그 게임들이 가장 인기가 많다는 말도 했고."

나는 잔뜩 짜증이 나서 한숨을 내쉬었다.

"오늘이 제 생일이잖아요. 화장실 변기에 앉아서 이런 대화를 주고받는 것 말고도 할 수 있는 게 엄청 많을 것 같은데요."

잔이 깜짝 놀라며 눈을 깜박거렸다.

"미안. 난 그저 너희 종족에 대해 좀 더 알고 싶다는 생각에…."

"저도 설명하기 힘든 것들이 많이 있어요. 전 고작 애일 뿐이라고요. 인간들이 하는 행동의 절반도 그 이유를 몰라요. 사람들이 왜 서로를 죽이는지는 전혀 모르고요. 왜 코를 후비는지, 사진을 찍을 때마다 '치즈'라고 말하는지…."

"너희는 사진 기록을 남기면서 유제품의 이름을 말하니?"

"그렇다니까요! 이유는 잘 모르겠어요! 말도 안 되는 소리로 들릴 거예요. 하지만 어쨌든 그러고 있다니까요. 세상일이 다 그런 식이에요."

잔이 고개를 끄덕이고는 눈을 아래로 향했다. 살짝 민망해하는 눈치였다.

"그 말 잘 했다, 대시. 우리 종족한테도 설명하기 힘든 일들이 많이 있거든. 가끔은 내가 너한테 너무 많은 걸 물어본 게 아닌가 싶구나. 네가 얼마나 어린지, 너희 행성이 태양 주위를 얼마나 빠르게 공전하고 있는지 잊고 있었어."

"그게 무슨 말이에요?"

잔이 다시 나한테 시선을 맞췄다.

"은하계에 존재하는 행성들마다 각자의 항성 주위를 도는 공전 주기가 천차만별인 건 너도 잘 알지? 너희가 속한 태양계만 봐도, 수성은 88일밖에 안 걸리지만 해왕성은 165년이나 걸리지."

"맞아요. 그건 저도 알고 있어요. 하지만 다른 행성의 외계인들은 그 시간을 다르게 느낄 거라는 생각은 못 해봤어요."

"아주 많이 달라." 잔이 미소를 지으며 말했다. "오늘 여기 올 때만 해도, 너한테 이것저것 따져 묻고 싶은 마음은 없었어. 오히려 내 얘기를 너한테 해주려고 했지. 그래서 말인데, 이참에 얘기를 꺼내는 게 좋겠다. 너희의 시간 개념과 우리의 시간 개념은 완전히 딴판이야."

나도 미소를 지었다. 마침내 화제를 인간의 폭력성에서 내가 그토록 알고 싶어 하던 것들로 바꿀 수 있어서 기뻤다. 시간이라는 것을 조금 다른 개념으로 접근할 수도 있다는 단순한 생각만으로도 내겐 흥미진진한 일이었다.

"그럼 당신 종족은 시간을 어떻게 따지는데요?"

"너무 복잡한 개념이라 네가 이해할 수 있을까 걱정이다만, 너희 인간의 개념에 대입시키면 우리 행성과 태양의 거리는 너희 지구와 태양의 거리보다 훨씬 멀어. 그러니 우리의 1년은 너희보다 좀 더 길게 느껴질 거야."

"어느 정도나요?"

"대략 두 배쯤?"

"그럼, 만약 제가 당신 행성에서 살았다면, 전 아직 일곱 살도 안 됐겠네요?"

"정확히 말하자면, 꼭 그런 건 아닌데, 이론적으로는 네 말이 맞아."

"당신 행성이 태양과 멀리 떨어져 있다면, 춥지는 않아요?"

"아니. 우리 행성의 태양은 너희 것보다 훨씬 크거든. 더 뜨겁기도 하고. 그래서 우리 행성은 그야말로… 너희 언어로는 '쾌적'하다고나 할까, 아니면 '화창'?"

그 순간, 깜짝 놀랄 만한 생각이 떠올랐다. 잔과 알고 지내는 동안 한번 물어볼 생각조차 못 했던 그 생각. 나는 그녀가 자기 모습을 투영할 때마다, 보이는 모습만큼 나이를 먹었을 거라고 짐작했었다. 그런데 실은 그게 아닐지도 모른다는 생각이 들었다.

"잔, 그동안 당신은 당신의 태양 주위를 몇 번이나 돌았어요?"

그녀는 부끄러운 듯 수줍게 미소를 지었다.

"너희 행성에서 여자의 나이를 묻는 건 예의에 어긋나는 행동이라고 알고 있는데."

"과학적으로 접근하자고요. 그리고 솔직히, 당신이 여자 인간은 아니잖아요. 경우가 다르죠."

"난 지금까지 186번 돌았어."

나는 어안이 벙벙해서 입을 헤벌린 채 그녀를 봤다. 나보다 당연히 나이가 많을 거라고 생각했지만, 그 정도일 줄은 몰랐다.

"네? 그럼…" 나는 머릿속으로 후다닥 계산기를 두드렸다. "350살도 넘네요!"

"지구 나이로 치면 372살 정도 될 거야."

나는 기가 막혀서 아무 말도 할 수 없었다. 기껏 생각해낸 말은 바로 이거였다.

"와, 엄청 동안이시네요."

잔이 다시 미소를 지었다.

"놀리지 마. 내 진짜 모습은 전혀 달라."

"말이 나왔으니 말인데, 정말 끝내주는 생일선물이라면 뭐가 있을까요? 당신의 진짜 모습을 보여주는 건 어때요?"

잔이 잠시 고민에 빠졌다가 마침내 입을 열었다.

"그것도 괜찮겠네."

내가 그녀에게 진짜 모습을 보여달라고 말하려는 순간, 화장실 문이 활짝 열리더니 로디가 급히 안으로 들어왔다.

"대시!" 녀석이 큰 소리로 외쳤다. "아직 안에 있냐?"

녀석이 화장실 칸막이 아래쪽으로 엎드리는 소리가 들렸다. 나는 녀석한테 들킬까 봐 서둘러 두 발을 올렸지만, 이미 때를 놓치고 말았다.

"아하! 여기 있었구나! 그만 끊으시지. 니나 대장님이 보자신다."

"지금?"

나는 뭔가 미심쩍어 그렇게 물었다. 하지만 머릿속에서 잔과 한참 동안 대화를 나눈 탓인지, 소리 내어 말하는 것을 깜박하고 말았다.

로디가 화장실 문을 두드리며 세게 흔들었다.

"침묵 전략 따위 나한테 안 통해. 그 안에 있는 거 다 안다니까."

"금방 가겠다고 전해줘." 나는 이번엔 소리 내어 말했다.

"장난해? 그 안에서 30분이나 있었으면서! 뭐가 그렇게 오래 걸리냐? 또 분리기 고장이라도 냈냐?"

"아니야. 잠시 나만의 시간이 좀 필요했을 뿐이야."

"미안하지만, 그건 안 되겠다. 니나 대장님이 당장 너를 데려오라고 긴급명령을 내렸거든. 그러니까 빨리 끝내라."

잔이 안타까운 표정으로 나를 바라봤다.

"급한 일이라도 있나 보다. 내가 그만 놓아줄게."

"안 돼!" 나는 너무 당황한 나머지 소리를 내고 말았다.

"안 된다고?" 내가 자기한테 한 말인 줄 알고 로디가 되물었다. "나도 너 때문에 하루 종일 여기서 죽치고 앉아 있을 마음 없다. 내가 그렇게 한가한 사람 아니거든?"

화장실에 왔다 하면 달랑 세 개뿐인 변기 중 하나를 차지하고 앉아서, 변기 앞에 설치된 모니터로 세 시간씩이나 게임에 빠지는 녀석이 할 소리는 아닌 것 같았다.

나는 간절한 눈빛으로 잔을 쳐다보면서 머릿속으로 말했다.

"제발요. 지금 가시면 어떻게 해요?"

"조만간 다시 올게." 그녀가 말했다. "상황이 좀 잔잔해지면. 약속할게."

그렇게 그녀는 훌쩍 떠나버렸다.

무선 교신

지적 외계생명체(이하 '외계인'으로 줄임)와의 직접적인 조우 가능성을 배제할 수는 없지만, 은하계 행성 간의 거리를 고려하면, 외계인과의 최초의 만남은 전파망원경망과 같은 거대한 위성통신 시설을 통해, 전파를 이용한 원거리 통신의 형태로 이루어질 가능성이 가장 높습니다. 그렇기 때문에, 해당 위성통신 시설들은 항상 면밀하고 세심하게 관리되어야 하며, 해당 시설에서 근무하는 자는, 실제로 외계에서 보낸 것으로 추정되는 신호를 수신하는 즉시 관할 기관에 보고해야 합니다.

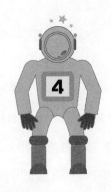

청산가리 중독

달 생활 252일째

여전히 꼭두새벽

"라스 씨는 우연히 독극물에 중독된 것이 아니다." 니나 대장이 말했다. "누군가 그를 독살하려고 했어."

니나 대장과 나는 집무실로도 사용하는 그녀 숙소에서, 책상을 사이에 놓고 큐브에 앉아 얼굴을 마주 보고 있었다. 이른 시간도 시간이거니와 이미 지칠 대로 지친 내 몸 상태로는 똑바로 앉아 있기 힘들었다. 반면에 니나 대장은 쇠꼬챙이처럼 꼿꼿이 앉아 있었다. 평소 그녀의 강박 증세를 보여주기라도 하듯, 방 안의 모든 사물들은 깔끔하게 정리되어 있었다. 달기지로 오는 주민은 소량의 개인 소지품을 가져올 수 있는데도 니나 대장은 달랑 다리미 한

개만 가져온 것을 보면, 굳이 부연 설명하지 않아도 많은 것을 알
수 있었다.

나는 그 말에 깜짝 놀라, 니나 대장을 빤히 쳐다봤다. 나도 누군
가 라스 씨를 죽이려 한 게 아닐까 하고 의심하긴 했지만, 내 생각
이 틀리기를 내심 바라고 있었기 때문이다. 홀츠 박사님 살인사건
에 이어 살인 용의자가 MBA 안을 활보하고 있다는 것을 두 번째
로 확인한 순간, 나는 극도로 불안한 마음이 들기 시작했다.

니나 대장이 나한테 그런 얘기를 해준 데 대해서도 놀라울 따름
이었다. 몰래 기지 밖으로 나간 일로 벌을 주려는 건 아닐까 하고
걱정하던 참이었는데, 덕분에 나는 완전히 마음을 놓을 수 있었다.

"그건 어떻게 아셨어요?"

"네 아빠와 창 박사가 라스 씨의 위를 세척했거든. 그런데 라스
씨가 마지막으로 섭취한 음식들에서 청산가리가 검출됐어. 누군가
그 사람 음식에 독을 주입한 거지."

"우연히 청산가리가 음식에 들어간 건 아닐까요? 오염되듯 말이
에요."

니나 대장이 고개를 가로저었다.

"우리 기지 내 음식들의 안전도는 NASA에서 최우선으로 여기
는 사항이야. 기지로 생음식 재료들이 반입되지 않는다는 것을 고
려했을 때, 기지 음식이 오염됐다면 정말로 큰일이지. 그래서 기관
에서는 그런 일이 생기지 않도록 철저한 검사 단계를 거치고 있어.
우리 음식에 독성 물질이 들어 있을 가능성은 없다고 보면 돼. 그

러니 우연한 사고는 아닌 거지. 게다가 라스 씨 위에서 발견된 청산가리의 양을 보면, 분명히 사고는 아니야."

"혹시 다른 사람들 중에서도 중독됐을 가능성은 없나요?"

"없어. 하지만 이번 일이 불특정 대상을 상대로 벌어진 게 아님은 분명해. 범인은 특별히 라스 씨를 목표로 삼은 것 같거든."

"어째서요?"

"독이 든 음식은 루테피스크였어."

"아."

나는 어떻게 된 건지 완전히 이해가 됐다.

라스 쇼버그 씨는 MBA에서 유일하게 루테피스크를 먹는 사람이니까. 그 음식은 온전히 그만을 위해 공수된 것이었다.

루테피스크는 말린 대구를 며칠 동안 잿물에 담가 젤리처럼 만드는, 스칸디나비아 지역의 전통 음식이다. 내가 평생 먹어본 음식들 중에서 가장 역겨운 것 중 하나였다.

젤리처럼 만든 생선이라니, 생각만으로도 소름이 끼치는데. 그나마 지구에서는 감칠맛이 나게끔 조리법을 바꿀 수나 있지. 안타깝게도 나는 NASA에서 만든 것밖에 먹어보지 못했다. 엉뚱한 라벨이 붙어 있는 것도 모르고 무심코 한입 먹어본 게 다였다. 당연히 스크램블 에그인 줄 알고 먹었는데, 입 안에는 루테피스크가 들어 있었다. 그 맛이 어찌나 끔찍했던지, 변기를 전세 내다시피 끌어안고 있어야 했다.

니나 대장이 말했듯이, NASA는 우주에서 먹을 음식을 상하지 않게 오래 보관하기 위한 방법을 찾느라 수많은 시행착오를 겪었다. 그 결과, 수분을 제거하고 방사선을 쪼이고 열처리를 한 뒤 잘게 쪼개거나 으깬 음식들은 실제 음식의 형태와는 거리가 멀었다. 심지어 피자나 햄버거, 컵케이크처럼 이름만 들어도 군침이 도는 음식들조차 식품공학자들의 손을 거치면 마분지 맛이 났다. 그중에서도 루테피스크는 그야말로 역겨움의 끝판왕이었다. 생긴 것은 고름 같고, 냄새는 하수구, 혀 위에서의 감촉은 달팽이가 기어가는 느낌이었다.

나만 그렇게 느끼는 것은 아니었다. MBA의 다른 사람들도 마찬가지였다. 심지어 지구에서 거리낌 없이 루테피스크를 즐겼던 나머지 쇼버그 식구들조차 NASA에서 보내준 루테피스크는 역겹다고 할 정도였다. 창 박사는 그 맛을 '평생 지은 죄에 대한 벌'이라고 빗대어 말하기도 했다.

그런데도, 라스 쇼버그 씨는 진심으로 그 음식을 좋아했다.

라스 씨는 여행객의 자격으로 MBA에 오기 위해 5억 달러(한화로는 약 5,700억 원:옮긴이)의 돈을 지불했기 때문에, 그에 따른 몇 가지 특전을 누릴 수 있었다. NASA에서 그가 좋아하는 몇 가지 음식을 항상 비축해놓기로 한 것이 그중 하나였다. 루테피스크를 좋아하는 라스 씨를 위해 식품공학자들이 앞다퉈 루테피스크 개발을 시도했지만 결과는 참담했다. 자신들이 개발한 치킨 리버 파테를 '식용에 적합'하다며 음식 리스트에 포함시켰던 식품공학자들조차 역겹다는 것을 인정할 정도였다.(우리 무늬들은 파테로 작은 구멍을

메우는 데 쓰면 썼지, 먹지는 않는다.) 그래서 그들은 루테피스크 전량을 소각시킬 계획을 세웠지만, 라스 씨가 어떻게 손에 넣었는지 그중 일부를 맛보고는 지금까지 NASA에서 개발한 음식들 중 최고라고 말했다. NASA도 어안이 벙벙했지만, 결국 라스 씨를 만족시키기 위해 그 엉터리 음식을 달로 실어 보내는 것을 승인해줬다.

쇼버그 가족이 그 음식을 먹을 때마다, 사람들은 라스 씨가 이제라도 정신이 들어 역시 NASA에서 만든 루테피스크는 역겨운 음식이라는 것을 깨닫게 될 거라고 생각했다. 하지만 라스 씨는 오히려 그 음식을 더 즐겼다. 그는 루테피스크를 먹으면 어린 시절이 생각난다고 했다.(그 말을 듣고 우리 아빠는 정말 끔찍한 어린 시절을 보냈겠다면서 그를 비아냥거리기도 했다.)

그러니 만약 누군가 라스 씨를 독살할 마음을 품었다면 루테피스크만 한 게 없었을 거다. 그 음식은 그가 아니면 아무도 손을 대지 않기 때문에, 실수로 애먼 사람이 죽을 가능성은 없으니까.

"범인이 어떻게 음식에 독을 넣었는지는 알아내셨어요?"

"정확히는 모르겠어." 니나 대장이 대답했다. "하지만 그렇게 어려울 것도 없지. 주사기만 있으면 가능하니까. 구멍이 작아서 눈에 잘 띄지도 않고, 그 위에 라벨만 붙여주면 끝이잖아."

그 말은 완벽하게 일리가 있었다. 우리가 먹는 모든 음식은 금속성 호일에 싸여 밀봉돼 있기 때문에, 얼핏 보면 죄다 똑같이 보인다. 그래서 각각의 음식에는 음식명이 표기된 라벨이 부착돼 있다.

"그런데 기지에 웬 청산가리가 있어요?"

"아니, 없어." 니나 대장이 없다는 말에 힘을 주며 말했다. "적어도 보유하지는 못하게 돼 있지. 청산가리가 산업용으로 쓰일 때도 있지만, 독성 때문에 NASA는 MBA에서 청산가리를 보유할 수 없게끔 했지. 다른 독성 물질도 마찬가지야."

"그럼, NASA는 청산가리가 있다면 누군가 그걸로 사람을 죽일 수도 있다는 생각을 했다는 말이네요?"

"아니. 혹시 모를 사고를 걱정했던 거겠지. 혹시라도 누설되거나, 실수로 먹을 수도 있으니까."

"결국 그 청산가리가 어디서 온 건지는 모르는 거네요?"

"그래."

나는 그게 어디서 왔을까 하고 생각에 빠졌다가, 문득 떠오르는 것이 있었다.

"음식 저장고 주변에 보안카메라들이 있지 않아요?"

"물론 있지."

"그럼, 영상을 확인해보면 누가 음식에 손댔는지 알 수 있지 않아요?"

"안타깝게도 이번 사건은 그게 의미가 없다는 게 문제야. 영상을 확인해본들, 범인이 언제 음식에 독을 주입했는지는 알 수 없어. 지난 몇 개월 동안 언제든 그럴 기회가 있었으니까. 음식 저장고는 누구나 접근이 가능하니, 저장고에 간 사람이 독을 주입했다고 단정하기도 어려워. 마음만 먹으면 얼마든지 카메라를 피해 음식을 자기 숙소로 가져가서 독을 주입한 다음, 들키지 않고 다시 갖다 놓으면 끝이잖아. 지난 몇 개월치 영상을 샅샅이 뒤지려면 하루 이틀에 끝날 일이 아닌데, 그러는 동안 증거를 찾을 기회는 점점 줄겠지."

"그러게요." 나는 불편한 자세를 고쳐 앉았다. 아무래도 핵심 질문을 날릴 때가 온 것 같았다. "대장님, 왜 저한테 이런 얘기를 해주시는 거예요?"

대답하기 껄끄러운 듯, 니나 대장은 잠시 뜸을 들였다.

"라스 씨를 독살하려 한 범인을 찾는 일에 네 도움이 필요하기 때문이지."

"정말요?" 나는 깜짝 놀라서 물었다.

"두 달 전, 너 덕분에 살인사건을 해결할 수 있었잖니."

"대장님은 조사하지 말라고 하셨던 사건이죠." 나는 그때를 상기시키며 말했다.

"그리고 지난달엔, 내가 겪었던 일을 해결하기도 했고." 니나 대장은 내 말 따윈 아랑곳 않고 말을 이어갔다. "그런 걸로 봤을 때, 네겐 풀기 어려운 사건의 실마리를 찾는 데 특별한 능력이 있는 게 분명해. 이번 사건을 최대한 빨리 해결하고 싶구나. 또 다른 살인범을 그냥 두고 볼 수만은 없지 않겠니?"

그 순간, 나는 니나 대장이 그만큼 나를 믿는 데 대한 우쭐한 마음과, 두 번째로 살인범을 쫓아야 한다는 걱정이 동시에 들었다. 차마 다시 떠올리기도 싫지만, 솔직히 나는 또 다른 살인범이 있다는 사실이 두려웠다. 지난번에 살인범과 상대했을 때, 하마터면 나는 로봇팔에 짓눌린 파리 신세가 되어 죽을 뻔했었다.

"대장님, 저 같은 어린애한테…."

"나도 네가 열두 살밖에 되지 않았다는 걸 잘 알고 있어."

"이젠 열세 살이에요. 오늘이 제 생일이거든요."

"그렇구나."

다른 사람들이라면 생일을 축하한다는 말을 해줄 텐데, 니나 대장은 별다른 반응을 보이지 않았다. 간혹 그녀가 잔보다 더 외계인처럼 느껴질 때가 있었다.

대신 그녀는 이렇게 말했다.

"그래도 네가 이번 사건의 해결에 도움이 될 거라는 내 생각엔 변함이 없다."

"하지만 우리 기지엔 저보다 훨씬 똑똑한 사람들이 많잖아요. 여기 있는 사람들 대부분이 천재 소리를 듣는 분들이잖아요. 그분들한테 도움을 요청하시는 건 어때요?"

"무엇보다, 난 라스 씨가 중독됐다는 사실을 다른 사람들에게 알리고 싶지 않다. 그 이유는 두 가지야. 첫째, 사람들을 불안에 떨게 하고 싶지 않아. 어린아이들에겐 더더욱. 둘째, 라스 씨에게 독을 먹인 범인이 들키지 않고 무사히 넘겼다고 생각하게 만들고 싶어. 우리가 다 알고 있다는 사실을 모르게 하면 범인은 경계심을 풀게 될 거야…."

"그럼 다시 일을 벌일까요?"

"아마도. 그때 우리가 범인을 잡아야지."

그녀가 말을 꺼내진 않았지만, 나는 그녀가 이번 사건을 조용히 처리하고 싶어 하는 세 번째 이유를 알 것 같았다. 바로 일반 대중에게 안 좋은 평판이 돌까 봐. 누군가 라스 씨에게 고의로 독을 먹인 사실을 모든 무니들이 알게 된다면, 지구까지 소문이 나는 것은 시간문제다. 물론 NASA가 우리의 모든 통신 내용을 확인하고 검열하기 때문에, 이론적으로는 일반 대중이 그 소식을 접하지 못하게 할 수 있지만. 반대로 니나 대장이 이번 사건을 NASA조차 모르게 처리하는 것도 가능하다. 그녀의 지휘 하에서 이미 한 건의 살인사건이 발생했고, 그녀 자신도 여러 가지 규정을 어기며 실종 됐던 전력이 있었다. 그래서 이번 일은 그녀에게 커다란 타격이 될지도 모르는 사건이었다.

나는 그런 얘기를 입 밖에 꺼내진 않았다. 꺼내봤자 그녀의 화를 돋울 게 빤하니까.

"너랑 나 말고, 이번 일의 실체를 아는 사람은 네 아빠와 창 박사뿐이야." 니나 대장은 계속 말을 이어갔다. "두 사람에게도 이번 일을 함구하라고 요청해놨어. 다른 사람들에겐 이번 일은 우연한 사고였다고 알릴 계획이야. 라스 씨가 상한 루테피스크를 먹어서 그런 거라고 말이야. 너도 계획대로 잘 따라주길 바란다."

"물론이죠. 그럼 아빠랑 창 박사도 이번 사건을 함께 조사하는 거죠?"

"당연하지. 그렇지만…" 니나 대장이 말을 하다 말고, 어떻게 말해야 할지 신중하게 고민하는 듯 잠시 뜸을 들였다. "내가 널 부른 이유는, 개인적으로 창 박사가 좀 의심스럽기 때문이야."

"네?"

창 박사는 나한테 친구 같은 존재였다. 그는 어른들 중에서 유일하게 나를 어린애가 아니라 어른처럼 동등하게 대해주는 사람이었다. 하지만, 나는 니나 대장이 어떤 점을 믿지 못하는지 알 것 같았다. 창 박사는 평소에는 참 편한 상대지만, 화가 나면 무섭게 돌변할 수 있는 사람이었다. 게다가 기지에서 둘째가라면 서러울 정도로 똑똑할 뿐 아니라, 육체적으로도 가장 강한 사람이었다. 그가 마음만 먹으면 머리로든 몸으로든 상대를 종잇장처럼 납작하게 짓누르는 건 일도 아닐 터였다. 더군다나 그는 수시로 라스 쇼버그 씨와 날카롭게 부딪치곤 했다.

"너도 알고 있겠지만, 창 박사와 라스 씨는 사이가 별로 안 좋잖니." 니나 대장이 표현을 최대한 절제하며 말했다. 두 사람이 만나기만 하면 으르렁거리는 것은 사실이었다. "난 창 박사가 이번 사건의 용의자일 수도 있다는 생각을 하고 있어. 정말 그렇다면, 아마 그는 자신의 흔적을 감추고 증거들을 없애려 하겠지. 그래서 이번 사건은 창 박사가 아닌 다른 사람이 필요해."

"저더러 창 박사님을 감시하라는 말씀이세요?"

"그래. 하지만 다른 사람들도 마찬가지로 잘 지켜보기 바란다."

"모든 사람들을요?"

"안타깝지만, 이번 사건의 피해자가 누군지 생각하면, 기지 내어느 누구도 배제할 수가 없구나. 기지 내에서 라스 쇼버그 씨만큼

미움을 독차지한 사람이 또 있어야 말이지. 다른 사람들의 생활까지 비참하게 만든 사람이니까. 그동안 참을 만큼 참지 않은 사람이 누가 있을까 싶다."

"그래도 아이들은 아니겠죠."

놀랍게도, 니나 대장은 곧바로 내 말에 동의하지 않았다. 그녀는 잠시 뜸을 들이더니, 마침내 입을 열었다.

"내 생각엔, 바이올렛이나 카모제나 이네스 같은 아이들은 그런 방법 자체를 모르겠지. 하지만 키라나 로디는 좀 다르지."

그 말을 듣고 나니, 니나 대장이 나에게도 의심을 품고 있을지 모른다는 생각이 들었다. 그녀는 충분히 그러고도 남을 사람이고, 반대로 창 박사에게 나를 잘 감시하라고 했을지도 모를 일이었다. 어쨌든, 나도 라스 씨와 언쟁을 벌일 만큼 벌인 사람이니까.

"솔직히 말하면," 니나 대장이 말을 이었다. "난 네가 아이들을 좀 더 각별히 지켜봤으면 좋겠다. 너도 그 아이들과 비슷한 또래니까, 아이들에게 뭘 물어봐도 이상하게 생각하진 않을 거야. 하지만 창 박사나 네 아빠, 그리고 나에겐 그런 이점이 없거든."

"알았어요."

나는 그녀의 요구를 받아들였다. 키라가 그런 끔찍한 일을 벌였을지도 모른다는 건 상상조차 하기 힘들지만, 솔직히 로디에게는 확신이 없었다. 세사르도 마찬가지였다. 그 둘이 함께 모의를 했을지도 모르는 일이었다.

"좋아. 그럼 난 네가 바로 움직였으면 좋겠구나."

"겨우 새벽 네 시 반인데요."

"범죄가 발생한 이후, 시간이 흐를수록 범인에게 빠져나갈 기회가 많아진다는 건 누구나 아는 사실이야."

"하지만 대장님이 말씀하셨듯이, 범인은 이번 일을 몇 달 전부터 꾸몄을지도 모르잖아요. 그저 음식에 독을 넣은 다음, 잠자코 기다리고 있었을지도 모르는데."

"이번 일이 까다로운 사건이라는 건 나도 잘 알고 있어. 해결이 쉬울 것 같으면, 내가 너 같은 열두 살짜리 아이에게 도움을 청했겠니?"

"열세 살이라니까요."

"거참, 축하한다." 니나 대장이 툴툴거리며 말했다. "뭔가 알아내면, 즉시 나한테 알려야 한다. 알겠니?"

"네."

"좋아. 그럼, 누가 또 죽기 전에 할 일을 하는 게 어떨까?"

그렇게 말하고 그녀는 할 말 다 했다는 듯 책상 위 컴퓨터로 눈을 돌렸다.

나는 바로 일어나서 범인을 찾아 나섰다.

〈지적 외계생명체와의 접촉에 대비한 NASA 업무지침서〉
(ⓒ NASA 외계업무부, 2029. 보안등급 AAA)

신호의 해석

외계인이 보낸 신호를 수신했을 경우, 가장 먼저 확인해야 할 사항은 목적이 무엇인지 알아내는 것입니다. 신호는 아래와 같이 두 가지 형태로 분류할 수 있습니다.

1) 인간에게 보낸 신호는 아니지만, 인간이 가로챈 신호.
2) 인간에게 보낸 신호. 이 경우는 아래의 두 가지 중 하나에 해당될 수 있음.
   a) 우호의 목적
   b) 위협의 목적

신호를 수신하면, 가장 먼저 해야 할 일은 수신된 신호가 어떤 형태인지 파악하는 것입니다. 1)의 경우, 인간을 대상으로 한 것이 아니기 때문에 내용을 파악하기가 매우 어렵겠지만, 2)의 경우에는 이론적으로 인간이 해석 가능한, 보편적인 수학적 기법을 이용한 신호일 가능성이 높습니다.

범인은 누구인가

아침이라 불러도 될 만한 시간

　나는 곧바로 범인을 찾아 나서려다가 다시 침대 속으로 들어갔다. 범인의 행방은 아직 오리무중이지만, 니나 대장이 나한테만 범인 찾는 일을 시키는 바람에, 다른 사람들은 죄다 다시 잠을 자러 간 상태였다. 나도 피곤해 죽겠는데 말이지. 다른 날도 아니고, 내 생일인데. 그래서 나는 설마 몇 시간 내에 또 다른 피해자가 나오기야 하겠냐 싶은 생각에, 본격적인 범인 색출에 앞서 충분한 휴식을 취하기로 했다. 범인이 라스 씨만 콕 찍어 그렇게 공을 들인 것을 보면, 왠지 당장은 다른 사람들에게 피해가 갈 것 같지 않았다.
　아빠의 수면 캡슐은 텅 비어 있었다. 라스 씨를 돌보느라고 창 박사와 함께 아직 진료실에 남아 있는 모양이었다. 아빠는 의사는 아니지만 MBA에 오기 전 응급의료 교육을 받았다.(다른 어른들도 교육을 받았지만, 그중 마르케스 박사와 아빠의 성적이 가장 좋았다.)

엄마와 바이올렛은 엄마의 수면 캡슐 안에서 함께 잠들어 있었다. 바이올렛을 다시 재우느라 힘깨나 들었겠다 싶었다. 그렇잖아도 바이올렛은 가끔씩 악몽을 꾸곤 하는데, 라스 씨가 독극물에 중독됐다는 얘기까지 들었으니 쉽게 잠들었을 리가 없었다. 다행히 지금은 행복한 꿈을 꾸고 있는 듯했다. 바이올렛의 행복한 잠꼬대 소리가 들렸다. "아틀란티스에 오신 것을 환영합니다. 나는 돌고래 여왕이에요."

나는 쉽사리 잠들지 못했다. 피곤해 죽을 맛이지만, 라스 씨 사건에 대한 의문점들이 내 머릿속을 괴롭혔다. MBA에 반입이 허용되지 않는 청산가리를 범인은 어떻게 갖고 있었을까? 범인이 몇 달 전부터 독살 계획을 꾸미고 있었다면, 혹시 수상한 행동을 하는 사람이 있지 않았을까? MBA 주민들은 하나같이 라스 씨를 증오하는데 과연 용의자 범위를 좁힐 수 있을까? 생각이 거기까지 미치자, 나는 라스 씨의 가족조차 용의자 선상에서 제외시킬 수 없었다. 소냐 아줌마나 릴리, 패튼은 라스 씨를 해치려는 동기를 갖고도 남을 만큼 비열한 사람들이니까. 바로 라스 씨의 재산 때문에. 하지만 그들 말고도 용의자가 넘쳐난다는 게 문제였다.

결국, 그중에서 나를 가장 괴롭히는 의문점이 무엇인지 떠올랐다. 만약 내가 범인의 윤곽을 찾아낸다면, 범인이 자기 정체를 감추기 위해 나한테 해코지를 하려고 하지 않을까? 내겐 이미 그런 경험이 있었다. 범인을 추적하되 몸은 쓰진 않겠다는 말을 니나 대장에게 해볼까 하는 생각이 들었다. 니나 대장에 창 박사와 아빠까지, 굳이 내가 아니어도 범인을 찾는 사람들이 있으니까. 그리고 설령 범인이 포위망을 감쪽같이 빠져나가 결국 라스 씨를 해친다 한들, 그게 그렇게 끔찍한 일일까?

하지만 나는 결국 범인 색출에 나서기로 결심했다. 그 결심에는 몇 가지 이유가 있었다.

첫째, 니나 대장의 명령을 거부했다간 괜히 나만 피곤해질 거라는 점.

둘째, 피해자가 라스 쇼버그 씨일지라도, 누군가를 해치게 놔두는 것은 옳지 않은 일이라는 점.

셋째, MBA 안에 또 다른 살인자가 있다는 것은 생각하기도 싫다는 점.

그런 생각들 때문에, 나는 잠들지 못하고 몸을 이리저리 뒤척였다. 작고 갑갑한 수면 캡슐과 루테피스크보다 고약한 냄새를 풍기는 얇은 에어매트리스도 전혀 도움이 되지 않았다. 침대에 누워 있는 동안, 지난번 하푸나 비치를 느끼고 왔던 경험을 떠올리며, 나는 생각을 집중해 내 모습을 지구에 투영해보려고 애썼다. 그동안 하루에도 몇 번씩 시도해봤지만 성공한 적은 한 번도 없었다.

이번에도 결과는 마찬가지였다. 나는 최대한 정신을 집중해서 잡생각을 쫓으려 애쓰며, 스스로 지구에 가 있다고 최면을 걸었다.

하지만 나는 여전히 달기지 안에 남아 있었다. 거기에 누군지도 모르는 살인범에 생각이 미치자 맥이 빠질 지경이었다.

그렇게 한참이나 진을 빼고 나서야 스르르 잠이 들 수 있었다.

온전히 15분 정도 잤을까. 바이올렛이 내 단잠을 깨웠다.

바이올렛은 좋게 표현해서 예쁜 짓을 하고 있었다. 최근 학교에서 배운 스페인어로 〈생일 축하합니다〉 노래를 부르고 있었다.

동생은 목청껏 큰 소리로 노래를 마치고는 이렇게 외쳤다.

"펠리스 꿈쁠레아뇨스(생일 축하해), 오빠!"

"한 시간만 더 기다렸다 노래해주면 어디가 덧나냐?"

"안 돼용! 선물도 있단 말이야!"

"혹시 지구로 보내주기라도 하나?"

"그건 말 못 해. 비밀이야."

"일찍 깨워서 미안하구나." 엄마가 옷장에서 바이올렛의 옷을 뒤적이며 말했다. "엄마는 어떻게든 막아보려고 했어. 그런데 너도 일어나야 할 시간이 얼추 됐더라고. 오늘 수업 있잖니."

그 소리를 들으니 아침부터 기분이 별로였다.

"으." 나는 앓는 소리를 냈다. "꼭두새벽부터 비상이 걸렸는데 쉬지도 않는대요?"

"그래." 엄마가 뭔가 비밀이라도 말해주듯 덧붙였다. "NASA에서 어젯밤 일을 알기나 하는지 모르겠다."

"일어나, 빨리! 일어나라고!" 바이올렛이 다그쳤다. "오빠 선물 풀어봐야지!"

나는 수면 캡슐을 빠져나왔다.

"짜잔!"

바이올렛은 작은 선물 하나를 들고 있었다. MBA에 포장지 따윈 없었다. 종이가 있긴 하지만 양이 얼마 되지 않았다. 그리고 어지 간한 읽을거리들은 무게를 줄이기 위해 대부분 디지털 형태로 제 작되었다. 〈달기지 알파 주민들을 위한 공식 안내서〉에서 뜯어낸 종이 몇 장이 포장지를 대신할 따름이었다.

"고맙다."

나는 바이올렛에게서 선물을 받아 들었다.

"사탕이야!"

비밀이라더니, 바이올렛이 참지 못하고 말해버리고 말았다.

"정말?"

포장을 벗기니 정말로 스키틀즈 한 봉지가 들어 있었다. 제법 만 족스러운 선물이었다.

물론 지구에서라면 고작 사탕 한 봉지가 무슨 대수일까 싶겠지 만, 미식의 불모지인 MBA에서 그런 달달한 음식은 특별한 날이 아니면 맛볼 수 없었다. 사탕은 쉽게 우주로 보낼 수 있는 몇 안 되는 먹을거리 중 하나지만, 그렇다고 손쉽게 손에 넣을 수 있는 것은 아니었다. 가장 가까운 슈퍼마켓이 40만 킬로미터나 떨어진 곳에 있다는 것도 문제였다. NASA가 보내주는 사탕을 받으려면 꽤나 오래전에 미리 신청해야 했다.

"고마워." 나는 바이올렛을 안아줬다. "기분 짱이다."

"나도 좀 먹어도 돼?" 바이올렛이 물었다.

"지금? 방금 일어났잖아."

"방금 일어난 사람은 오빠지. 난 일어난 지 15분이나 됐단 말이야."

"사탕은 저녁 먹고 나서 먹자." 엄마가 바이올렛의 등 뒤에서 나한테 윙크를 보냈다. 날이 날인지라, 나 혼자만 즐기라는 엄마의 배려였다. 엄마가 바이올렛한테 옷을 건넸다. "아가씨, 아직 아침도 안 먹었거든요. 옷부터 입자."

바이올렛이 '다람쥐 특공대' 캐릭터 잠옷을 벗고 옷을 갈아입었다. 나는 이미 평상복을 입고 있었다. 옷을 입은 채로 잠을 잤기 때문이다. 기지 안에는 먼지가 거의 날리지 않다 보니 어지간해선 옷이 더러워지지 않는 데다, 세탁기가 부족한 탓에 같은 옷을 닳아 빠질 때까지 입게 마련이었다.

바이올렛이 옷을 챙겨 입는 동안, 나는 엄마한테 말했다.

"사탕 잘 먹을게요."

"엄마, 아빠가 아니라, 순전히 네 여동생 작품이야."

"그래도 주문은 엄마가…."

"바이올렛이 하도 고집을 부리니까 그랬지. 쟤가 두 달 전부터 계획을 세웠거든. 엄마랑 아빠의 선물은 너한테 기지 밖에서 콧바람 쏘여주는 거였어. 예상보다 시간이 너무 짧긴 했지만."

"그래도 기분은 끝내줬어요." 나는 엄마를 안심시키며 말했다. "아빠는 아직까지 라스 씨랑 있는 거예요?"

이런 얘기를 바이올렛 앞에서 하긴 싫은지, 엄마가 눈치를 보며 목소리를 낮췄다.

"아빠는 새벽 네 시쯤까지 거기 계셨어. 그다음 혹시 누가 눈치 챌까 봐 네 우주복을 청소하러 가셨지. 그리고 나니, 다시 자기엔 너무 늦어서 바로 일하러 연구동으로 가셨단다. 아빠 말로는 우연한 사고라고 하더라. 왠지 모르겠지만, 라스 씨가 먹은 루테피스크가 상한 거였대."

엄마는 사실과 다른 얘기를 하고 있었다. 니나 대장의 지시대로 아빠가 엄마한테 진실을 숨겼거나, 니나 대장의 말을 무시하고 엄마한테 진실을 얘기했는데 엄마가 나한테 일부러 숨기고 있거나, 둘 중 하나였다.

어느 쪽이 됐든, 엄마는 내가 사건의 내막을 알고 있다는 것을 눈치채지 못하고 있었다.

"다 입었어요!" 바이올렛이 증명이라도 하듯 빙글빙글 돌면서 말했다. "아침 먹으러 가요! 배고파 죽겠어요!" 그러고는 엄마 손을 이끌고 문 밖으로 나갔다.

나는 스키틀즈 봉지에서 사탕 한 개를 몰래 꺼내 입 속에 넣은 다음, 두 사람을 따라 나섰다.

나는 맛있는 게 생기면 최대한 오랫동안 그 맛을 음미하며 천천히 먹는 편이다. MBA에서는 특별한 음식을 좀처럼 맛볼 기회가 없기 때문에, 기회가 있을 때 가능하면 오래 그 맛을 느껴야 한다. 내가 사탕 한 개를 아무 생각 없이 씹어 먹으면 입 안에서 사라지는 데는 1분도 걸리지 않을 거다. 하지만 입술로 물고 있으면 족히 30분은 음미하면서 먹을 수 있다. 보나 마나 그 맛은 뉴저지의 연구소에서 변형을 시켰겠지만 상관없다. 그래도 맛있으니까. 수분이 제거돼서 다시 물을 부어야 먹을 수 있는 생일 케이크를 받는 것보다야 천 배쯤 낫다.

숙소 밖으로 나오니, 어수선했던 분위기가 평상시처럼 회복된 듯 보였다. 캣워크에서 다른 무니들이 왔다 갔다 하는 모습이 보였다. 골드스타인 박사와 이와니 박사는 카모제를 데리고 구내식당으로 향하고 있었다. 연구동에서는 얀크 박사가 뭔가를 만지작거리고 있었다. 하워드 박사는 에어로크 옆에 서서 먼발치를 물끄러미 쳐다보며 뭔가 대단한 고민이라도 하는 듯 보였다.

키라는 혹시라도 다른 사람에게 방해가 될까 봐 조심조심 다목적실로 들어가고 있었다.

백날 그래봤자, 바이올렛의 눈에 띄면 아무짝에도 소용없다.

"키라 언니!" 바이올렛이 소리쳤다.

키라는 몸을 돌려 바이올렛한테 조용히 하라는 신호를 보내더니 그대로 다목적실 안으로 들어갔다.

"언니가 뭐 하는지 보러 가야지!"

바이올렛은 그렇게 말하고 서둘러 계단을 내려갔다. 8개월이나 적응할 시간이 있었는데, 바이올렛은 아직까지도 계단 오르내리는 게 영 시원찮았다. 제 딴엔 최선을 다하는 것이겠지만.

"바이올렛!" 엄마가 등 뒤에서 외쳤다. "아침은 안 먹을 거니?"

"배 안 고파요!"

방금 전만 해도 배고파 죽겠다던 애가 그렇게 말했다.

"제가 데리고 갈게요."

나는 바이올렛을 쫓아 부랴부랴 계단을 내려갔다.

"엄마는 아빠한테 가볼게. 식당에서 보자."

작정하면 바이올렛을 바로 따라잡을 수 있지만, 나 역시 키라가 뭘 하려는지 정말 궁금했다. 그래서 나는 일부러 바이올렛과 살짝 거리를 두고 다목적실로 향하는 그 애 뒤를 따랐다.

막 다목적실 안으로 들어가려는 찰나, 진료실에서 큰 소리가 들렸다. 진료실 문은 닫혀 있었지만, 내가 서 있는 곳까지 분명히 들릴 만큼 큰 소리였다. 누구의 목소리인지는 확실치 않았다.

그 소리가 궁금해서 나는 슬그머니 진료실 가까이 다가갔다. 문 앞까지 가니, 누가 그렇게 소란을 피우고 있는지 알 수 있었다.

바로 소냐 아줌마였다.

물론 놀랄 일은 아니었다. MBA에서 큰 소리가 났다 하면 십중 팔구 라스 씨 아니면 소냐 아줌마였으니까. 두 사람은 다른 사람들에게 뭔가 시키려면 그저 고래고래 소리를 질러야 한다는 그릇된 생각을 갖고 있었다. 지구에서 살 때야 하인들을 거느리면서 그 방법이 통했는지 모르지만, MBA에서는 그럴수록 돕고 싶은 마음이 싹 달아나게 만들었다.

"남편을 지구로 돌려보내야 한다고요!" 소냐 아줌마가 악을 쓰며 말했다. "당장요! 생명이 위급하다고요!"

"이젠 괜찮아요." 잠시 뒤, 차분한 목소리가 들렸다. 니나 대장이었다. "남편 분은 안정을 회복했어요. 두어 시간 후면 정상으로 돌아올 겁니다."

"정상?" 소냐 아줌마가 소리 질렀다. "누가 이 사람을 죽이려고 했다고요! 언제 또 그럴지도 모르는데! 이래도 생명이 위급한 게 아니면 도대체 뭐냐고요!"

가만히 듣자 하니, 소냐 아줌마는 사건의 내막을 알고 있는 것 같았다. 아니면 그냥 찔러본 것이거나.

"우리도 배후에 누가 있는지 알아내려고 최선을 다하고 있습니다." 니나 대장이 말했다.

믿지 못하겠다는 듯, 소냐 아줌마가 콧방귀를 뀌었다.

"당신들이 만든 안내서에는 누구든 위급한 상황이 발생하면 즉시 우주선을 보내 지구로 호송해야 한다고 쓰여 있잖아요. 대체 살해 위협보다 더 위급한 상황이 어디 있나요!"

소냐 아줌마의 지적도 틀린 말이 아니었다. 범인을 잡지 못한다면 우리가 딱히 할 수 있는 것도 없이 라스 씨를 고스란히 위험에 노출시킬 수밖에 없었다.

"우주선은 응급의료 상황을 위한 것입니다. 이번 일은 개인적인 문제이고요."

"개인적인 문제요?" 소냐 아줌마가 고래고래 소리 질렀다. "이이가 독극물에 중독됐다고요! 게다가 이이가 먹는 루테피스크에 죄다 독이 들었을지도 모르는데!"

"그렇다면, 더 이상 루테피스크는 안 드시는 게 좋겠습니다. 저는 이런 일로 라스 씨를 위해 응급 우주선을 보내라고 요청할 수는 없습니다."

"웃기시네. 만약 이이가 아니고 다른 사람이 독을 먹었다면 우주선이 벌써 출발하고도 남았겠지."

"그건 사실이 아닐 뿐 아니라, 당신이 그렇게 생각하는 것도 불쾌하군요. 이건 제가 결정할 일이 아니에요. 저는 요청을 할 생각이 없다고는 안 했어요. 지금으로서는 요청을 할 수 없다고 했지."

"왜 못 해요? 당신이 여기 총책임자인데."

"현재로선 반드시 필요한 상황은 아니라는 거죠. 라스 씨를 이렇게 만든 자가 누구든, 반드시 잡힐 겁니다."

"이번 일은 그렇게….."

소냐 아줌마가 무슨 말을 하려 했지만, 니나 대장은 서둘러 그녀의 말을 끊었다.

"당신이 나를 여기에 붙잡아둘수록, 범인 잡을 시간은 그만큼 오래 걸릴 겁니다. 그러니, 미안하지만 이쯤에서 그만하시죠."

그러고는 문 쪽으로 발걸음을 옮겼다.

나는 황급히 몸을 피했다. 범인을 찾을 생각은 않고, 고작 자신의 말이나 엿듣고 있었다는 사실을 들킬 수는 없었다. 니나 대장이 나를 발견하면 뭐든 알아낸 게 있냐며 추궁할 게 뻔한데, 그 시간에 잠이나 자고 있었다고 털어놓을 수도 없는 노릇이었다.

나는 다목적실 안으로 몸을 숨기고, 니나 대장한테 들키지 않기 위해 벽에 바짝 몸을 붙였다. 진료실 문이 열리고, 니나 대장이 빠르게 지나치는 소리가 들렸다.

니나 대장은 왜 응급 우주선을 요청할 수 없다는 거지? 나는 그녀의 속내가 궁금했다. 그 말이 사실일까, 아니면 그럴 마음이 없어서 그저 둘러댄 걸까? 사실 우주선을 보내는 데는 엄청난 비용이 들기 때문에, 가볍게 결정할 일이 아닌 것만은 분명했다. 설령 니나 대장이 거짓말로 둘러댄 게 아니라 해도, 불안하긴 마찬가지였다. 지구에 있는 우주선에 뭔가 문제라도 생겼나? 아니면 발사 장치에? 만약 그렇다면, 정말로 비상 상황이 발생하면, 그땐 어떻게 되는 거지?

그런 생각들을 하고 있자니, 심장박동 수가 마구 치솟았다. 그래서 나는 숨을 크게 들이마시면서 차분해지려고 애썼다. 나 자신에게 말했다. 우주선에는 별 문제가 없을 거라고. 니나 대장은 그냥 소냐 아줌마한테 거짓말로 둘러댄 것뿐이라고. 그녀 남편에게 독살 시도가 있었던 것만 빼곤 더 이상 비상 상황은 없을 거라고.

지금 당장은 그런 것들 말고도 신경 써야 할 일이 많이 있었다.

예를 들면, 키라가 다목적실 안에서 뭘 하고 있는지.

직접적인 접촉 징후

　전파를 이용한 사전 접촉 없이 외계인이 지구*에 직접 모습을 드러낼 가능성은 거의 없을 것으로 추정되지만, 그렇다고 그 가능성을 완전히 배제할 수는 없습니다. 그렇기 때문에, NASA에서는 지구를 둘러싸고 있는 최근방 지역**에 대한 관찰을 지속적으로 실시하고 있습니다. 외계인이 실제로 출현했다는 징후가 포착되면, 고도로 훈련된 전문가들이 투입되어 외계인의 최초 접촉 대상을 확인하게 됩니다. 외계인과 최초로 접촉한 대상이 전문가가 아닌 일반인인 경우, 해당자는 즉시 격리되어 검역을 받아야 합니다. (더 자세한 내용은 '검역' 부분을 참조하십시오.)

---

* 경우에 따라, 지구 주위의 공역 및 대기를 포함함.

** NASA에서는 비용 부담과 공간적인 광범위함 때문에 해당 지역 전체를 동시에 관찰할 수는 없지만, 우리 과학자들은 최선의 노력을 기울이고 있음.

유니콘 판타지

달 생활 252일째

아침식사 시간

다목적실 안에는 키라와 바이올렛 외에 로디도 와 있었다. 놀랄 일은 아니었다. 로디는 틈만 나면, 심지어 식전 댓바람부터 그곳에서 가상현실 게임을 즐기곤 하니까. 녀석은 눈에는 게임용 고글을, 손에는 센서 글러브를 끼고 있었다. 몸을 움직이는 꼴을 보아하니, 1인칭 슈팅 게임을 하느라 정신없는 모양이었다. 바지 속에서 튀어나온 뱀에 놀란 사람처럼 꼬락서니가 볼썽사납기 짝이 없었다.

키라는 그 옆에 쭈그리고 앉아서 휴대용 컴퓨터를 접속 포트에 연결하고 있었다. 바이올렛은 그 모습을 신이 난 표정으로 지켜보고 있었다.

"너, 지금 뭐 하는…."

내가 말을 꺼내기 무섭게 키라가 조용히 하라는 신호를 보냈다.

무아지경으로 게임에 빠져 있던 로디가 무슨 소리를 듣기라도 한 듯 갑자기 동작을 멈췄다. 고글에는 스피커가 내장되어 있는데, 로디는 게임을 할 때마다 볼륨을 크게 올려놓는다.

"누구세요?" 녀석이 물었다. "거기 누구 있어요?"

우리는 모두 입을 꽉 다물었다.

"여보세요?" 녀석이 다시 물었다.

아무 대답이 없자, 녀석은 다시 게임에 열중했다.

키라와 바이올렛이 후다닥 나한테 다가왔다. 나는 로디가 우리 말을 듣지 못하게 둘을 데리고 다목적실 밖으로 나갔다.

"지금 뭐 하는 거야?" 내가 물었다.

"로디를 게임에서 튕겨내려고." 키라가 대답했다.

"로디 오빠가 남들한테 양보를 안 하니까 그렇지." 바이올렛이 성질을 냈다. "특히 나한테 더 심해. 어제 뭐라고 했는지 알아?"

"그래. 기억나."

이미 MBA 주민들은 다 알고 있는 얘기였다. 키라는 어제 일을 '무지개 유니콘 사건'이라 불렀다. 바이올렛과 이네스는 지구에서 엄청난 유행을 일으켰던 〈유니콘 판타지〉라는 게임을 너무도 하고 싶어 했다.(나는 그 게임을 한 번도 해본 적이 없어서 어떻게 하는지 모르지만, 주워들은 바로는 유니콘을 타고 음악과 무지개의 힘을 이용해 파괴된 환경을 회복시킨다는 내용이었다.) 하지만 로디는 게임 좀 그만

하라는 요구에 콧방귀도 뀌지 않았다. 그것도 5시간 동안이나 계속. 결국 로디의 꼬락서니를 보다 못한 바이올렛과 이네스는 녀석의 신발 끈을 한데 묶은 다음 뒤에서 확 밀어버렸고, 두 아이를 잡으려던 로디는 신발 끈에 걸려 넘어지면서 얼굴을 바닥에 그대로 찧고 말았다. 그 결과, 고글을 쓴 채로 넘어진 녀석의 눈두덩 위에 눌린 자국이 커다랗게 남아서 마치 성난 너구리 꼴이 돼버렸다.

물론 숙소에서도 게임을 즐길 수 있지만, 다목적실의 메인 컴퓨터만큼 접속 상태가 좋지는 않았다. 숙소에서 게임을 하면 뭔가 작은 문제가 생기거나 접속이 끊기는 경우가 많았다. 그래서 로디가 게임에서 빠져나온 것만 확인되면 모두들 다목적실에서 게임을 즐기고 싶어 했다.

"그래서," 키라가 말을 이었다. "내가 게임을 해킹할 방법을 찾아냈거든. 로디를 게임에서 쫓아낼 방법을 찾은 것 같아."

"그게 뭔데?" 내가 물었다.

키라가 뭔가 앙큼한 미소를 지었다.

"직접 확인하시든가."

"알았어."

나는 두 여자애와 함께 서둘러 다목적실로 다시 들어가서 고글과 센서 글러브를 착용했다.

"야, 로디." 나는 로디가 들을 수 있도록 큰 소리로 내가 온 것을 알렸다. "나도 들어간다."

"제발, 이번엔 잘 좀 해라. 이게 그렇게 만만한 게임이 아니야.

엉망으로 해서 괜히 나까지 죽이지 말라구."

녀석의 태도가 영 탐탁지 않았지만 틀린 말은 아니었다. 난 1인칭 슈팅 게임에 그다지 소질 있는 편이 아니니까.

번쩍하고 빛이 나더니, 웬 이상한 행성 위에 떨어진 내가 한 무리의 외계 종족으로부터 공격을 받고 있었다. 로디가 게임 속에서 선택하는 외계 행성은 지구에서 가장 아름다운 장소를 떠올릴 만큼 아주 멋진 곳일 때가 많았다. 하지만 이번엔 아니었다. 우주의 외딴 어딘가, 딱 봐도 온갖 행성의 잡다한 것들만 모아놓은 쓰레기처리장 같은 곳이었다. 박살난 우주선, 검게 그을린 쇳덩어리 같은 쓰레기들이 아름다운 풍경을 훼손하고 있었다. 내 몸은 고약하고 역겨운 시궁창 속에 빠져 옴짝달싹 못하고 있었다.

우리가 상대해야 하는 외계 종족도 별 특징이 없었다. 단단한 보호막과 뾰족한 돌기, 그리고 이빨이 다였다. 그들에게 무기 따윈 없었고, 그저 몸에 여기저기 뚫린 구멍에서 산성의 액체가 뿜어져 나올 뿐이었다. 나는 그 구멍들이 무슨 기능을 하는지 알 수 없었다.(솔직히 알고 싶지도 않았다.)

내 옆에 버티고 있는 로디의 아바타는 녀석과는 완전히 딴판인 모습으로, 근육이 울룩불룩 솟아 있었다. 녀석은 대포만 한 기관총을 들고 외계인들을 향해 연신 불을 내뿜었다.

나는 내 아바타에 업그레이드를 해본 적이 없었다. 내 아바타는 말 그대로 나였고, 로디나 외계인들에 비하면 난쟁이나 마찬가지였다. 내가 가진 총도 기껏해야 콩알이나 발사될 것만 같았다.

"엎드려!" 로디가 외쳤다.

외계인 한 놈이 우리를 향해 독성의 체액을 퍼붓자, 나는 어쩔 수 없이 시궁창 속으로 몸을 숨겼다. 사실 시궁창이든 외계인이든 실제가 아닌 가상의 것들이지만, 게임 속에서는 욕이 나올 만큼 진짜로 느껴졌다.

내가 시궁창에 빠져 있는 동안, 로디는 기관총으로 적들을 작살 내고 나머지 패거리까지 해치워버렸다. 전투가 잠시 소강 상태로 접어들자, 나는 시궁창에서 나와 오물을 털어냈다. 우리는 그렇게 시궁창 속을 철벅철벅 걷다가 한 단계 위의 레벨로 진입했다.

내가 들고 있는 총을 째려보며 로디가 말했다.

"그런 쓰레기 같은 무기로 보스나키안 블라스트비틀 종족한테 씨알이나 먹히겠냐? 넌 왜 무기 업그레이드를 안 하는 거야?"

"그야, 이런 게임을 별로 안 좋아하니까 그렇지."

"그럼 여긴 왜 들어왔어?"

"너한테 할 말이 있어서." 키라를 위해 연막작전을 시도한 것은 아니었다. 내 말은 진심이었다. "라스 씨 사건 때문에."

"왜? 누가 독을 집어넣었는지 알아내기라도 하려고?"

"라스 씨는 독살당할 뻔했던 게 아니야." 나는 거짓말을 했다. "상한 음식을 먹어서 그런 거래."

"니나 대장님한테 들은 헛소리라면 나한테 말도 꺼내지 마라."

"넌 니나 대장님이 거짓말했다고 생각해?"

"당연하지. 누군가 라스 씨를 없애려고 작정한 게 뻔한데. 솔직히 난 이제야 그런 일이 생겼다는 게 놀라울 정도다.”

아바타 표정만 봐서는 정확한 감정을 읽기 힘들었지만, 녀석은 지금 뭔가 다 알고 있다는 표정을 지으며 의기양양해 있을 게 빤했다. 녀석이 가상현실 게임 다음으로 좋아하는 것이 바로, 상대방이 궁금해하든 말든 자기 생각만 떠벌리는 거니까.

하지만 오늘만큼은 제발 그래주기를 바랐다.

“로디 네 생각엔 어떻게 독을 넣었을 것 같냐?”

“참나, 보나 마나 몰래 음식에 청산가리를 넣었겠지.”

“그러게. 하지만….”

나는 우리 주위의 끈적끈적한 물속에서 눈알들이 튀어나오자 바짝 긴장이 됐다. 그것들은 아주 크지는 않았지만, 표면 아래의 뭔가 거대하고 무시무시한 물체에 달려 있는 것 같았다.

“침착해.” 로디가 말했다. “쟤들은 머크모이드 종족이야. 위험하진 않아.”

“확실해?”

로디가 물 밖으로 나온 한 놈을 날려버렸다. 그러자 나머지 놈들이 비명을 지르며 다시 물속으로 숨어버렸다.

나는 로디의 뒤를 따라가며 아까 했던 질문을 다시 꺼냈다.

“내가 알기론, 기지 내에 청산가리는 하나도 없다던데.”

“글쎄. 분명히 있으니까 라스 씨한테 먹였겠지.”

“내 말은, 기지 내에는 보관할 수도 없게 돼 있대. 너무 위험해서. 그런데 범인은 어떻게 구했을까?”

"몰래 가져왔나 보지."

"그러니까, 범인이 8개월 전 개인 소지품 안에 몰래 청산가리를 숨겨서 가지고 왔다는 거야? 혹시 누굴 죽일 마음이 생길지도 모르니까?"

"알았어. 그럼, 여기서 만들었을지도 모르겠네. 청산가리 만드는 게 그렇게 어려운 일도 아니니까."

"그래?"

그러자 로디의 아바타가 나를 업신여기는 표정으로 쳐다봤다.

"그것도 모르냐? 청산가리는 마음만 먹으면…." 녀석의 목소리가 점점 작아졌다.

"어떻게?"

"쉿!"

로디가 바짝 긴장하며 시궁창 주위를 살폈다.

시궁창의 수면이 일렁이기 시작했다.

"느낌이 안 좋은데." 로디가 말했다.

시궁창 속에서 눈알 두 개가 갑자기 나타났다. 조금 전에 본 것과 생김새는 같지만, 이번엔 야구공만큼이나 컸다. 그다음, 갑자기 머리가 솟아올랐다. 그 다음, 나머지 몸통이. 괴물의 키는 10층 건물만큼이나 컸고, 마디마디마다 이빨이 달린 흉측한 촉수와 빨판이 달려 있었다.

"저게 뭐야?"

"머크모이드."

"아깐 위험하지 않다며?"

"저렇게 큰 놈이 있는 줄은 몰랐지!"

"너 때문에 잔뜩 열 받았잖아!"

그저 게임일 뿐인데도 괴물이 어찌나 진짜 같은지, 나는 겁을 먹지 않을 수가 없었다.

로디가 총으로 머크모이드를 공격했다. 하지만 괴물은 까딱도 하지 않았다. 오히려 총알이 몸속으로 빨려 들어가는 느낌이었다.

"이런, 된장." 로디가 말했다. "총알을 빨아들이잖아."

"그게 무슨 말이야?"

"도망치라는 말."

로디의 아바타가 몸을 돌리더니 달리기 시작했다.

나는 신경 쓰지 않았다. 어차피 저 괴물을 피해 달아날 방법은 없으니까. 괴물이 내딛는 한 발짝이 우리의 백배는 될 테니까.

괴물이 촉수에 달린 날카로운 이빨을 모두 드러내고 성난 소리를 냈다. 그러고는 철벅철벅 소리를 내며 무섭게 나를 향해 다가왔다. 나는 내 아바타가 깔릴 각오를 하며 몸을 움츠렸다.

그 순간, 경쾌한 기계음이 들리면서 무지개가 하늘 위에 곡선을 그리며 나타났다. 음울했던 풍경 위로 만화경처럼 화려한 색들이 펼쳐졌다. 머크모이드가 공격을 하려다 말고, 영문을 모르겠다는 듯 동작을 멈췄다.

무지개에서 유니콘 한 마리가 나타나더니, 점점 우리 쪽으로 날아왔다. 아무리 봐도 날개는 보이지 않았지만 꿋꿋이 날고 있었다.

그야말로 모든 물리학 이론들을 거스르는 장면이었다. 유니콘이 점점 가까이 다가오자, 유니콘 등 위에 올라탄 바이올렛의 모습이 보였다. 아니, 정확하게 말하면 〈유니콘 판타지〉 게임 속에서 수의사이자 여전사인 그 애의 아바타였다.

"안녕, 오빠들!" 바이올렛이 외쳤다.

"뭐야!" 로디가 고함을 질렀다. "이 유니콘은 뭐야!"

녀석은 죽을힘을 다해 도망치던 사실도 잊고 불같이 화를 냈다. 유니콘의 등장으로 게임이 완전히 엉망이 돼버렸다고 생각한 모양이었다.

바이올렛이 유니콘을 타고 원을 몇 차례 그린 뒤 무지개로 유니콘을 칭칭 감더니 소리를 질렀다.

"광선 파워!"

유니콘의 뿔에서 발사된 분홍색 빛이 닿자, 촉수 괴물이 그 자리에서 폭발해 꽃으로 우수수 쏟아져 내렸다. 데이지와 장미가 내 주위로 비처럼 쏟아졌다.

"키라!" 로디가 고래고래 소리 질렀다. "이게 다 네가 꾸민 짓이지? 도대체 무슨 짓을 한 거야?"

그때 또 한 번 빛이 번쩍이더니, 키라가 탄 유니콘이 고개를 까닥거리면서 바이올렛의 옆에 나타났다.

"내가 소스 코드를 좀 손봤지." 키라가 의기양양하게 말했다. "어때? 쓸 만하지 않아?"

"쓸 만하긴, 개뿔!" 로디가 악을 썼다. "게임이 이게 뭐야!"

"난 재미있는데!" 바이올렛이 외쳤다.

바이올렛은 유니콘을 타고 슝슝 날아다니면서 칙칙했던 주변 풍경을 강아지들이 뛰어놀고 초원 위에는 토끼들이 가득 찬 예쁜 풍경으로 바꿔놓았다.

"재미?" 로디가 식식거리며 물었다. "유니콘이 날아다니는 게 재미있냐? 이게 말이 돼?"

"아이고, 빌딩만 한 돌연변이 오징어는 퍽이나 말이 되고?" 키라가 되받아쳤다.

"내 게임에서 빨리 꺼져. 그리고 원래대로 되돌려놔."

"그러니까, 그 오징어 괴물이 널 깔아뭉개기 직전으로 되돌려놓으란 얘기지? 우리 아니었으면, 넌 벌써 죽었어."

"죽기는, 개뿔!"

"닭처럼 도망만 치던데?" 바이올렛이 닭을 흉내 내며 말했다. "꼬꼬댁— 꼬꼬댁!"

로디는 그 말에 되받아칠 엄두도 내지 못하고, 그냥 바이올렛의 유니콘을 향해 총을 발사해버렸다. 유니콘이 빛을 번쩍이며 허공에서 흩어졌다.

"이 멍충아!" 바이올렛이 여전히 허공에 뜬 채로 소리 질렀다. "우리 스파클 브라이트가 죽었잖아!"

"오호, 그렇게 나온단 말이지?" 키라가 로디를 향해 말했다. "좋아. 한번 붙어보자구."

로디의 아바타가 키라의 유니콘 뿔에서 발사된 주홍색 빛을 가

습박에 정통으로 맞고 폭발했다. 연기가 걷히자, 로디의 근육맨 아바타가 연한 파란색 몸에 커다란 눈망울을 가진 새끼 고양이로 변해버렸다.

"와!" 바이올렛이 돌고래 소리를 냈다. "너무 귀여워!"

"이건 너무 심하잖아." 고양이가 투덜댔다. 그렇게 귀여운 모습에서 로디 목소리가 들리니 기이하기 짝이 없었다. "내가 찜한 게임을 너희가 엉망으로 만들었어. 니나 대장님한테 이를 거야."

"잘 가." 키라가 손을 흔들며 비아냥거렸다.

"예에~ 잘 가." 바이올렛도 따라 말했다.

아기 고양이가 순식간에 사라지고, 로디가 접속을 끊었다. 질릴 정도로 들리는 유니콘의 기계음 너머로, 현실로 복귀한 로디가 다목적실을 급히 나가는 소리가 들렸다.

"와. 기대 이상으로 효과가 좋은걸."

그렇게 말하며 키라가 내 옆으로 유니콘을 착륙시켰다. 시궁창위로 무지개가 펼쳐지자 아름다운 연못이 나타났다.

"효과가 좋아도 너무 좋은 게 문제다." 내가 말했다. "로디 녀석이 뭔가 중요한 얘기를 하려던 참이었는데."

"라스 씨를 죽이려던 게 자기라도 된대?" 키라가 물었다.

나는 혹시라도 그 말을 들었을까 봐 바이올렛을 힐끔 봤다. 다행히 바이올렛은 새 유니콘을 만드는 데 정신이 팔려 있었다.

"라스 씨를 독살하려 했던 사람은 없어. 라스 씨는 상한 음식을 먹어서 그렇게 된 거야."

"아이고, 그러시겠지." 키라가 내 말을 무시하며 말을 이었다. "그래서 뭐가 문젠데? 범인이라도 찾는 중이야? 그렇다면 내가 도와주고."

나는 됐다며 거절할까 생각했지만, 이내 마음을 바꿨다. 친구한테까지 거짓말을 해야 한다는 사실 자체도 싫지만, 솔직히 도움을 받으면 더 좋을 것 같았다. 나는 이미 두 건의 범죄 사건을 해결했지만, 나 혼자만의 힘으로 해결한 것은 아니기 때문이다.

"좋아. 하지만 니나 대장님한테는 절대 말하면 안 돼."

"참나, 내가 언제 대장님한테 얘기한 적이 있는 것처럼 말하네? 로디한테 들은 중요한 단서가 뭔데?"

"그 녀석 말로는, 청산가리를 만드는 게 그렇게 어려운 건 아니래. 그런데 나한테 그 방법을 알려주려다 말았거든."

"그까짓 게 뭐가 문제라고."

키라가 손을 휘젓자 주변 풍경이 사라졌다.

"언니!" 바이올렛이 소리를 빽 질렀다. "내 유니콘 만드는 중이었는데!"

"괜찮아." 키라가 말했다. "게임을 잠깐 멈춰놓은 거야. 다시 되돌리면 돼."

우리를 둘러싸고 있던 게임 속 배경화면이 학교 수업을 받을 때 사용하는 기본 모드로 변경되었다. 기본 모드로 변경이 가능한 건, 종종 우리가 수업을 받을 때마다 이 시스템을 사용하기 때문이다. 기본 모드에서는 지구에 있는 선생님의 지시에 따라 가상으로 화학 실험을 하거나 칠판 대신 허공에다 수학 문제를 풀기도 하고, 생물학 시간에는 동물을 해부하는 용도로도 사용할 수 있다.

"컴퓨터." 키라가 명령했다. "청산가리 제조법 알려줘."

키라가 바이올렛 앞에서 그 말을 꺼내는 바람에 나는 움찔하고 말았다. 곧바로 무슨 일이 벌어질지 뻔히 알고 있기 때문이었다.

"청산가리가 뭐야?" 바이올렛이 물었다.

컴퓨터가 곧바로 부드러운 여자 목소리로 두 가지 질문에 대답하며 허공에 글자를 출력했다.

"청산가리는 주로 금이나 은을 채굴할 목적으로 사용되는 독성의 화학물질이지만, 농약이나 살충제 성분으로도 사용됩니다. 청산가리는 체리나 복숭아, 사과의 씨 등에서 자연적으로 검출되는 성분이기도 합니다."

키라와 나는 깜짝 놀라서 서로를 쳐다봤다.

"과일의 씨에 청산가리가 들었다고?"

"그렇습니다." 컴퓨터가 대답했다. "그 외에 천도복숭아, 자두, 살구의 씨에서도 검출될 수 있습니다."

"하지만 기지에는 그런 씨가 없잖아." 키라가 말했다. "과일이라면 더더욱 없을 테고. 두 달 전에 내가 처음 여기 왔을 때 봤던 그 귤 말고는 본 적이 없는데."

"골드스타인 박사님한테 사과 씨가 있어." 바이올렛이 말했다. "되게 많아."

"박사님한테?" 내가 물었다. "어디에?"

"온실에."

허튼소리는 아닌 것 같았다. 골드스타인 박사는 농업 전문가니까. 그녀의 주된 임무는 바로 온실을 관리하는 것이었다. 그렇긴하지만….

"골드스타인 박사님은 사과를 키우지 않는단 말이야." 키라가의심쩍은 부분을 지적했다.

"나도 알아." 바이올렛이 기분이 상했는지 그렇게 말했다. "나도바보는 아니라구. 하지만 박사님은 씨를 가지고 있었어. 그것도 많이. 내가 분명히 봤단 말이야."

"어떻게 봤는데?" 내가 물었다.

"그냥 봤어. 난 원래 한 번 보면 다 기억난단 말이야."

맞는 말이었다. 그동안 바이올렛은 다른 사람들이 미처 보지 못하고 넘긴 것들을 기억해낸 적이 많았다. 예전에도 바이올렛이 무슨 꼼수라도 부리는 줄 알고 그 애 말을 무시했다가 사실임을 알게 된 적이 있었다. 그래서 이번에는 동생이 한 말을 섣불리 단정하지 않고 새겨듣기로 했다. 키라의 생각도 나와 같았다.

"아무래도 골드스타인 박사님한테 가봐야 할 것 같네."

〈지적 외계생명체와의 접촉에 대비한 NASA 업무지침서〉
(ⓒ NASA 외계업무부, 2029. 보안등급 AAA)

거짓과 오해

외계인과 접촉했다는 제보를 받으면, 반드시 진위 여부를 확인해야 합니다. 거의 모든 제보들이 거짓으로 판명된 바 있고,* 일부 사람들은 거짓 또는 장난으로, 단순히 재미를 위해 사실과 다른 제보를 남발하기도 합니다. 물론 정말로 진지한 태도로 임한 사례들도 있지만, 지나친 과욕으로 인해 오해를 범하기도 합니다. 그러므로 외계인과의 접촉으로 추정되는 모든 사례들**에 대해 합리적인 의심을 가지고 접근해야 합니다.

---

* 참고로, 이 지침서에 언급된 모든 사례들은 사실이 아닌 것으로 판명되었음.

** 다음의 사례들은 실제 외계인의 징후가 아니므로 무시해도 좋은 사례들임 : 오로라, 천둥번개 및 기타의 기상 현상, 크롭 서클(논밭에서 재배하는 작물의 일부가 원형의 형태로 쓰러진 흔적), 거대한 흙무덤, 싱크홀, 기이한 형태의 암반층, 윈드시어(바람의 방향 또는 세기가 갑작스럽게 변하는 현상), 얼음폭포, 스톤헨지.

문제의 씨앗

온실은 구내식당 바로 건너편에 있기 때문에, 우리는 아침을 먹으면서 그곳을 살펴볼 수 있었다. 평소에는 굳이 아침을 챙겨 먹는 편이 아니지만(어떤 음식이 나오든), 잠에서 깬 지 벌써 몇 시간이나 지난 뒤라서 뭐라도 입에 넣고 싶을 만큼 허기가 져 있었다. 나는 바나나 팬케이크와 따뜻한 차를 먹기로 했다.(기본적으로 차는 말린 잎에 물을 부어 우려내서 마시기 때문에, 지구에서 마실 때와 거의 맛 차이가 나지 않는 몇 안 되는 음식 중 하나다.)

구내식당에는 이와니 박사와 카모제가 한 테이블에 앉아 있었고, 브라마푸트라 마르케스 박사의 가족들은 다른 테이블에 앉아 있었다. 로디의 모습은 보이지 않았다. 아까 게임 하면서 당했던 일을 나나 대장에게 고자질하러 간 모양이었다. 그 외의 다른 어른들은 벌써 일하러 갔는지 한 명도 보이지 않았다. 쇼버그 가족 역시 아무도 보이지 않았다.

커다란 테이블을 차지하고 앉은 엄마와 아빠는 거의 식사를 끝내가고 있었다.

"엄마, 아빠한테는 사과 씨 얘기 하지 마." 나는 테이블로 가는 동안 바이올렛한테 주의를 줬다. "비밀이야."

"알았어."

바이올렛은 키라와 나, 그리고 자기 사이에 비밀이 생겼다는 생각에 무척 신이 난 모양이었다.

"뭐 하느라 이렇게 오래 걸렸니?" 우리가 자리에 앉자, 엄마가 물었다. "길이라도 잃었어?"

"길을 잃고 싶어도 못 잃어요, 엄마." 바이올렛이 엄마가 농담한 것도 모르고 그렇게 말했다. "여기가 얼마나 좁은데요. 키라 언니하고 저하고 로디 오빠한테 골탕을 좀 먹였어요."

"그랬니?" 엄마의 눈썹이 활처럼 휘었다. "어떻게 했는데?"

"우리가 로디 오빠한테 유니콘으로 광선 파워 공격을 했어요!"

바이올렛이 무슨 일이 있었는지 주저리주저리 늘어놓기 시작했다. 중간중간에 키라가 부연 설명을 했다.

그러는 동안, 나는 온실 쪽을 살폈다. 온실은 유리로 된 두 면이 기지의 맨 꼭대기까지 이어진 구조로, 지붕 역시 유리로 되어 있었다.(유성이 떨어져도 견딜 수 있을 만큼 엄청나게 두꺼운 유리였다.) 기지 초기 6개월 동안, 온실은 전혀 제 구실을 하지 못했다. 재배하는 식물들은 기대 이하로 잘 자라지 못했다. 그러나 최근 들어 골드스타인 박사가 돌파구를 찾아냈다. 한 달 전쯤 탐욕스러운 쇼버 그 가족이 달려들어 온실을 초토화시킨 적도 있지만, 이후로도 식물들은 잘 자라서 지금은 딸기와 방울토마토가 주렁주렁 달려 있었다. 특히 꼬투리째 먹는 완두콩은 상태가 더 좋았다. 중력이 작기 때문인지, 식물들은 유리 벽면을 따라 꼭대기까지 솟은 덩굴 지지대를 휘감으며 온통 녹색 커튼을 드리우고 있었다. 그 너머로, 골드스타인 박사가 식물들을 돌보는 모습이 보였다.

"오늘 새벽 캐치볼을 그렇게 갑자기 끝내서 미안하다." 아빠가 나한테 소곤거렸다.

키라와 바이올렛은 엄마한테 계속 정신없이 얘기하는 중이어서 우리 대화를 엿들을 걱정은 없었다.

"괜찮아요. 밖에 나간 것만 해도 어딘데요."

"아무튼 네 우주복은 아빠가 깨끗이 청소했어. 먼지를 싹 털어낸 다음 보관함에 잘 넣어뒀다."

"고맙습니다."

그다음 무슨 말을 꺼내야 할지 확신이 서지 않는 듯 아빠가 잠시 뜸을 들이더니, 결국 입을 열었다.

"네 시 반쯤, 내가 에어로크 안에 있는데, 네가 니나 대장의 숙소에서 나오더구나."

나는 먹고 있던 팬케이크 한 조각을 내뱉고 말았다.

"거기서 뭘 했는지 말해주겠니?"

나는 고개를 돌려 키라와 바이올렛을 힐끔 살폈다. 둘은 여전히 아까 일을 떠벌리느라 바빴다. 바이올렛은 머크모이드와 유니콘 흉내까지 내면서 잔뜩 신이 나 있었다. 그 덕에, 구내식당에 있는 모든 사람이 바이올렛한테서 눈을 떼지 못하고 있었다.

"라스 씨한테 무슨 일이 벌어진 건지 니나 대장님이 사실대로 말 해줬어요." 나는 순순히 털어놨다. "단순한 사고가 아니라고요."

아빠가 깜짝 놀라 눈을 동그랗게 떴다가, 무슨 일인지 감을 잡 은 듯 원래 모습으로 돌아왔다.

"니나 대장이 너한테 수사를 도와달라고 했니?"

"네."

"어떻게 그럴 수가 있지?" 아빠가 화를 내며 말했다. "네가 여기 서 사건을 몇 가지 해결한 거야 아빠도 잘 알지만, 넌 고작 열세 살이야. 그나마도 오늘부터지만. 아빠는 네가 이번 사건에 관여하 지 않았으면 좋겠구나. 창 박사랑 아빠가 충분히…" 어떤 생각이 떠올랐는지 아빠가 말끝을 흐렸다. "아, 이런. 니나 대장이 창 박 사랑 아빠까지 의심하고 있는 거야?"

"창 박사님을 언급하긴 했어요."

"글쎄다. 아무리 니나 대장이라도 '네 아빠가 범인일지 모른다'라 곤 말 못 하겠지. 자기도 사람인데. 그런 말을 듣고 가만있을 사람 이 누가 있겠니."

바이올렛이 바닥으로 장엄하게 몸을 던지는 것으로 머크모이드가 죽는 장면을 재연하면서 이야기를 마무리했다. 그 모습을 지켜보던 무니들이 일제히 박수로 환호했다.

나는 아빠도 창 박사를 의심하고 있는지 물어볼까 했지만, 그런 말을 꺼내봤자 아빠 심기를 건드릴 게 뻔해서 그만두기로 했다. 결국 내가 쓸데없는 말만 계속 늘어놓자 아빠가 자리에서 일어났다.

"아무래도 당장 따져야겠다."

그렇게 말하고 아빠는 니나 대장의 숙소로 향했다.

"어디 가요?" 엄마가 놀라서 물었다.

"니나 대장하고 할 얘기가 있어."

아빠는 그렇게만 대답하고 가던 길을 서둘렀다.

바이올렛은 다시 자리에 앉아서 머핀을 열심히 먹기 시작했다. 하도 열심히 이야기하느라 그새 소화가 다 된 모양이었다.

엄마의 스마트워치에서 메시지 도착을 알리는 소리가 들렸다. 엄마도 메시지를 확인하고 바로 자리에서 일어났다.

"지구에서 호출이 있어서 가봐야 해." 엄마가 말했다. "미리 가서 준비해야 하니까, 대시랑 키라는 엄마 대신 바이올렛이 늦지 않게 학교에 데려다줄 수 있지?"

"물론이죠." 키라가 말했다. "그래도 오늘은 대시 생일인데, 학교에 좀 늦게 가도 괜찮지 않을…."

"그건 안 돼. 너희 선생님들이 수업 준비하느라 얼마나 고생 많으셨겠니? 그런데 학교에 늦으면 그건 예의가 아니지."

"알았어요."

엄마는 바이올렛을 꼬옥 안아준 다음, 내 뺨에 가볍게 입을 맞추고 연구동으로 서둘러 향했다.

그런데 엄마의 행동이 좀 이상하게 느껴졌다. 엄마가 평소 지구로부터 오는 호출을 한두 번 받는 것도 아닌데, 이번엔 이상하리만큼 긴장돼 보였다. 게다가, 우리가 학교에 가는 것도 평소보다 훨씬 많은 신경을 썼다. 정작 엄마가 바이올렛을 학교에 데려다줄 때는 몇 분씩 지각하는 경우가 많았다. 집에서 고작 30초 거리밖에 되지 않는데도 말이다.

하지만 마주치는 어른들마다 평소와는 다른 모습을 보이지 않았더라면, 그 사실을 내가 제대로 눈치채지 못했을지도 모른다.

혹은, 구내식당에 앉아 있던 어른들이 동시에 자리에서 일어나지 않았더라면.

반대편 테이블에서 이와니 박사와 마르케스 박사 부부가 자녀들에게 작별 인사를 나누고 연구동으로 출발하는 모습을 보니, 뭔가 중요한 메시지를 받은 사람이 우리 엄마 혼자만은 아니라는 생각이 들었다. 그들도 하나같이 아이들에게 신신당부하며 학교에 늦지 말라는 말을 잊지 않았다. 이와니 박사 역시 세사르한테 카모제를 꼭 데리고 가라고 당부했다. 그러고는 온실 유리창을 톡톡 두드려 아내를 부르더니 자신의 스마트워치를 가리켰다. 골드스타인 박사가 손에 묻은 흙을 서둘러 털어내고 온실 밖으로 나왔고, 부부는 연구동으로 향했다.

"뭔가 이상한 느낌 안 들어?" 나는 키라한테 물었다.

"라스 씨가 중독된 것보다 더 이상한 느낌?" 키라가 말했다.

"너희 아빠는 최근에 이상한 행동 안 하셨니?"

"우리 아빠야 늘 이상한걸."

"그러니까 평소보다 이상한 거 말이야."

"글쎄, 잘 모르겠는데."

골드스타인 박사와 이와니 박사가 연구동으로 들어가고 주변에 더 이상 어른들이 보이지 않자, 키라가 재빨리 자리에서 일어나더니 온실 쪽으로 움직였다.

"뭐 하려고?" 나도 키라의 뒤를 따르며 물었다.

"내가 뭐 할 것 같아?" 키라가 말했다. "사과 씨를 찾아야지."

"맞아." 바이올렛이 우리 뒤를 따르며 끼어들었다. "사과 씨를 찾아야지."

"지금이 가장 좋은 기회야." 키라가 말했다. "아마 어른들은 긴급 호출 때문에 한동안 못 나올걸?"

나는 아빠가 나한테 더 이상 사건에 관여하지 말라고 했다는 말을 미처 꺼내보지도 못했다. 그새를 못 참고, 키라는 이미 온실 문을 열고 안으로 들어가버렸다. 바이올렛이 그 뒤를 따랐고, 결국 나도 안으로 들어갔다.

온실은 원래 아이들한테는 출입 제한 구역이라서, 내가 온실 안에 들어온 건 몇 주 만에 처음이었다. 온실 안으로 발을 들여놓자 나는 입을 다물 수가 없었다. 온실 안의 풍경은 몸을 마비시킬 정

도로 놀라웠다. 꽃향기와 흙냄새, 형형색색의 꽃과 과일, 온몸에
느껴지는 생명의 기운. 달기지 알파가 얼마나 척박하고 생기가 없
는 곳인지 새삼 느껴지는 순간이었다.

덩달아 고향 생각이 더 간절해졌다. 나는 광활하게 펼쳐진 잔디
벌판과 빽빽하게 나무가 우거진 숲이 있는 하와이가 그리웠다.

바이올렛과 키라 역시 놀라서 입을 다물지 못했다. 둘은 그 자리
에 그대로 서서 온실 안 풍경에 넋을 잃고 초록의 향기를 맡았다.

"정말 끝내준다!" 바이올렛이 소리쳤다. "식물원에 온 것 같아!"

그 순간, 누군가 유리벽을 두드리는 소리에 우리는 정신이 번쩍
들었다. 세사르가 유리벽을 통해 우리를 노려보고 있었다. 그 뒤로
카모제와 이네스가 아직도 아침을 먹고 있는 게 보였다.

"그 안에서 뭐 하냐?" 세사르가 물었다. "뭐라도 훔쳐 먹게?"

키라는 손가락을 입에 대고 어른들한테 들킬지 모르니 조용히
하라는 신호를 보내고는 문 쪽을 가리켰다.

카모제와 이네스를 식당에 내버려둔 채, 세사르가 득달같이 안
으로 들어왔다.

"여기 있는 것들은 공용 재산이야." 세사르가 말했다. "너희만
먹으라고 키우는 게 아니라구."

세사르는 주변에 펼쳐진 온실 풍경을 보고도 전혀 감흥이 없어
보였다.

"훔쳐 먹으려는 게 아니야, 바보야." 바이올렛이 말했다. "사과
씨를 찾는 중이란 말이야."

"얻다 대고 바보래?" 세사르가 영문을 모르겠다는 듯 얼굴을 찌푸렸다. "사과 씨는 찾아서 뭐 하려고?"

"학교 숙제야." 키라가 둘러댔다. "사과나무의 일생에 대해 공부할 게 있어서."

"정말? 우린 왜 그런 숙제가 없는 거야? 허구한 날 대수학 문제나 풀고 앉았으니. 그까짓 걸 써먹을 데가 어디 있다고."

"뭐?" 내가 말했다. "대수학이 없었으면 이 달기지도 존재하지 못했을걸?"

"그래, 그렇다고 치자."

그사이, 키라와 바이올렛은 사과 씨를 찾기 위해 온실 중간까지 들어갔다. 다행인 건 골드스타인 박사가 정리, 정돈에 결벽증이 있다는 거였다. 식물들은 윗부분에 흙을 채울 수 있게 깊게 홈이 파인 테이블 모양의 모종판에 심어져 있었다. 모종판 아래쪽은 다양한 크기로 서랍 형태의 수납공간들이 있었다. 각각의 서랍에는 안에 든 내용물을 알 수 있도록 깔끔하게 라벨이 부착되어 있었다. 원예 도구, 비료, 용수 공급장치 부속품, 기타 등등.

"배설물이 뭐야?" 바이올렛이 물었다.

우리는 동시에 바이올렛이 가리키는 커다란 통으로 눈을 돌렸다. 아니나 다를까, 그 위에 눈에 확 띄는 라벨이 붙어 있었다. '배설물'. 세사르가 킥킥대며 웃기 시작했다.

"응가를 말하는 거야." 내가 말했다.

세사르가 방금 전보다 더 큰 소리로 웃어댔다.

"웅가?" 바이올렛이 되물었다. "어떤 웅가?"

"우리 웅가겠지." 키라가 말했다.

바이올렛의 얼굴이 역겹다는 듯 일그러졌다.

"으! 웩! 그게 왜 여기 있어?"

"식물들이 더 잘 자라게 하기 위해서야." 내가 설명했다. "달에 있는 흙은 아주 엉망이라서⋯."

"솔직히 흙이라고 할 수도 없어." 키라가 끼어들었다. 키라의 눈은 계속 온실 안을 훑고 있었다. "달의 흙먼지는 대부분 이산화규소라는 물질로 돼 있는데, 그 물질은 유성이 충돌했을 때 발생하는 유리 성분 같은 거야."

"그래?" 세사르가 깜짝 놀라며 물었다.

"달에서 8개월이나 살았으면서," 키라가 말했다. "도대체 뭘 배운 거야?"

"달이 오래전에 생겨났다는 것 정도는 알지." 세사르가 변명이랍시고 말했다. "수백만 년 전쯤?"

"수십억 년 전이야, 이 멍충아." 키라가 들리지 않을 만큼 소리를 낮춰 투덜거렸다.

"어쨌든," 나는 세사르가 언제 공격적으로 돌변할지 몰라, 서둘러 말했다. "이산화규소 흙에서는 식물이 자랄 수 없기 때문에, 지구에서 여기로 흙을 가져왔어. 그래도 영양분이 부족한 건 어쩔 수 없거든. 골드스타인 박사님은 우리 몸에서 생산되는 엄청난 비료를 이용하기로 한 거지."

세사르가 참지 못하고 배설물 보관함의 뚜껑을 열었다가 코를 찡그렸다.

"사이코 아줌마가 우리 똥을 죄다 주머니에 모아놨네."

우리도 보관함을 들여다봤다. 열 개쯤 되는 불투명한 작은 비닐 주머니들이 보였다. 각각의 주머니에는 날짜와 함께 'MBA 주민 배설물'이라는 라벨이 붙어 있었다. 그리고 플라스틱 지퍼가 달렸는데, 내용물을 식물에 공급할 때 쉽게 열기 위해서인 것 같았다.

바이올렛이 그중 하나를 쿡 찔러봤다. 외관상 단단해 보이는 걸로 봐서, 수분은 모두 제거된 것 같았다.(그 수분은 우리가 먹는 물로 재사용됐겠지.)

"왜 똥이라 안 하고 배설물이라는 거야?" 바이올렛이 물었다.

"과학 용어처럼 보이게 하려고 그런 거 아닐까?" 내가 말했다.

"NASA 과학자들 머리엔 똥만 차 있어서 그런가 보지."

세사르가 그렇게 말하자, 바이올렛이 킥킥거리며 웃었다.

나는 좀 더 자세히 살펴보려고 주머니 하나를 집어 들었다. 주머니는 바지 주머니에 넣을 수 있을 만큼 작았지만 꽤나 단단했다. 아마 한두 명의 것이 아니라 여러 명의 것이 한데 섞여 있는 것 같았다.

"여기 있다!" 키라가 환호성을 질렀다. "사과 씨!"

온실 출입문으로부터 정반대쪽 끄트머리, 완두콩과 토마토를 키우는 모종판 아래에, 길고 납작한 서랍들이 잔뜩 보였다. 그 맨 위에는 '과일'이라고 쓰인 라벨이 붙어 있었고, 아래쪽 두 개에는 '채소'라는 라벨이 붙어 있었다.

나는 배설물 주머니를 제자리에 놓고 키라한테 갔다. 키라가 맨 위의 서랍을 열었다.

서랍 안에는 수천 개, 아니 수만 개는 돼 보이는 씨앗들이 각각 라벨이 붙은 밀폐용기 안에 종류별로 정리돼 있었다. 골드스타인 박사가 미처 파종도 못 해본 과일들의 씨앗도 많이 있었다. 시간이 없었거나 공간이 부족했기 때문이 아닐까 싶었다. 달기지 베타가 완공되면 그 씨앗들은 그쪽 온실로 옮겨지지 않을까 하는 생각이 들었다. 씨앗들은 수박, 캔터루프 멜론에서 딸기, 키위, 망고, 파파야, 구아바, 포도, 레몬, 라임, 금귤, 토마토, 오이에 이르기까지 다양했다.(식물학자인 골드스타인 박사는 마지막 두 가지를 채소가 아닌 과일 쪽에 보관했다.)

"여기 있네." 키라가 말했다. "사과."

키라가 서랍에서 밀폐용기를 꺼내 들었다. 그걸 보자마자 세사르가 큰 소리로 웃기 시작했다.

"아무래도 다른 숙제를 해야겠는데?"

밀폐용기 안은 텅 비어 있었다. 사과 씨는 하나도 남아 있지 않았다.

〈지적 외계생명체와의 접촉에 대비한 NASA 업무지침서〉
(ⓒ NASA 외계업무부, 2029. 보안등급 AAA)

해독

　외계인이 보낸 신호를 해독하는 것은 쉽지 않은 일입니다. 우리가 살고 있는 지구만 하더라도, 수천 가지가 넘는 언어들이 존재할 뿐만 아니라, 모국어가 아니면 이해하기 불가능한 것들이 대부분입니다.* NASA의 외계 통신 담당 부서에는 외계인이 보냈을지도 모르는 신호를 해독할 수 있도록 다양한 훈련을 거친 뛰어난 수학자들과 언어학자들이 포진하고 있으므로, 외계로부터 수신된 신호는 해독 작업을 위해 곧바로 해당 부서로 이양되어야 합니다.

　외계로부터의 신호를 수신했을 때는, 어떠한 경우라도 개별적으로 신호를 보내거나 주고받아서는 안 됩니다. 수신된 신호의 내용을 올바르게 해독하기 전에는, 설령 악의가 전혀 없더라도, 사소한 몸짓이나 억양조차 그들에겐 위협 또는 적대적인 표현으로 왜곡되어 전달될 수 있습니다.

---

* 그 외에 인간이 아닌 다른 생물들의 언어도 수십만 가지에 이름. 그것들을 언어로 규정할 수 있는지의 여부를 떠나서, 지구상의 어떤 생명체든 서로 다른 종족 간에 의사소통을 하는 것은 지극히 어려운 일임.

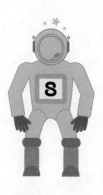

나쁜 소식

달 생활 252일째

아침식사 직후

"니나 대장님한테 알려야겠어." 나는 온실 밖으로 나오면서 말했다. "지금 당장."

"니나 대장님한테?" 세사르가 따라 나오면서 물었다. "대장님이 한심하게 너희들 숙제 따위에 관심이나 가질 것 같냐?"

키라는 굳이 세사르한테 구구절절 설명을 해줄 마음은 없었다. 대신 이렇게 말했다.

"대장님한테 알리는 건 아니라고 봐."

"맞아." 바이올렛이 말했다. "대장님한테 알리는 건 아니지."

"뭐든 중요한 걸 알게 되면 곧바로 보고하라고 했단 말이야." 내가 말했다. "이건 중요한 일이라구."

"중요하긴, 개뿔." 세사르가 말했다. "그깟 쓰잘머리 없는 씨앗들이 뭐라고."

그 순간, 굉장히 이상한 기운이 느껴져서 나는 그 자리에 멈춰 섰다.

연구동 출입문이 닫혀 있었다.

그 문이 닫혀 있는 것을 본 건 내가 MBA에 온 지 8개월 만에 처음이었다. 물론 문이라는 것은 언제든지 닫을 수 있다. MBA에 비상 상황이 발생하면 기지의 다른 구역과 격리 조치되는 구역이 몇 군데 있는데, 연구동이 바로 그중 한 곳이다. 하지만 연구동 출입문이 늘 열린 채로 있다 보니, 심지어 그 문이 있다는 사실조차 인식하지 못할 정도였다. 그런 문이 닫혀 있는 것을 보니, 뭐랄까, 집 안의 방 하나가 없어진 것처럼 마음이 영 불안했다. 기지 안이 훨씬 좁게 느껴지고 밀실공포증이 더 심해지는 기분이었다.

"연구동 문이 왜 닫혀 있지?" 내 생각을 읽기라도 한 듯, 키라가 물었다.

"엄마가 아까 지구에서 호출이 왔다고 했거든." 내가 말했다. "어른들 모두 그 호출 때문에 모여 있나 봐."

"무슨 호출이길래 어른들을 죄다 불러 모은 거야?" 세사르가 물었다.

키라가 문 쪽으로 다가가더니 귀를 바짝 들이댔다. 몇 초 지났을까, 키라가 얼굴을 찌푸렸다.

"아무 소리도 안 들려. 방음 한번 기똥차네."

그럴 만도 했다. 연구동 출입문은 비상 상황이 발생해도 견딜 수 있도록 두껍고 단단하게 만들어졌으니까. 니나 대장 숙소에서 아빠와 니나 대장이 언쟁을 벌이는 소리가 기지 반대편에서도 들릴 만큼 값싸고 얇은 자재로 만든 우리 숙소의 벽과는 차원이 달랐다. 두 사람이 어떤 말을 주고받는지 정확히 들리지는 않았지만, 나는 대충 짐작할 수 있었다. 아빠는 니나 대장이 나를 범죄 수사에 끌어들인 것을 문제 삼으며 따끔한 질타를 하고 있을 테고, 그러는 동안 니나 대장은 NASA의 중요한 호출에 참석하지 못해 안절부절못하고 있을 게 분명했다.

나는 다시 니나 대장 숙소 쪽으로 향했다. 키라가 뒤를 따랐다.

"워, 워. 잠깐만. 너 정말 니나 대장님한테 보고하려고?"

"그럼 안 돼?"

키라는 세사르가 신경 쓰이는지, 조심스럽게 눈치를 봤다. 세사르 앞에서 이런 언쟁을 벌이는 게 마음 편할 리 없었다. 키라는 세사르를 따돌리기 위해 거짓말을 둘러댔다.

"세사르 오빠 말처럼, 니나 대장님은 신경도 안 쓸 거야. 그리고 학교는 안 갈 거야? 수업 시작하기 직전이라고." 그러고는 세사르를 쳐다보며 말했다. "이네스랑 카모제 데리고 학교에 간다는 약속 하지 않았어?"

"그럴걸?" 세사르가 말했다.

그때 릴리와 패튼 남매가 구내식당 쪽으로 다가왔다.

패튼은 제대로 잠을 못 잔 듯 초췌한 몰골인 반면, 릴리는 놀랍게도 말쑥하게 꽃단장을 한 듯한 모양새였다. 그녀는 세사르를 발견하고 환한 미소를 보냈다.(MBA의 모든 사람이 얇은 벽 덕분에 릴리가 세사르한테 무척 호감을 갖고 있다는 사실을 알고 있었다.)

"좋은 아침! 안녕, 세사르?"

"안녕." 세사르가 대꾸했다. "너희 아빠는 어떠셔?"

"좀 나아지셨어. 여전히 제정신은 아닌 것 같지만, 생명엔 지장 없을 거야."

패튼은 뿔이 난 표정이었다. 자기 아빠가 목숨을 건졌다는 사실에도 그다지 기뻐하는 표정이 아니었다.

나를 발견하자, 패튼의 얼굴이 살짝 창백해졌다. 한 달 전에 패튼이 나를 공격했을 때, 잔이 나타나 무시무시한 우주뱀으로 녀석을 혼쭐낸 적이 있었다. 잔은 패튼이 바지에 오줌을 지릴 정도로 무섭게 겁을 줬었다. 그날 이후로, 녀석은 여차하면 내가 다시 그 괴물을 불러낼까 봐 겁이 나서 내 주변에 얼씬거리지도 못했다. 나뿐만 아니라 다른 사람들도 괴롭힐 생각조차 못 했다.

나는 마치 어린애 취급하듯, 패튼을 향해 다정하게 손을 흔들었다. 그 모습만으로도 겁이 나는지 패튼이 몸을 움찔거렸다.

세사르가 쇼버그 남매한테 정신이 팔려 있는 동안, 키라와 나는 슬며시 그곳을 빠져나왔다. 바이올렛도 우리 뒤를 따랐다.

대부분의 어른들이 연구동에 모여 있었기 때문에, 남의 눈에 띄지 않는 장소를 찾기가 평소보다는 훨씬 쉬웠다. 중앙관제실이나 로봇통제실 안에는 아무도 없었다. 에어로크 옆 대기구역도 텅텅 비어 있었다. 우리는 그곳에 멈춰 섰다. 목소리는 계속 낮게 유지하면서.

"만약에 라스 씨한테 독을 먹인 사람이 니나 대장이면 어떻게 할래?" 키라가 물었다.

나는 바이올렛의 눈치를 봤다. 바이올렛 앞에서 이런 대화를 해야 하나 싶었지만, 키라가 이미 말을 꺼냈기 때문에 별다른 도리가 없었다. 따돌리려 하면 바이올렛은 십중팔구 생떼를 쓰며 난리를 칠 게 뻔했다.

"범인을 찾아달라고 요청한 사람이 대장님인데?" 내가 말했다. "대장님이 범인이라면 그랬겠어?"

"의심을 피하려고 그랬겠지." 키라가 말했다.

"맞아." 바이올렛이 키라의 말을 따라 했다. "의심을 피하려고 그랬겠지."

"그렇게 하면," 키라가 말을 이었다. "네 도움을 받아 의심을 다른 사람한테 돌릴 수 있으니까."

나는 니나 대장과 나눴던 대화를 떠올렸다.

"대장님은 나더러 창 박사님을 잘 지켜보라고 했어."

"창 박사님?" 바이올렛이 제법 큰 소리로 물었다. "그 아저씨는 다른 사람한테 독을 먹일 사람이 아니란 말이야! 얼마나 착한 사람인데."

키라가 어이없다는 듯 두 눈을 치켜떴다. 창 박사가 그렇게 착한 사람이라는 말을 도저히 믿지 못하겠다는 표정이었다.

"사실은, 누구든 예외 없이 잘 지켜보라고 했어." 내가 말했다.

"나도?" 바이올렛이 놀라서 물었다. "난 아무에게도 독을 먹이고 싶지 않아. 로디 오빠도 그럴걸? 로디 오빠는 바보니까."

"너만 빼고."

"이네스도 아니야. 그리고 카모제도."

"알았어. 너희들은 빼줄게."

"엄마랑 아빠도."

"물론이지."

"잘 생각해봐." 키라가 말했다. "니나 대장도 다른 사람들 못지 않게 라스 씨를 싫어할 만한 이유가 많이 있어. 어쩌면 남들보다 더 많을지도 몰라. 라스 씨는 여기 온 순간부터 니나 대장하고 문제가 있었던 거, 너도 알잖아. 게다가 지구로 돌아가면 경력에 흠집을 내겠다고 협박까지 했고. 그러니, 니나 대장이 그 꼴을 더 이상 참지 못했다면 어떻겠어? 자기가 독을 먹이고, 화살을 창 박사님한테 돌리려고 한 거지. 아니면 누구든 다른 사람한테. 그래서 너를 끌어들여 자기편으로 만들려고 한 거라고."

나는 키라의 말을 곰곰이 따져봤다. 도저히 터무니없는 말은 아니었다.

"니나 대장님이 나를 어떻게 자기편으로 만든다는 거야?"

"수사를 지휘하는 사람은 니나 대장이잖아, 그렇지? 그럼 모든 증거를 마음대로 관리할 수 있을 거 아냐. 너한테 뭐든 알아내면

자기한테 바로 보고하라고 했던 것도 그 때문이겠지. 만약 찾아낸 증거가 자기한테 불리하면 그 증거를 없애버리면 그만이니까. 그리고 거꾸로 다른 사람한테 불리한 증거들을 일부러 조작할 수도 있고 말이야."

"하지만 니나 대장님이 독을 먹이진 않았을 거야." 바이올렛이 말했다. "독을 먹이는 건 나쁜 행동이야. 그래도 이 기지의 대장이 잖아."

"그게 뭐?" 키라가 반박했다. "니나 대장은 전에도 규정을 어긴 적이 있어. 지난달에 실종됐을 때만 해도…."

"하지만, 그땐 협박을 받고 어쩔 수 없이 그랬던 거잖아." 내가 되받아쳤다.

"그래도 어긴 건 어긴 거야. 니나 대장은 우리가 생각하는 것만 큼 규정을 철저히 지키는 사람이 아니야. 그리고 군대 있을 때 사람을 죽이는 훈련도 받았을 테고. 군대에서 하는 일이 그런 거잖아. 게다가, 성격도 괴팍해. 이 안에서 괴팍하기로 소문난 사람들 중 한 명이지. 니나 대장이 얼마나 냉정하고 별종인지 잘 생각해 봐. 그게 바로 사이코 살인마의 전형적인 특징이란 말이야."

나는 좀 더 고민에 빠졌다. 나는 키라보다 니나 대장과 지낸 시간이 더 많았다. 그 시간이 비록 즐겁진 않았어도, 어쨌든 그랬다. 차가운 외모에 숨겨진 진짜 모습을 발견할 기회도 키라보다는 내가 더 많았다.

"난 니나 대장님은 아닌 것 같아." 나는 결국 그렇게 말했다.

"그래?" 키라가 골이 난 표정으로 말했다. "그럼 네 생각엔 누가 범인일 것 같은데?"

"창 박사님일지도 모르겠어." 나는 콕 집어 말했다. 그리고 손가락을 하나씩 꼽으면서 이름을 대기 시작했다. "골드스타인 박사님일 수도 있고. 유일하게 사과 씨를 손에 넣을 수 있는 사람인데, 마침 사과 씨들이 전부 사라졌잖아. 아니면, 이와니 박사님이나 발니코프 박사님일지도 모르지. 이곳에는 의심받을 만한 사람이 너무 많아. 쇼버그 가족까지 포함해서 말이야."

"패튼 오빠랑 릴리 언니도?" 바이올렛이 물었다. "가족인데?"

"둘 다 자기 아빠를 그렇게 좋아하는 것 같진 않거든." 내가 말했다. "특히 패튼은 확실해. 라스 씨가 패튼을 마치 쓰레기 취급하듯 함부로 대했잖아. 그리고 라스 씨가 죽게 되면, 다른 사람들보다 훨씬 얻을 게 많거든. 재산이 수천 조쯤 되지, 아마?"

"라스 아저씨가 죽으면, 아저씨 부인은 더 많이 받아?" 바이올렛이 물었다.

"아마 그럴 거야."

"그럼, 아저씨 부인이 범인이겠네." 바이올렛이 자신 있게 말했다. "성격도 못됐고 얼굴도 이상하게 생겼잖아."

나는 다시 키라를 보며 말을 꺼냈다.

"뭘 용의자들이 이렇게나 많은 거야?"

"내 말이." 키라도 내 말에 공감했다. "그렇다고, 니나 대장은 절대 범인이 아니라고 볼 순 없어. 그러니까 네가 일일이 대장한테 보고하는 건 좋은 생각이 아니야."

"왜?" 바이올렛이 물었다.

"우리끼리만 알고 있어야 유리하니까." 키라가 부연 설명을 했다. "씨앗이 사라졌다는 사실을 알리지 않으면, 니나 대장은 그 사실을 절대 알지 못하겠지. 만약 그 사실을 알게 되면, 니나 대장은 씨앗을 손에 넣고 증거를 없애려 할걸? 하지만 그 사실을 모르고 있는 한, 방심하고 있다가 우리한테 한 방 먹을 수 있는 거라고. 이해돼?"

"아니." 바이올렛이 말했다.

키라가 한숨을 내쉬었다.

"그럼, 그냥 나를 한번 믿어봐. 나도 생각이 있어서 그래. 감시해야 할 대상이 있다면, 그건 바로 니나 대장이야. 뭔가 숨기고 있는 게 분명해."

나는 아무 대꾸도 하지 않았다. 내가 무슨 말을 하든 키라는 생각을 바꿀 것 같지 않았다. 그리고 어쩌면 키라의 말이 맞을지 모른다는 생각도 들었다.

"그래서, 어쩌려고?"

키라가 입술에 손을 대고는 자기를 따라오라는 신호를 보냈다. 그리고 니나 대장 숙소를 향해 계단을 오르기 시작했다.

학교 수업이 시작되기 직전이라 다목적실로 가야 했지만, 왠지 이 일이 더 중요해 보였다.

우리는 살금살금 캣워크를 향해 올라갔다. 니나 대장 숙소 바로 앞에 도착하니, 그녀와 아빠가 언쟁을 벌이는 소리가 훨씬 잘 들렸다.

그런데 키라는 그 앞에 멈추지 않고, 니나 대장 숙소를 지나쳐 우리 숙소 앞까지 갔다.

나는 키라의 계획을 눈치채고 지문으로 우리 집 문을 열었다. 집 안으로 들어가자마자, 우리는 곧장 니나 대장 숙소와 벽이 맞닿아 있는 수면 캡슐 쪽으로 향했다. 우리는 각자 수면 캡슐로 들어가 최대한 벽에 가까이 몸을 밀착시켰다.

그러자 마치 니나 대장 숙소에 들어가 있는 것처럼, 아빠와 니나 대장의 대화를 또렷하게 들을 수 있었다. 두 사람 다 잔뜩 흥분한 상태로, 누구 목소리가 더 큰지 겨루기라도 하듯 목청을 높이고 있었다. 다른 사람들은 모두 연구동과 학교에 가 있다는 사실을 알고나 있는지 궁금했다.

"…그러니까, 왜 우리 아들을 또 위험에 빠뜨렸냐는 겁니다."

"어리석은 짓만 하지 않는다면, 위험할 일은 없을 거예요."

"그걸 어떻게 장담해요! 지난번 사건 때, 우리 아들이 어떤 일을 겪었는지 몰라요? 가스 그리산이란 작자 때문에 로봇팔에 깔려 죽을 뻔했잖아요!"

"그때는 대시가 나도 모르게 범인을 찾겠다고 나서는 바람에 그랬던 겁니다. 이번엔 내가 잘 지켜보고 있을 거예요."

"하루 종일 대시만 쳐다보고 있겠다는 것도 아니잖아요! 어떻게 이런 일을 엄마, 아빠도 모르게 시킬 수 있어요?"

"아시다시피, 난 지금도 해결해야 할 골칫거리가 한둘이 아닙니다. 대시는 똑똑한 아이예요. 능력도 있고요. 그래서 대시를 이용하는 겁니다."

"대시를 이용한다고요? 걔는 내 아들입니다. 당신 도구가 아니라! 만약 다른 사람이 당신 자식을 이렇게 위험한 일에 끌어들였다는 걸 알게 됐을 때, 어떤 기분이 들지 상상이나 가요?"

"오늘 새벽처럼, 기지 밖에 데리고 나가 위험한 놀이를 하는 기분 말인가요?"

"위험한 일은 전혀 없었어요. 우리가 얼마나 조심해서….".

"그럼, 나도 그렇게 조심하면 되겠네요. 그만 끝내시죠. 보시다시피, 시간을 너무 많이 허비했어요. 다른 사람들은 모두 호출 때문에 모여 있고, 난 시간은 없는데 처리할 일은 산더미처럼 쌓여 있단 말이에요."

니나 대장이 문 쪽으로 향하는 발소리가 들렸다.

그러나 아빠는 그녀를 따라 나서지 않았다.

"도대체 뭐가 더 중요한 일이죠?" 아빠가 물었다. "아무리 눈앞에 닥친 일이 있어도 그렇지. 라스 씨 사건의 범인을 잡겠다고 대시까지 끌어들여야 했어요? 그게 대시의 목숨을 담보로 할 만큼 중요한 일이에요?"

"이미 이 기지의 모든 주민들은 위험에 처해 있어요." 니나 대장이 냉정하게 잘라 말했다. "나는 모두를 지키기 위해서라면, 무슨 일이든 할 겁니다."

나는 그 말에 충격을 받아 몸이 뻣뻣해졌다. 그리고 수면 캡슐의 천장에 머리를 부딪히고 말았다.

니나 대장의 숙소 문이 열리는 소리가 들렸다. 그녀가 문을 열고 아빠를 기다리는 것 같았다.

우리는 급히 수면 캡슐을 빠져나와 문 쪽으로 달려갔다. 서로 말은 안 해도 어떻게 해야 할지 알고 있었다. 우리가 엿듣고 있었다는 사실을 감춰봐야 좋을 게 하나도 없었다. 그게 중요한 게 아니었다. 우리가 후다닥 문을 열고 나가자, 바로 옆에서 아빠와 니나 대장이 밖으로 나왔다.

우리가 갑자기 눈앞에 나타나자, 두 사람은 깜짝 놀라 그대로 얼어붙었다.

"무슨 일이 있는 거예요?" 우리한테 학교나 가라는 말을 할까 봐, 내가 선수를 쳤다.

"그러니까요." 키라가 내 말에 장단을 맞췄다. "뭘 그렇게 숨기고 계신 거예요?"

니나 대장이 미간을 좁히며 무섭게 우리를 노려봤다. 당장이라도 호되게 꾸짖을 태세였다.

"달기지에 문제가 생겼어." 아빠가 말했다. "모두 탈출해야 해."

비밀 유지

만약 당신이 외계인과 최초로, 또는 그 이후에 접촉한 당사자라면, 그 사실을 비밀로 유지해야 할 의무가 있습니다. 외계인의 존재 사실이 언론이나 대중에게 먼저 공개될 경우, 신속하게 대처하기 어렵고, 상황을 통제하기도 매우 어려워집니다. 그러므로 당사자들에게는 외계인 대응팀 및 NASA 외계업무부 관료들 외에는 접근이 제한됩니다. 또한 접촉한 외계인의 정체가 확인될 때까지, 당사자들의 가족을 포함한 어떤 외부인과도 접촉이 금지됩니다. 이러한 조치를 어길 경우, 연방법을 위반한 행위로 간주되어 해당 업무에서 배제되며, 구금 처분을 받을 수 있습니다.

시스템 장애

"공기 순환장치에 문제가 생긴 것 같아." 엄마가 말했다. "평소보다 산소 공급이 잘 안 되고 있어."

우리 가족은 숙소에서 각자 큐브를 하나씩 차지하고 앉았다. 키라와 하워드 박사도 바로 옆, 자기 숙소로 돌아갔다.

NASA의 호출은 기지를 폐쇄하는 비상시 절차를 논의하기 위한 것이었다.

"산소가 왜 안 나와요?" 바이올렛이 물었다.

"나오긴 하는데, 조금밖에 안 나온대." 아빠가 대답했다. "원래는 더 많이 나와야 하거든. 이유는 잘 모르겠구나. 이유를 알면 벌써 고쳤겠지."

"고치려고 계속 노력 중이었잖아요." 엄마가 말했다. "벌써 2주째 말이에요."

"그런데도 저희한테는 말씀 안 하신 거예요?"

"이렇다 저렇다, 말들이 많았어." 엄마가 말했다.

"그것도 아주 많이." 아빠가 말했다.

"결국, 아이들한테는 알리지 않는 게 최선이라는 결론이 내려졌지." 엄마가 말했다. "말했다면, 겁에 질려 난리가 났을 거야. 스트레스도 많이 받았을 테고."

"결론이 내려졌다고요?" 내가 되물었다. "그럼, 엄마나 아빠의 의견은 아니라는 거예요?"

"누구한테는 알리고 누구한테는 비밀로 할 순 없잖니." 아빠가 사정을 설명했다. "그중 한 명만 알아도, 나머지 아이들까지 다 알게 될 건 불 보듯 빤하잖아. 게다가 마르케스 박사가 나서서, 아이들이 이런 일을 감당하기 힘들어할 거라고 했거든."

"마르케스 박사는 돌팔이 의사예요."

"그래도 이 기지를 책임지는 정신과 의사잖니." 엄마는 단호하게 말했지만, 아빠는 나와 같은 생각이라는 표정을 지었다. "NASA에서는 이런 일 때문에 그 사람을 여기로 보낸 거고, 다른 사람들은 그의 의견에 따라야지. 그렇지만…" 엄마가 아빠를 힐끔 본 다음, 다시 우리를 봤다. "한 번도 마음 편했던 적이 없었어."

"중요한 건," 아빠가 말했다. "우리가 고쳐보려고, 아니 뭐가 문제인지라도 파악해보려고 2주 동안 별의별 시도를 다 해봤다는 거야. 그런데 소용없었어. 산소 수치는 계속 낮아지고만 있고."

"아직 심각하진 않아." 엄마가 우리를 안심시키며 말했다. "그래 봐야 몇 퍼센트밖에 안 되는데 뭐. 하지만 이 상태가 지속되면, 인간이 숨 쉬기엔 공기가 너무 희박해질 거야."

"우리도 인간이잖아요." 바이올렛이 잔뜩 걱정하며 말했다.

"아무 일 없을 거야." 엄마가 바이올렛의 어깨를 감쌌다. "NASA에서 위험 상황이라는 걸 알고 곧바로 비상탈출 절차에 들어갔어. 우리를 태우고 갈 우주선이 벌써 발사됐다더라. 내일이면 우선 두 대가 먼저 도착할 거야."

"벌써 출발했다고요?" 내가 말했다. "어떻게 그럴 수 있죠? 뉴스에도 안 나오던데요."

"지구에서는 아무도 이 사실을 몰라." 아빠가 말했다. "NASA 직원들도 모르고 있고. 우리가 안전하게 귀환할 때까지 정부에서 철저히 비밀에 부치기로 했거든."

"우주선을 두 대나 발사했는데도요?"

"NASA에서 단순히 인공위성을 발사한다고만 발표했거든." 엄마가 말했다. "인공위성이야 수시로 발사하잖니. 케네디 우주센터 주변에 사는 사람들은 인공위성을 소 닭 보듯 하는데 뭐."

"우주선이 내일 도착해요?" 바이올렛이 물었다. 줄어드는 산소 때문에 걱정이 태산 같더니, 지금은 잔뜩 신이 나 있었다. "우리 모두, 내일 집에 가는 거예요?"

엄마와 아빠는 곧바로 대답하지 못했다. 나는 두 분이 왜 주저하는지 알 것 같았다.

"잠깐만요." 내가 말했다. "우주선이 두 대만 온다고요? 우주선 한 대에 여덟 명밖에 못 타잖아요? 그것도 조종사 포함해서."

"맞아." 아빠가 말했다. "한 번에 모두 타고 갈 순 없어. 일부는 다음 우주선을 기다려야 해."

"얼마나 기다려요?"

"1주일쯤."

"그럼, 우리도 기다려야 해요?" 바이올렛이 또 걱정되는 듯 물었다. "산소도 없이요?"

엄마가 바이올렛을 꼬옥 껴안았다.

"아니야. 어린 자녀가 있는 가족들이 먼저 출발하게 될 거야."

"우리도요?" 바이올렛이 물었다.

"NASA는 아이들의 안전을 최우선으로 여기기 때문에," 아빠가 말했다. "우리 가족은 카모제 가족과 우주선 한 대에 같이 타고, 마르케스 가족은 키라 가족과 다른 우주선에 탈 거야."

NASA에서 우리의 안전보다 정부의 이미지에 더 많은 신경을 쓰고 있다는 점은 분명했다. 자녀가 없는 어른들을 아이들보다 먼저 우주선에 태워 지구로 보냈다가 MBA에 문제가 생겨 아이들이 목숨을 잃기라도 한다면, 그보다 큰일은 없을 터였다.

"쇼버그 가족이 얌전히 있을까요?"

엄마와 아빠가 서로 묘한 눈짓을 주고받았다.

"쇼버그 가족은 아무것도 모르고 있어." 엄마가 말했다.

"모른다고요? 그러다 알게 되면, 미친 소처럼 날뛸 텐데요?"

"미친 소가 네 마리나 될 거예요." 바이올렛이 맞장구를 쳤다.

"그럴까 봐 알리지 않은 거야." 아빠가 말했다. "설령 안다 해도, 딱히 그 사람들이 할 수 있는 것도 없지만. 그 사람들이 여기 올 때 서명한 계약서에는 이런 비상시 탈출 절차에 대해 아주 명확한 규정이 있거든. 아무리 박박 우겨봤자, 그 사람들은 꼼짝없이 차례를 기다릴 수밖에 없어."

"우리는 그저 그 사람들이 미쳐 날뛰는 시간이 조금이라도 짧기만을 바랄 뿐이야." 엄마가 말했다.

"그럼, 그 사람들한테는 언제 알리려고요? 그리고 우리한테는 언제 말해주려고 하셨어요?"

"오늘 밤에." 아빠가 대답했다. "빨리 말했다가, 너희가 괜히 겁부터 먹게 하고 싶진 않았어."

"그래서 우릴 학교에 보내신 거예요?" 나는 따지듯 말했다. "달에서의 마지막 날에요? 제 생일에?"

"네가 쓸데없는 걱정을 할까 봐 그랬던 거야." 아빠가 말했다. "너한테는 마지막 날이 될지도 모르는데, 이곳과 작별 인사 할 기회를 줘야겠다고 생각했지."

"그래서 새벽에 저를 데리고 밖에 나가신 거고요?"

"그래. 널 이런 식으로 내버려두느라 달 위에서 캐치볼 한 번 못한 게 너무 아쉬웠어. 뭐, 딱히 줄 만한 선물이 없기도 했고."

"그럼, 저는요?" 바이올렛이 성을 내며 물었다. "저도 달 위에서 캐치볼 못 해봤단 말이에요! 체조도 못 해보고요. 아무것도요."

"넌 내일 그럴 시간이 있을 거야." 엄마가 말했다. "우주선 타러 가면서 말이야. 잘하면 재주넘기 정도는 할 수 있을걸?"

"아싸!"

아빠가 자리에서 일어섰다.

"이런, 내 정신 좀 봐. 네 우주복이 아직도 잘 맞는지 확인하는 걸 깜박했네. 당장 가서 확인해야겠다."

내일을 생각하며 신이 났는지, 바이올렛이 벌떡 일어났다.

"달 위에서 재주넘기하는 사람은 제가 처음이겠죠?"

"닐 암스트롱이 벌써 몇 번 했을걸? 텀블링도."

"아빠! 거짓말 마세요."

"아닌가?"

아빠는 마지못해 말을 얼버무렸다. 그러고는 바이올렛을 데리고 밖으로 나갔다.

"미리 말해주지 못해 미안하구나." 엄마가 말했다. "믿어주렴. 우린 알려주고 싶었으니까."

"괜찮아요." 나는 엄마를 안심시켰다. "산소 수치가 떨어지고 있다면서, 정말 안전하긴 한 거예요?"

"내일까지는 괜찮을 거야. 다음 우주선을 기다려야 하는 사람들도 별일 없을 거고. 기지 주민의 절반이 먼저 떠나는 셈이잖니. 오히려 우리가 먼저 떠나고 나면 산소가 더 넉넉해질지도 몰라."

"그런데 전체 인원이 모두 기지를 떠나야만 하는 거예요? 한두 명은 남아서 기지를 지키면 안 되나요?"

"그건 왜?"

나는 우리 숙소 안을 다시 빙 둘러봤다.

"아쉬워서요. 이렇게 공을 들인 기지를 포기해야 한다는 게."

"기지에 최소한의 인원을 남기는 방안도 논의가 됐었어. 하지만 NASA에서는 위험 부담이 너무 크다고 판단했지. 괜히 그랬다가, 산소 수치가 위험 수준까지 떨어져 구조를 할 수 없는 지경까지 가면 어떻게 되겠니?"

엄마가 하나밖에 없는 작은 옷장으로 가더니 옷가지들을 꺼내며 집으로 돌아가기 위한 짐을 꾸리기 시작했다.

"대시야, 우주여행이란 원래 힘든 거야. 우리가 생각했던 것보다 훨씬 더. 우리 인간은 언젠가 우리 은하계를 넘어 다른 행성에 가고 싶다는 꿈을 꾸고 있지. 하지만 실제로는 불가능한 일일지도 몰라. 아주 멀리, 엄청난 속도로 날아가는 우주선을 만들 수 있을지도 모르지만, 정작 우리 몸은 그걸 감당하지 못할 수도 있어. 인간은 자기 행성에서 급격하게 진화해왔기 때문에, 우주 전체로 보면 고작 작은 점 하나에 불과한 지구를 떠나면 인간에게 그야말로 치명적일 수도 있어."

나는 예전에 잔과 나눴던 대화를 떠올렸다. 잔은 인간과 마찬가지로 다른 종족들도 사정은 비슷하다는 암시를 한 적이 있었다. 내가 〈스타워즈〉나 〈스타트렉〉같이 우주를 배경으로 한 영화를 보여줄 때마다, 그녀는 주인공이 찾아가는 행성들마다 왜 하나같이 지구와 똑같은 대기와 중력을 갖고 있냐고 딴죽을 걸며 어이없어 했다. 애초부터 말이 안 된다며 코미디 영화 취급까지 했다.

"그리고 말이야." 엄마가 말을 이었다. "우리가 기지를 포기한다고 해서, 그게 꼭 실패를 의미하는 건 아니야. 우린 여기서 8개월이나 견뎠잖니. NASA에서 문제를 파악해 해결책을 찾아내면, 나중에 사람들을 보내 기지를 정비하고 다시 가동시킬 수 있을 거야. 하지만, 엄마가 약속할게. 우리 가족은 다시 오지 않을 거야. 우린 이 바윗덩어리 위에서 할 만큼 했으니까."

나는 안도의 한숨을 내쉬며 물었다.

"그동안 산소 수치가 낮아지면서 부작용 같은 건 없었어요?"

엄마는 나한테 불의의 습격을 당하기라도 한 듯, 옷장을 정리하다 말고 그대로 얼어붙었다.

"있었어요, 없었어요?"

"있긴 있었을 거야. 심각한 정도는 아니지만… 산소는 조금만 부족해도 인간에게 영향을 미칠 수 있지. 신체적으로는 힘든 운동을 하고 났을 때처럼 느껴지기도 해. 평소보다 심장박동이 빨라지고, 경우에 따라선 숨 쉬기 힘들 때도 있고."

나는 지난 몇 주 동안의 경험을 떠올려봤다.

"저는 그런 적은 없었던 것 같아요."

"그야, 넌 아직 팔팔하니까 그렇지. 어른들 중에서 일부가 그렇다는 거야. 그리고 심리적으로도 영향을 미칠 수 있어. 신체적 증상보다 더 강하게 나타날 수도 있지. 집중력이 흐트러지거나, 판단 착오 같은 게 생길 수 있거든. 짜증이 심해지기도 하고."

"증상만 들으면, 쇼버그 가족은 이곳에 왔을 때부터 산소 부족을 겪은 것 같아요."

그저 농담으로 한 말이지만, 지난 몇 주 간의 기억을 곰곰이 따져보면 산소 부족 현상이 있었던 건 분명해 보였다. 동료 무니들의 행동만 봐도, 확실히 평소보다 서로 짜증을 많이 내곤 했다. 비좁은 기지 안에서 생활하다 보니 짜증이 심해진 거라고 생각했는데, 사실은 산소 부족으로 인한 증상으로 보는 게 맞을 것 같았다.

"쇼버그 가족이 형편없는 사람들인 건 어제오늘 일이 아니잖니. 자기들 주제를 깨닫게 될 때까지 조금만 더 참으렴."

나는 라스 쇼버그 씨가 나중에 어떤 반응을 보일지 궁금했다. 지금껏 몇 주 동안이나 지구로 돌려 보내달라고 그렇게 난리법석을 피웠건만, 결국 그들은 지구로 돌아갈 수 없었다. 그런데 빈 우주선 두 대가 이곳으로 오고 있는데 자기들을 위한 자리는 없다는 것을 알게 되면, 보나 마나 길길이 날뛸 터였다.

"우리가 먼저 떠나는 바람에, 그 집 식구들이랑 같이 남아서 기다려야 하는 사람들한테 괜히 미안해지네요."

"그걸 말이라고. 못 참고 죽는 사람도 있을지 몰라." 그 말이 불쑥 나오기 무섭게, 엄마가 헉하고 소리 냈다. "아이고, 이런. 하필이면 그런 말을 꺼냈을까. 그 양반이 독극물을 먹었다는 걸 까맣게 잊고 있었네. 엄마는 그냥…" 엄마가 나를 바라봤다. "네 아빠

말로는, 네가 사건의 진상을 알고 있다고 하더라."

"누군가 일부러 독을 먹였다는 건 알아요."

"엄마 생각엔, 네가 이번 사건에 관여하지 않았으면 좋겠구나. 니나 대장이 너한테 뭐라고 했든 상관없이 말이야. 집으로 돌아가기까지 채 하루도 남지 않았잖니. 이럴 때일수록 가장 조심할 일이, 바로 스스로 위험한 상황에 빠지는 거야."

"너무 걱정하실 필요는 없어요. 최대한 몸을 사리다가 내일 우주선에 탈 거니까요."

엄마는 미소를 지어 보이고 다시 짐을 꾸리기 시작했다.

엄마를 도와 함께 짐을 꾸릴 수도 있었지만, 나는 머릿속으로 방금 알아낸 사실들을 이리저리 짜 맞추라 바빴다. MBA 내의 산소 수치가 떨어지고 있다. 그건 산소가 새어 나가고 있다는 뜻이니, 그대로 놔뒀다간 끔찍한 결과를 초래할 수 있다. 나는 곧 달기지 알파를 떠난다. 그것도 예정보다 2년이나 일찍. 정말 믿기 힘든 일이라서, 도무지 실감이….

아쉬웠다. 계속 남아 있고 싶어서가 아니라, 이런 식으로 마무리되는 것이 왠지 찜찜해서였다. 마치 실패한 듯한 느낌이랄까.

게다가, 범인의 정체는 아직 오리무중이었다.

혹시 이번 사건이 산소 부족 때문은 아닐까 하는 의구심이 들었다. 산소 수치가 조금만 떨어져도 쉽게 화를 내고 판단력에 문제가 생긴다면, 평소 살인 따윈 상상조차 하지 않았던 사람이라도 갑자기 그런 짓을 벌일 수 있지 않을까? 아니면 평소에는 엄두도 내지 못하다가, 갑자기 막가파 식의 충동을 느꼈든가.

혹은 느닷없이 예정된 비상탈출 상황을 견디지 못해서였는지도 모를 일이다. 라스 씨는 걸핏하면 동료 무니들한테 인생을 망쳐놓겠다는 협박을 일삼았다. 그의 협박이 아직까지 실행되지 않고 있는 것은 순전히 그가 지구와 연락을 취할 수단이 끊겼기 때문이다. 그러나 그가 지구로 돌아가면 그를 막을 수 있는 방법은 거의 없다. 그러니 누군가는 그런 위험을 막고 싶어 했을지도 모른다.

내일 범인이 지구로 돌아갈 확률은 50퍼센트가 넘으니(25명의 무니 중 14명이 1차로 지구로 돌아가므로) 나와 같은 우주선을 탈 가능성이 있다. 골드스타인 박사는 사라져버린 씨앗들과 관련이 있는 사람이다. 게다가, 전에도 나쁜 일을 꾸몄던 전력이 있다. 혹은 이와니 박사가 그런 짓을 벌였을지도 모른다. 그 역시 라스 씨를 좋게 보는 사람은 아니니까.

반대로, 범인이 라스 씨와 함께 MBA에 잔류할 확률도 50퍼센트 가까이 된다. 그렇게 되면, 범인에게 라스 씨를 죽일 기회를 또 한번 주는 꼴이 되거나, 거꾸로 라스 씨가 복수할 기회를 가질지도 모른다.

어떤 경우가 됐든, 결국 나쁜 결과를 초래할 가능성이 많아 보였다. 사건은 내가 예상했던 것보다 훨씬 더 안 좋은 쪽으로 흘러가고 있었다.

〈지적 외계생명체와의 접촉에 대비한 NASA 업무지침서〉
(ⓒ NASA 외계업무부, 2029. 보안등급 AAA)

안전구역의 설치

외계인의 실제 징후가 확인되면, 즉시 해당 구역 주변으로 안전구역을 설치하여 일반인들의 접근을 막아, 우발적 접촉으로 인한 위험과 혼란을 방지하고, 군중이 대규모로 운집할 수 있는 기회를 차단시켜야 합니다. 안전구역 설치를 위한 가장 손쉬운 방법은 가스 누출 또는 그와 유사한 위험 상황임을 알리는 표지판*을 세워, 지역 주민들이 위험을 느끼고 접근하는 것을 꺼리게 만드는 것입니다. 또한 연방정부의 권한으로 해당 지역 경찰을 동원하는 방법도 가능하지만, 이 경우에도 접근을 통제하는 실제 이유에 대해서는 언급하지 않는 것이 좋습니다. 안전구역의 설치 범위는 통상 가로세로 길이가 각각 800미터 내외를 기준으로 하되, 실제 접촉 상황에 따라 달라질 수 있습니다.

---

* 사용 가능한 표지판에는 고압선 감전 위험, 산불, 홍수, 회색곰 출몰 등이 있음.

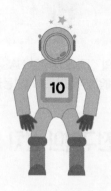

진화의 차이

달기지 알파에서 철수한다는 소식이 알려지자, 학교 수업이 취소됐다. 아이들이 보기에도 철수를 돕는 게 더 나을 것 같았다.

개인적으로 짐을 꾸리는 일은 별로 오래 걸리지 않았지만, 철수를 위한 나머지 준비 과정은 장난이 아니었다. 다수의 예민한 과학 장비들을 파손되지 않도록 포장하고, 그 외의 장비들은 우리가 지구로 돌아간 후에도 계속 작동하게끔 설정해놓아야 했다. 선발대가 출발하고 1주일 후면 2차로 우주선들이 도착할 예정이기 때문에, 기지에 남겨진 나머지 장비들은 '절전 모드'로 바꿔놓아야 했다. 증발건조기, 수분공급기, 공기 순환장치, 유지·보수용 로봇

등등, 손대야 할 장비가 한둘이 아니었다. 대부분의 사람들이 눈코 뜰 새 없이 바쁘게 움직였다.

한편, 로디는 달 위에서의 마지막 날조차 이전의 251일과 다름없이 게임을 하면서 시간을 죽이고 있었다. 학교 수업까지 취소된 마당이니 다목적실은 무방비 상태나 다름없었다.

나는 떨어지고 있는 산소 수치에 내심 신경이 쓰였지만, 최근 몇 주 동안과 비교하면 오히려 마음이 편했다. 앞으로 28개월 동안 더 달 위에서 지낼 예정이었는데 당장 내일이면 기지를 떠나게 됐다. 갑자기, 그동안 비참하게 느껴졌던 모든 일들이 그렇게 나쁘지만은 않았다는 생각이 들었다. 점심으로 고른 퍽퍽한 페퍼로니 칼초네는 물론이고 화장실 가는 일도 끔찍하게 느껴지지 않았다.

물론, 기지 철수가 차질 없이 진행된다는 가정 하에서지만.

내가 마지막 페퍼로니 칼초네이길 바라면서 접시를 싹싹 비웠을 때, 잔이 모습을 나타냈다. 잔은 내 감정을 읽자마자, 내가 평소보다 훨씬 기분이 좋은 상태라는 것을 눈치챘다.

"좋은 일 있니?" 그녀가 물었다.

"우리, 내일 지구로 돌아가요."

"왜?"

나는 평소보다 북새통을 이루는 구내식당 안을 휙 둘러봤다.

"우리 집으로 가서 얘기할게요."

연구동에서 바이올렛이 부모님을 돕는 모습을 보고, 나는 우리 집이 안전할 것 같다는 생각이 들었다.

"좋아."

나는 음식 찌꺼기를 재생처리기 안에 후다닥 쏟아 넣고 기지 안을 가로질러 우리 숙소로 향했다. 잔은 그 과정에서 우리의 기지 탈출 계획을 눈치챘다.

"네가 떠난다니 믿어지지가 않네." 내가 문을 닫자 그녀가 말했다. "아무래도 네 생일선물인가 보다."

그녀의 목소리는 밝았지만, 그 이면에는 내가 읽기 힘든 무언가가 느껴졌다. 우리가 함께 있을 때는 서로의 감정을 읽는 게 가능했지만, 아무래도 내가 그녀의 마음을 읽는 것은 그녀가 내 마음을 읽는 것보다 서툴렀다.

"무슨 일 있어요?"

"별건 아니야. 넌 이곳이 그리 달갑지 않았는지 모르지만, 달기지 알파는 나한테 특별한 곳이거든. 인간과 접촉할 수 있는 유일한 장소잖니."

"설마 제가 지구로 돌아가면 다시 못 본다는 얘긴 아니죠?"

"전에도 지구의 생명체와 접촉해본 적이 있어."

"잠깐만요. 당신이 처음 대화를 나눈 사람이 홀츠 박사님 아닌가요?"

"내가 언제 인간하고만 대화를 나눌 수 있다고 했니?"

나는 깜짝 놀라서 큐브에 주저앉았다.

"그럼, 그동안 인간이 아닌 생명체와도 접촉을 했던 거예요?"

"대시, 지구의 생명체는 수백만 종이 넘어."

"맞아요. 하지만 대부분은 언어로 소통하기엔 많이 부족하죠."

"맞는 말이야. 하지만 너희 행성의 운명을 좌우할 수 있는 일인데, 대상이 누구든 시도해볼 가치가 있다고 생각했어. 그 생명체들의 운명 역시 어떻게 될지 모르니까 말이야. 그들과 대화를 한 건 아니지만, 그들이 뭘 하는지는 경험할 수 있었지."

"뭘 경험하셨는데요?"

"아주 다양해. 너희 행성의 코끼리와 돌고래는 놀라울 정도의 감정을 가지고 있었어. 사실, 감정만 비교하면 인간보다 더 강했지. 반면에, 영양들은 풀 말고는 전혀 관심이 없는 모양이더라."

"영양의 머릿속에도 들어갔었어요?"

"응. 사슴, 꿀벌, 뱀상어, 해달도. 해달은 참 재미있는 동물이더라."

"그런 동물들도 당신 마음을 읽을 수 있어요?"

"너보다도 못한 걸 뭐."

왠지 그 말을 들으니 자존심이 상했다.

"지금 저한테 당신 마음을 잘 못 읽는다고 지적질 하는 거예요?"

"맞아."

"참나, 그게 제 잘못이에요? 언제 저한테 속 시원히 말해준 적 있어요?"

"나도 알아. 그래서 전에 약속했던 것처럼, 나도 생각을 바꾸려고 노력 중이야. 그래서 오늘 이렇게 네 앞에 나타난 거야."

"정말요?"

나는 방금 전까지 느꼈던 짜증이 금세 기대감으로 바뀌는 것을
느꼈다. 잔도 내 기분을 느낀 모양이었다.

"하지만, 짚고 넘어갈 게 있어. 네가 알고 싶은 걸 모조리 대답해
주진 않을 거야."

"왜요?"

"네가 이해하지 못할 테니까."

"그렇다고 들어보지도 못해요?"

"들어봤자 시간만 낭비할 거야."

"제가 당신만큼 생각을 전송하는 방법을 제대로 쓸 줄 몰라서
그런 거예요?"

"그보다 훨씬 복잡한 얘기야."

"무슨 뜻이에요?"

잔이 나를 마주 보고 앉더니, 빤히 내 눈을 쳐다봤다. 그녀의 눈
이 어찌나 파란지, 그 속으로 빠져들 것만 같았다.

"페르미 역설이라고 들어봤니?"

"그럼요. 은하계에는 수억 개의 행성들이 존재하는데, 적어도 그
중 하나에는 지능을 가진 생명체가 존재할 가능성이 있다는 얘기
잖아요. 페르미는 그런데도 왜 아직까지 그들로부터 어떤 신호도
받지 못하고 있는지 의아해했죠."

MBA에서 그 정도쯤은 밥을 먹으면서 간단히 주고받을 수 있는
화제들 중 하나였다. 분명한 건 그 문제에 관해 최근에 내가 완전
히 새로운 시각을 갖게 되었다는 점이다.

"맞아. 홀츠 박사님이 나한테 설명해주신 적이 있거든. 정확한 진실은, 은하계에는 실제로는 수십억 개가 넘는 행성들이 있는데, 그중에서 수천 개의 행성에 지적 생명체가 살고 있다는 거야. 이쯤 에서 너한테 문제를 하나 낼게. 왜 우리 중 어떤 종족도 지금껏 인 간과 접촉을 하지 않았을까?"

"우리가 처음 만났을 때, 이런 얘길 하신 적이 있어요. 최근까지 도 인간이라는 존재를 모르고 있었다고요."

"아주 솔직한 말은 아니야. 수천 년 전부터 너희 종족에 대해 알 고 있던 외계 종족들이 많으니까. 그중 일부는 실제로 인간과 접 촉을 시도했지. 인간이 그 신호를 이해하지 못해서 문제였지만."

"왜요?"

"너희들에 비하면 우리의 문명이 월등하게 진화했으니까. 개미들 이 우주선이 뭔지 이해할 수 있을지 상상해봐."

이번에는 정말로 자존심이 상했다.

"지금 얘기해주시는 각본에는 인간이 고작 개미 정도밖에 안 되 나 보죠?"

"너무 예민하게 받아들이진 마. 우리도 인간이 개미보다 훨씬 지 능이 높다는 걸 알고 있으니까. 하지만, 우리와 비교하면…."

"개미들만큼이나 미개하다, 이거죠?"

"뭐랄까, 우리가 만든 전혀 다른 형태의 비행기를 조종한다고 생 각해보자. 막상 조종석에 앉았지만, 작동법을 모르겠는 거지."

"왠지 옛날 얘기를 하시는 것 같네요. 지금은 그때랑 완전히 다른데. 제 말은, 저는 당신의 말을 이해할 수 있다는 뜻이에요."

"그래. 하지만⋯ 너희 종족이 아무리 똑똑해졌더라도 그것과는 별 상관이 없는 얘기야." 잔이 불편한지 자세를 바꿨다. "난 너희 종족의 수준에 맞춰 의사소통하는 방법을 찾았어."

"인간이 개미와 소통하는 방법을 찾듯이?"

"그래."

그 말을 듣자, 왠지 바보가 된 것 같아 기분이 언짢아졌다.

"그래서 다른 문명의 종족들은 우리 스스로 지구를 망치든지 말든지 관심조차 갖지 않았던 거예요? 그들에겐 우리가 고작 개미나 다름없는 존재에 불과해서?"

"네가 대답을 듣고 싶어 했잖아, 대시. 내가 그동안 너한테 대답을 망설였던 이유가 바로 이런 부분이었어. 계속 대화하기 불편하면 그만해도 괜찮아."

"아뇨!" 나는 잠시 숨을 고르며 생각을 정리했다. "그냥, 머릿속이 복잡해져서 그런 거예요."

"나도 충분히 예상하고 있었어. 그래도 넌 다른 사람들보다 훨씬 덤덤하게 받아들이는 편이야. 홀츠 박사님만 해도, 내 존재를 공개하는 것에 무척이나 들떠 있다가도, 인간들이 내 존재를 어떻게 받아들일지 심각하게 걱정하더라니까."

"가스 그리산 씨처럼 심각하진 않았겠죠."

가스 그리산은 잔의 존재가 공개되는 것을 원치 않아 홀츠 박사님을 살해한 사람이다.

"홀츠 박사님의 걱정도 만만치는 않았어. 박사님은 내 존재가 알려지면 위험한 영향을 끼칠 수도 있다고 느끼셨던 거지."

"아뇨, 그럴 리 없어요. 싸우려고 온 것만 아니라면요."

"언젠가 홀츠 박사님이 이런 얘기를 해주신 적이 있어. 아마존 우림지대에 사는 어떤 부족의 이야기였는데, 최근에야 그들의 문명을 접했다고 했지. 그들은 석기시대 때나 사용했을 법한 도구를 가지고 고작 몇 백 명이 모여 살았는데, 가히 원시인이라 불러도 될 정도였어. 하지만 바깥세상이라곤 본 적이 없는 그들로서는 스스로 자기들이 최고의 문명을 가졌다고 생각하고 있었지.

그러던 어느 날, 서양에서 온 두 명의 탐험가가 우연히 그들의 마을에 발을 들여놓게 돼. 그 부족민들은 탐험가들을 오히려 열등한 부족이라고 여겼어. 탐험가들은 생존을 위해 온갖 종류의 거추장스러운 옷들과 도구들이 필요했으니까. 탐험가들이 부족민들에게 자신들의 문명을 소개시켜주겠다고 제안하자, 그중 가장 용맹한 두 명이 자원해서 함께 강 하류 쪽으로 떠났어. 그들은 누구를 만나든 자신들보다 훨씬 못할 거라는 생각을 하고 있었지.

하루쯤 시간이 흘러 어느 작은 마을에 도착했는데, 그 마을의 인구가 자신들이 아는 어느 부족보다도 많다는 것을 알고 그들은 깜짝 놀랐어. 마을 사람들이 누리고 있는 것들을 보고 어쩔 줄을 몰랐어. 엄청나게 많은 음식과 배, 온갖 기계와 장비를 보고 말이야. 그다음에 더 큰 마을에 도착했고, 그다음 더 큰 도시, 그다음 더 큰 도시를 거쳐 마침내 아마존 입구에 자리 잡은 가장 큰 도시를 만나게 됐지. 그곳에는 수백만 명의 사람이 살고 있었고 고층 빌딩과 자동차들, 그리고 산처럼 큰 배도 보였어. 비로소 그 가엾은 부족민들은 충격에 휩싸여 정신이 혼미해지고 말았지. 바깥세상은 그들이 알고 있던 세상과는 완전히 딴판이었던 거야. 그들은 졸지에, 이 세상에서 가장 중요하고 앞서 있던 부족에서 그저 하찮고 사소한 소수 집단으로 전락해버린 거지. 정신적으로 어찌나 충격이 엄청났던지, 결국 그 충격을 극복하지 못했어. 그중 한 명은 2주도 버티지 못하고 죽었고, 다른 한 명은 미치고 말았지."

나는 잠시 동안 곰곰이 생각에 빠졌다.

"우리한텐 그런 일이 생기진 않을 거예요. 인간은 이미 외계 생명체의 존재 가능성에 대해 생각하고 있었어요. 그런 호기심을 가진 사람들이 얼마나 많은데요."

"난 너희들이 외계 종족들을 어떤 모습으로 그리고 있는지 알아. 영화나 TV 프로그램에 나오는 우주선이나 다른 생명체들을 보면 알지. 너도 알다시피, 난 그런 것들이 터무니없다고 생각해. 너무 어이가 없어서 할 말을 잃을 정도야. 너희들이 상상하고 있는 우주선은 그저 기초적인 인간의 비행기를 살짝 수정한 것뿐이야. 행성 간을 여행하기 위해 어떤 기술이 필요한지, 인간은 아마 이해조차 못 할 거야. 어떤 기술이 필요한지 알면⋯ 뭐랄까⋯ 머릿속이 하얘지고 말걸?"

"그래서 설명조차 안 해줄 거예요?"

"꼭 그렇다는 건 아니고."

"아무튼, 당신 종족이 그런 기술을 가지고 있긴 한 거예요? 행성 사이를 워프 비행이든 뭐든, 그런 걸로 왔다 갔다 할 수 있어요?"

"행성 간 이동 기술을 보유한 종족이 몇몇 있긴 해. 어쨌든, 또 한 번 말하지만, 너희들이 상상하는 워프 비행 따위의 기술은 아니라는 거야."

나는 그녀가 내 질문을 살짝 비켜가고 있다는 것을 느꼈다.

"당신 종족은 할 수 있냐고요."

"우리 종족은 그들만큼 기술이 발달하지 않았어. 하지만 행성 간 이동에 대한 개념은 이해하고 있지. 그런 우리에게도 그 기술은 시도조차 어려운 일이야. 우리 종족은 다른 행성으로 이동하기 쉽지 않거든."

"왜요?"

"우리가 육지에서 사는 게 아니기 때문이지."

나는 그게 무슨 뜻인지 잠시 생각에 빠졌다가, 놀라움을 감추지 못하고 물었다.

"그럼, 물속에서 살아요?"

"맞아. 너희 행성하고 거의 비슷하다고 보면 돼. 사실 지구나 우리 행성이나, 최초의 생명은 물속에서 시작됐잖아. 우리 행성의 경우엔 가장 진화된 생명체가 수중에 그대로 남아 있다는 게 다를 뿐이야."

"그러니까 당신 말은, 물을 가득 담을 수 있는 우주선을 만들 수가 없다는 뜻이네요. 물을 싣자니 너무 무거워서 날지 못할 테고, 설령 갈 수 있다 해도 물이 없는 행성에 내렸다간 돌아다니지 못할 테니까요."

"그렇지. 다행히 우리는 수중 환경을 극복할 수 있는 진화를 거쳤기 때문에, 다른 방법으로 우주를 여행할 수 있게 됐어. 예를 들면, 소리를 이용한 의사소통 말고도 다른 방법이 필요했기 때문에, 결국 텔레파시 능력을 갖게 된 거지."

나는 잠자코 앉아 있는 내가 고마웠다. 잔이 털어놓은 것들에 어찌나 놀랐던지, 두 다리가 덜덜 떨리고 있었다. 외계의 어떤 행성에서도 고도의 지능을 가진 수중 생명체가 있을 거라곤 꿈에도 생각해본 적이 없었기 때문이다.

"그럼, 당신은 엄청 진화된 물고기처럼 생겼어요?"

잔이 미소를 지으며 즐거운 표정으로 말했다.

"아무래도 내 진짜 모습을 보여줘야 되려나 보다."

"진심이세요?" 나는 잔뜩 기대하며 물었다. "지금요?"

"그럴 때가 된 것 같아."

그러더니, 그녀가 모습을 바꿨다.

솔직히, 나는 그녀가 무시무시한 심해 괴물 같은 모습으로 변할까 봐 내심 걱정이 됐다. 어지간한 지구의 수중 생명체들은 보기에 거북한 생김새들을 갖고 있으니까. 아귀, 먹장어, 늑대장어, 해삼 따위처럼. 하지만 잔은 그런 모습이 아니었다.

그녀의 생김새는 미처 내가 상상하지 못한 모습이었다.

기본 형태로만 보면 그녀는 거대한 해파리처럼 생겼지만, 커다란 차이점이 있었다. 우선, 그녀의 피부는 생전 처음 보는 아주 멋진 색을 띠고 있었다. 마치 석양이 지고 있는 하늘의 빛깔처럼, 빛을 발하는 분홍색, 아니 그 이상이었다. 몸통으로 보이는 커다랗고 동그란 부분의 안쪽에서는 커다란 뇌가 열심히 움직이고 있다는 것을 보여주듯 반짝이고 있었다. 그리고 몸통 주변으로는 수백 개의 작고 파란 점들이 덮여 있었다. 그 점들은 그녀의 두 눈에서 보던 색깔과 똑같았기 때문에, 인간의 눈과는 사뭇 다른 형태임에도 나는 그 점들이 그녀의 눈이라는 것을 짐작했다. 그리고 그녀 몸에는 열 개쯤 되는 튜브처럼 생긴 촉수들이 길게 나 있었다.

그녀의 몸이 약하게 떨리고 있었다. 내 눈에는 보이지 않았지만, 그녀의 촉수와 몸이 물속에서 흔들리고 있을 것 같았다.

그녀의 생김새는 그야말로 외계인이었다. 인간과 닮은 곳은 한 군데도 없었다. 영화에서 봤던 인간을 본뜬 어떤 생명체와도 전혀 달랐다. 그렇지만…

"잔, 정말 아름다워요."

잔의 몸 색깔이 아주 발갛게 변했다.

"고마워. 그냥 이대로 있을까? 아님, 인간의 모습으로 바꿀까? 어떤 게 편하겠어?"

"기분 나쁘게 듣지는 마시고요. 그래도 인간의 모습이 더 편할 것 같아요."

"그럴 거야." 잔이 곧바로 인간의 모습으로 돌아왔다. "어때?"

"좋네요."

그러나 온전한 진심은 아니었다. 이젠 잔을 볼 때마다 어쩔 수 없이 거대한 젤리 덩어리를 떠올리지 않을 수 없을 터였다.

"진짜 모습을 보여줘서 고마워요."

"네가 좋아하니 다행이야. 궁금한 게 엄청 많을 것 같은데?"

"맞아요." 사실 궁금한 게 너무 많아서 어떤 것부터 물어봐야 할지 모를 정도였다. "몸의 주성분은 탄소예요? 지구 생명체들처럼?"

"맞아. 그건 우주 대부분의 생명체들도 마찬가지야. 다만, 우리 몸은 상당히 다른 구조로 되어 있어."

"그 촉수 같은 것 말이죠? 그게 팔 역할을 하는 거예요?"

"응. 이 촉수로 다양한 감각을 느낄 수 있어. 입을 대신하기도 하고."

"어떻게요?"

"촉수로 음식을 잡고 특별한 기관을 통해 흡수시키거든. 너희가 음식을 소화시키기 위해, 손으로 집은 다음 입 안으로 넣는 동작 보다는 훨씬 효율적이지."

"어떤 것들을 먹고 살아요?"

"수중 생물들. 혹시 네가 비위 상할까 봐 걱정이구나. 사실 인간들처럼 거창하진 않아. 내가 상당한 매력을 느끼는 인간의 문화 중 하나가 바로 요리야."

"텔레파시로 의사소통을 할 정도로 진화했다니까 말인데요. 저는 왜 그렇게 못 한다고 생각하세요?"

"아니, 너도 한 적이 있어, 대시. 지구로 가서 라일리 복을 보고 온 적이 있잖아."

"맞아요. 하지만 그땐 당신이 절 도와줬기 때문이죠, 안 그래요? 그때 머릿속에서 당신이 느껴졌단 말이에요."

"같이 있었던 건 맞지만, 실제로 이동한 건 바로 너야. 솔직히, 나도 네가 정말로 해낼 수 있을 거라곤 예상 못 했어. 그런데 이젠 아니야. 넌 다시 해낼 수 있는 능력이 있어."

"그런데 왜 안 될까요?"

"음, 원래 쉬운 일은 아니야. 심지어 나한테도 말이야. 그리고 마음먹은 대로 해내려면, 평소보다 매우 다양한 형태로 네 생각을 지배하는 훈련이 필요할 거야."

"나 같은 개미는 너무 복잡해서 이해도 하지 못한다는 것 중 하나가 바로 이런 거예요?"

"넌 개미가 아니라니까 그러네. 하지만 굉장히 복잡한 건 맞아. 진화한 것은 우리 몸만이 아니거든. 생각을 지배하는 방식도 함께 진화했지. 그리고 우주를 이해하는 방법도. 예를 들면, 인간은 제한된 영역의 색과 소리만을 보고 들을 수 있지만, 인간이 보지 못하는 색을 보고 듣지 못하는 소리를 듣는 다른 동물들이 있는 것처럼 말이야."

"벌들이 적외선을 볼 수 있고, 개들은 아주 높은 소리도 들을 수 있는 것처럼요?"

"바로 그거야. 그런 한계들이 결국엔 세상을 바라보는 시각을 제한하는 셈이지. 훨씬 복잡한 개념을 가진 다른 것들도 마찬가지로 존재해. 인간이 가진 거리에 대한 개념을 예로 들 수 있겠지."

나는 고개를 끄덕이며 그녀의 말을 이해하려고 노력했다.

"그 말은, 다른 종족들은 거리에 대해 다른 관점으로 바라본다는 뜻이에요?"

"그렇지. 인간이 엄청나게 멀리 떨어져 있다고 믿는 두 행성 간의 거리도, 다른 종족에겐 그렇지 않을 수 있다는 말이야."

"에이, 말도 안 돼."

"인간들은 아인슈타인의 상대성 이론이 말도 안 된다고 했던 적이 있지. 지구가 태양의 주위를 돌고 있다는 이론을 이단으로 취급했던 적도 있고. 지금 당장만 봐도 그래. 우주의 진짜 모습이 어떤 것인지도 모르고 간신히 수박 겉핥기만 하고 있잖아. 그나마 일부 과학자들은 내가 말한 거리 개념이 맞을 수도 있다며 이론화하기 시작했지만 말이야. 달기지 알파에도 그런 사람이 한 명 있으니 다행이야."

"그게 누군데요?"

"브라마푸트라 마르케스 박사. 그녀는 정말 똑똑한 사람이야."

그렇게 똑똑한 사람이 마르케스 박사랑 결혼을 했다는 게 문제죠. 나는 속으로 생각했다.

"그럼, 당신이 사는 행성은 실제론 몇 백 광년이나 멀리 떨어져 있지 않을 수도 있다는 거네요?"

"글쎄, 거리상으로는 몇 백 광년 떨어져 있지만, 그건 순전히 거리의 개념일 뿐이야. 몸은 서로 다른 행성에 있지만, 전혀 시간차 없이 대화를 해본 적 없어?"

나는 초라한 기분이 들어 몸이 움츠러들고 말았다. 컴링크를 통해 지구의 친구들과 대화를 나눌 때도 항상 약간의 시간차를 겪어야 했다. 지구에서 달까지 소리가 전달되려면 몇 초 정도 시간이 필요하기 때문이다. 하지만 잔과 대화를 나눌 때는 그런 적이 한 번도 없었다. 우리가 몇 백 광년이나 떨어져 있는데도 말이다.

"제 생각엔, 빛보다 생각이 이동 속도가 더 빠른가 봐요."

"아니. 생각은 빛과는 다른 방식으로 이동할 수 있기 때문이야."

나는 지그시 관자놀이를 문질렀다. 머리가 지끈거리기 시작했다. 잔과의 의사소통은 언제나 정신적으로 힘들기 마련이었지만, 특히 이렇게 복잡한 대화를 할 때면 그 타격이 더 컸다.

"괜찮니, 대시?"

"한꺼번에 모든 걸 이해하려니까 머릿속이 복잡해서요."

"이해하려면 시간이 좀 필요할 거야."

"그러게요."

일단 그렇게 수긍했지만, 과연 나중에, 혹은 죽기 전에라도 그런 것들을 이해할 수 있을지 자신이 없었다.

"인류를 구원할 수도 있을 거라고 하셨던 그 비밀 말이에요… 아직 그게 뭔지도 말해주지 않았지만, 인류가 이해를 할 수나 있을까요?"

"난 그럴 수 있다고 생각해. 대시, 너한테 달려 있긴 하지만."

"얘기를 해주겠단 뜻이에요?"

잔이 입술을 굳게 다물었다.

"유감이지만, 아직까진 확신이 서지 않는구나."

그녀를 다그쳐볼까 생각했지만, 말을 꺼내기 전에 바이올렛이 집으로 들어왔다. 나를 보더니 바이올렛이 깜짝 놀라 얼어붙었다.

"왔어? 잠깐 나 좀 혼자 있게 해줄래? 라일리한테 전화를 좀⋯."

"아니, 그런 거 아니잖아." 바이올렛이 장난기라곤 없는 목소리로 말했다. "잔이랑 얘기하고 있었으면서."

나는 한숨을 내쉬었다. 몇 주 전, 잔과 대화를 나누다가 바이올렛의 눈에 띄는 바람에 나한테 상상 속의 친구가 있는 것처럼 둘러댄 적이 있었다.

"아니야. 잔은 실제로 존재하지 않아."

"무슨 소리야. 실제로 존재하는데." 바이올렛이 말했다. "저기 있잖아." 그러고는 놀랍게도 잔을 똑바로 쳐다보며 말했다. "안녕하세요!"

그보다 더 놀라운 건, 잔도 그녀를 보며 말했다는 거다.

"안녕, 바이올렛. 이렇게 다시 만나서 반갑구나."

검역

안전구역 설치 후 최소 48시간 동안은, 아무도 안전구역 안으로 출입할 수 없습니다.(외계인 포함.) 다른 행성에서 온 생명체는 감염성, 혹은 위험 인자를 보유하고 있을 가능성이 있고, 외계인 자체가 그러한 위험 요인일지도 모르기 때문입니다. 따라서 혹시 모를 위험 요소들이 일반 대중에게 확산되는 것을 방지하기 위해서는 적절한 안전구역을 설치하는 것이 반드시 필요합니다. NASA 외계업무부에서는 최대한 신속하게, 안락한 거주 공간과 고압 샤워 시설을 갖춘 이동 검역팀을 파견할 것이므로, 외계인과의 최초 접촉자는 이동 검역팀이 도착하기 전까지, 주변의 건물을 활용하여 임시방편을 마련해야 합니다.

NASA 관계자가 아닌 사람이 외계인과의 최초 접촉에 개입된 경우에도, 해당자를 격리시키고, 그 사실을 외부에 공개해서는 안 되며, 개인 건강상의 이유 등을 들어 사실과 다른 정보를 흘릴 필요가 있습니다.(예를 들면, 방사능 중독이나 독성 화학물질 노출 등의 심각한 위험이 발생하여 신속한 조치가 필요하다는 식의 정보.) 외계업무부에서는 이를 위해, 전문 의료진 역시 신속하게 파견할 것입니다. 이동 검역팀으로부터 안전하다는 확인이 내려지기 전까지는 아무도 안전구역을 벗어날 수 없습니다.

니나 대장의 협박

달 생활 252일째

기지 탈출 21시간 전

"잔이 보여?"

"참나." 바이올렛이 말했다. "바로 저기 있잖아."

"나도 그건 알지만, 너도 잔을 알고 있는 줄은 몰랐어. 난, 그러
니까…."

가뜩이나 충격적인 사건들 때문에 하루 종일 정신을 차릴 수가
없었는데, 그 말까지 듣고 나니 얼마나 더 충격에 빠져야 할지 도
무지 알 수가 없었다.

"둘이 언제부터 알았는데?"

"2~3주쯤 됐나?" 잔이 대답했다. "너랑 나랑 대화하는 걸 우연

히 바이올렛한테 들켰을 때, 바이올렛한테도 모습을 보이고 싶다는 생각이 들었지."

"그런데도 저한텐 얘기 안 하신 거예요?"

"우리만의 작은 비밀이었거든."

나는 바이올렛을 째려봤다.

"네가 언제부터 비밀을 지켰다고!"

"나도 지킬 줄 알아." 바이올렛이 대꾸했다. "내가 비밀을 얼마나 잘 지키는데! 오늘 오빠 몰래 사탕 먹은 것도 말 안 했잖아."

"내 사탕을 먹었다고?"

당황해서 바이올렛의 얼굴이 빨개졌다.

"다 먹은 건 아니야. 그리고 조금 있으면 집에 갈 거잖아."

다른 때 같으면 노발대발 난리를 칠 텐데, 당장은 더 중요한 문제들이 많이 있었다. 나는 다시 잔을 봤다.

"둘이 자주 만났어요?"

"너랑 만난 횟수만큼은."

"왜요?"

"내가 좀 인기가 있잖아!" 바이올렛이 소리쳤다.

"난 바이올렛이 인간의 흥미로운 단면을 보여주는 사람이라고 느꼈어." 잔이 대답했다. "너희 둘은 밀접한 관계가 있는 사이인데도, 너하곤 어찌나 기질이 다른지 말이야."

"내가 잔 언니한테 트림하면서 알파벳 하는 것도 보여줬단 말이야." 바이올렛이 으스대며 말했다.

"잘났다, 정말. 그러니까 온 우주가 인간을 믿지 못하는 거지."

"잔 언니가 얼마나 좋아했는데."

"어련하셨을까."

나는 내 편을 들어주길 바라며 잔을 쳐다봤다. 그녀가 미안하다는 듯 어깨를 으쓱거렸다.

"베토벤 교향곡만큼은 아니었지만." 그녀가 말했다. "그래도, 아무나 할 수 있는 건 아니잖아?"

그때, 문을 두드리는 소리가 들렸다.

"대시!" 니나 대장의 목소리가 들렸다. "얘기 좀 하자. 당장."

나는 바이올렛을 보며 내 입술에 손가락을 갖다 대고 니나 대장이 우리가 집 안에 있는 것을 눈치채지 못하게 하라는 시늉을 했다. 바이올렛이 알았다며 고개를 끄덕였다.

"안에 있는 거 다 안다." 니나 대장이 말했다. "밖에서도 다 들려. 네 발로 나오지 않으면 끌고 나오는 수가 있어."

"알았어요. 나가요." 나는 잔을 향해 생각만으로 말을 전했다. "여기서 좀 기다리세요. 얼른 끝내고 올게요."

"최대한 기다려볼게." 잔이 대답했다.

내가 문 쪽으로 향하자, 바이올렛이 잔을 향해 말했다.

"오늘은 뭘 알고 싶으세요? 거북이?"

"재미있겠는데?"

잔이 바이올렛과 단둘이 대화를 나눈다는 사실에 왠지 심기가 불편했다. 질투심과 배신감이 동시에 느껴졌다. 그것도 모르고, 여

태까지 인류를 대신해 오롯이 나 혼자 심판을 받을 것처럼 마음의
짐을 지고 있었다는 사실에 기분이 묘해졌다.

나는 기분이 영 아닌 상태로 캣워크에 발을 내딛었다.

"내 숙소로 가거라. 당장."

니나 대장이 문이 열려 있는 자기 숙소를 가리켰다.

나는 그녀의 숙소 안으로 들어갔다. 니나 대장이 내 뒤를 따라
들어와서 문을 닫았다.

나는 일부러 큐브에 앉지 않음으로써 오래 머물기 싫다는 뜻을
내비쳤다.

그녀도 자리에 앉지 않았다.

"뭐라도 좋으니, 알아낸 게 있니?"

"제가 이번 일에 관여하는 걸 원치 않는다고, 아빠가 대장님께
얘기하신 걸로 아는데요."

"그러셨지. 그렇다고, 내가 아빠 말씀에 동의한 건 아니지. 뭐든
알아낸 게 있니?"

"네."

니나 대장과 말싸움을 해봐야, 그럴수록 잔한테 돌아가기까지
시간만 더 오래 걸린다는 판단이 들었다.

"뭔데?"

"청산가리는 사과 씨에서 추출할 수 있다네요. 골드스타인 박사
님이 온실에 사과 씨들을 보관하고 있었는데, 가서 찾아보니 모두
사라지고 없었어요."

니나 대장의 표정을 읽기는 힘들었지만, 어쨌든 그녀로선 처음 듣는 얘기인 것 같았다.

"골드스타인 박사가 독을 만들었다는 말이니?"

"꼭 그런 건 아니에요. 누구든 사과 씨를 구할 수 있었으니까요. 자물쇠로 잠겨 있거나 하진 않았거든요."

"난 너한테 뭐든 알아내는 즉시 보고하라고 말했다. 그런데 왜 바로 알리지 않았지?"

"깜박했어요."

"내 말을 몰래 엿들을 정신은 있었고, 그럴 정신은 없었어?"

"알아낸 게 또 있어요. 기지의 산소가 새고 있기 때문에, 우리가 내일 기지를 탈출하지 않으면 모두 죽을지도 모른다는 사실요. 그 바람에, 좀 산만해지긴 했어요."

내가 빈정대는 꼴을 니나 대장이 탐탁지 않게 여겼을 것은 두말할 필요도 없었다.

"난 키라가 나까지도 살인 용의자로 생각하고 있다는 것도 알고 있다." 그녀가 쌀쌀맞게 말했다. "내가 범인이 아니라는 건 확실히 짚고 가자꾸나. 나한테 라스 쇼버그 씨가 영원한 골칫거리일지 모르겠지만, 그렇다고 그 사람이 죽어 마땅하다는 뜻은 아니다."

그녀는 그저 내가 자기 말을 믿어주기만을 바라는 것 같았다. 하지만 굳이 그녀의 심기를 건드리고 싶진 않았다. 만약 그녀가 정말로 범인이라면, 이렇게 갇힌 공간에서 그녀와 단둘이 마주 보고 있다는 사실만으로도 좋은 상황이 아니었다. 키라가 말했듯이, 니나 대장이야말로 사람을 죽이는 일에 능숙할지 모르니까.

"알았어요. 대장님까지 의심한 건 죄송해요."

나는 문 쪽을 향해 움직이기 시작했다.

"아직 안 끝났다, 대시."

"네?"

"기지 안에 아직 잡히지 않은 범인이 돌아다니고 있다. 그러니 여전히 네 도움이 필요해."

"하지만, 저희 아빠가…."

"이곳을 책임지고 있는 사람은 너희 아빠가 아니야. 바로 나지." 니나 대장이 모니터가 달린 테이블을 향해 움직였다. "난 네가 창 박사의 숙소에 몰래 들어가 증거를 찾아줬으면 좋겠다."

"네?" 나는 놀라서 말문이 막혔다. "왜요?"

"창 박사가 범인일지도 모른다는 생각이 훨씬 강해졌기 때문이지." 니나 대장이 모니터에 영상을 하나 띄웠다. "이건 어젯밤, 구내식당에서 찍힌 영상이야."

구내식당 천장에 설치된 카메라가 음식 저장고를 바로 위에서 촬영한 것이었다. 영상의 아래쪽에는 00:24:35라는 시간이 표시되어 있었다. 자정이 24분이나 지난 시각이었다.

식당 안에는 아무도 보이지 않았다. 자정이 넘은 시각임을 생각하면 당연했다. 그때, 창 박사가 안으로 들어왔다. 모히칸족의 헤어스타일과 문신을 보니, 누구인지 단번에 알아볼 수 있었다. 그는 다른 사람의 눈에 뜨일까 봐 걱정인 듯, 몰래 주위를 살폈다.

"지난번엔 음식 저장고 주변의 영상을 뒤져봐야 의미가 없다고 하지 않으셨어요?"

"생각이 바뀌었다. 쉽게 찾을 거라고 생각한 건 아니지만, 어쨌든 이걸 찾았다."

영상 속에서 창 박사가 뭔가 특별히 찾는 게 있는 듯, 개별 포장된 수백 개의 음식들을 뒤적거리고 있었다. 카메라가 비추고 있는 각도 때문에 정확히 뭘 찾고 있는지는 분명하지 않았다. 마침내 창 박사가 어떤 음식을 하나 집어 들더니 몸을 일으켰다. 그리고 그것을 수분공급기로 가져갔다.

"딱히 수상해 보이진 않는데요. 그냥 뭘 먹으려고 한 거잖아요."

"창 박사도 구내식당에 감시카메라가 설치돼 있다는 걸 모르진 않을 테니까. 음식에 독을 넣은 다음 아무것도 안 가지고 나오면 수상해 보일 거라고 생각했겠지."

"제가 보기엔 그냥 배가 고팠던 것 같은데요."

"저곳이 바로 그 루테피스크가 보관된 곳이야."

니나 대장이 영상을 닫고 이내 다음 영상을 띄웠다. 방금 전의 영상과 같은 카메라로 촬영된 것이었다. 카메라가 비추는 각도는 똑같았지만, 이번엔 02:01:05라는 시간이 표시돼 있었다.

"한 시간 반쯤 뒤에, 라스 씨가 뭘 먹으려고 내려왔지."

라스 씨는 구내식당으로 들어오자 곧장 음식 저장고로 향했다. 그는 저장고 문을 열고 루테피스크를 하나 집어 들었다.

니나 대장이 그 장면을 정지시켰다.

"저게 바로 독이 들어 있던 음식이야."

"왜 라스 씨는 새벽 두 시에 루테피스크를 먹었을까요?"

"글쎄다. 아마 무지하게 먹고 싶었나 보지."

"루테피스크를요?"

"그렇다니까! 저 양반이 루테피스크를 얼마나 좋아하는지 모르니? 이유는 나도 모르겠다. 내 입엔 페인트 시너 맛이 나더만. 하지만, 라스 씨가 왜 그걸 먹었는지가 중요한 건 아니잖아. 바로 직전에 창 박사가 그곳을 뒤적거렸다는 게 중요하지."

"만약에 창 박사님이 라스 씨한테 독을 먹이려 했다 쳐도, 라스 씨가 정확히 어떤 걸 집을지 알 수는 없잖아요."

"그거야 그렇지."

"그리고 영상에서도 창 박사님이 독을 주입하는 장면은 나오지 않아요. 그분이 범인이라는 증거는 전혀 없다고요."

"증거가 있다면, 내가 진즉 창 박사를 체포했겠지. 그래서 네 도움이 필요하단 거야. 창 박사를 좀 더 조사할 필요가 있어. 네가 나를 대신해 그 일을 해줘야겠다."

"왜 저예요?"

"창 박사가 넌 의심하지 않을 거야. 오늘 오후, 어른들은 연구동 폐쇄 절차 때문에 할 일이 아주 많아. 그러니까 내가 창 박사의 주의를 끄는 동안, 넌 그 사람 숙소에 들어가 뭐든 찾아보면 돼."

"싫어요."

나는 스스로도 깜짝 놀랄 만큼 단호하게 말을 내뱉었다.

깜짝 놀라기는 니나 대장도 마찬가지인 것 같았다.

"난 이 기지의 대장이다, 대시."

"옳지 않은 일이에요."

"뭐가 옳고 그른지는 내가 판단해. 네가 아니라."

나는 다시 문 쪽으로 향했다.

"저희 부모님도 옳지 않다고 생각하실 거예요. 지금 바로 부모님께 얘기할 수도 있어요."

"그렇다면 너희 가족은 내일 우주선 탑승 명단에서 제외돼서 다음 우주선을 기다려야 할 거다."

나는 손잡이를 잡으려다 말고 몸이 굳어버렸다. 결국 나는 다시 니나 대장한테 다가갔다.

"너도 알다시피, 쇼버그 가족은 내일 자기들이 지구로 돌아갈 수 없다는 사실을 알게 되면 생난리를 칠 게 뻔해. 그럴 바에야, 차라리 먼저 돌려보내는 게 내 속이 편하지 않을까 싶다. NASA에서도 반대는 하지 않을 거야."

"그럼, 대장님 때문에 나머지 사람들이 위태로울지 모른다고 생각하진 않을까요?"

"어차피, 한 번에 다 떠날 수 있는 방법은 없어."

나는 그 말에 함축된 의미를 곰곰이 생각했다. 아무리 후발대가 일주일 후면 도착한다고 하지만, 고향으로 돌아가는 시간을 조금이라도 늦추긴 싫었다. 물어보나 마나 부모님도 마찬가지일 터였다. 마음에 가장 걸리는 부분은 바이올렛이었다. 우리가 선발대로 출발하지 못한다는 소식을 들으면 과연 바이올렛이 어떤 반응을 보일지 걱정이 됐다. 무엇보다 걱정이 된 것은 MBA에서 머무는 시간이 길어지면 길어질수록 위험 부담도 그만큼 더 커진다는 점이었다. 산소 공급장치가 제대로 작동하지 않고 있는 마당에, 기지에 오래 남아 있으면 죽을 기회만 많아지는 셈이었다.

바이올렛을 위해서라도 그럴 수는 없었다.

"알았어요."

니나 대장의 표정에는 전혀 변화가 없었다. 그녀는 무뚝뚝하게 그저 고개만 끄덕였다.

"잘 생각했다. 당연한 말이지만, 이 사실은 너희 부모님한테 말하면 안 돼. 내 말을 어기면 어떻게든 내일 우주선을 타지 못하게 할 거니까."

"충분히 알아들었다고요."

"네가 원한다면 키라한테 도움을 요청해도 좋다."

그 생각까진 못 했는데, 그것도 괜찮겠다는 생각이 들었다.

그때, 느닷없이 밖에서 격렬한 비명 소리가 들렸다. 기지 반대편에서 들리는 소리 같았지만, 소리가 어찌나 큰지 기지 안이 쩌렁쩌렁 울릴 정도였다.

"니이이이이— 나아아아아!!!!"

MBA에서 그런 소리를 낼 수 있는 사람은 한 사람밖에 없었다. 바로 라스 쇼버그 씨였다.

니나 대장의 표정에 변화가 생겼다. 그녀는 화가 치밀어 오르는지 천장을 올려다봤다.

"기지 탈출 계획을 눈치챈 게 틀림없어. 타이밍 한번 끝내주네."

"니이이이— 나아아아아!!!!" 라스 씨가 또 소리를 질렀다.

"그만 가보렴."

니나 대장이 라스 씨와의 담판을 준비하듯, 제복의 옷매무새를 가다듬었다.

나는 최대한 빨리 숙소를 빠져나왔다. 문을 열고 나오니, 라스 씨는 이미 밖으로 나와 니나 대장의 숙소를 향해 캣워크를 성큼성큼 걸어오고 있었다. 그의 얼굴은 로켓에서 뿜어내는 화염처럼 새빨개져 있었다. 소냐 아줌마와 패튼, 릴리가 껌딱지처럼 그의 뒤를 졸졸 따르고 있었다.

"너!" 라스 씨가 나를 보자마자 뭉툭하고 짧은 손가락으로 비난하듯 나를 가리켰다. "너희 식구들이 꾸민 짓이지? 내가 모를 줄 알고!"

대꾸할 시간도 아까웠다. 나는 곧장 우리 숙소로 들어가서 쾅하고 문을 닫아버렸다.

안타깝게도, 잔은 나를 기다리고 있지 않았다.

나를 기다리고 있는 사람은 골드스타인 박사였다.

외계인의 생김새

외계인의 생김새가 우리의 예상과 완전히 다를 수 있다는 사실을 인식하는 것은 중요한 사항입니다. 수많은 할리우드 영화들과 TV 오락 프로그램들 때문에 사람들은 외계인의 다양한 특징들 중에서도, 인간과 마찬가지로 두 발로 걷고 머리가 하나인 모습에 익숙해져 있습니다. 그러나 실제로 그럴 가능성은 거의 없습니다. 외계인들의 몸은 인간과 마찬가지로 탄소를 주성분으로 이루어져 있을 가능성이 많습니다. 그에 따른 화학적 특성상, 외계인의 몸은 무한대에 가까운 다양한 형태를 취할 수 있기 때문에, 그들의 생김새는 보는 순간 우리를 놀라게 하거나 불편하게 만들 수도 있고, 때로는 공포심을 불러일으킬 수도 있습니다.* 그렇다고 겉으로 보이는 생김새만으로 외계인을 평가하지는 마십시오. 외계인이 우리 눈에 흉측하게 보인다 하더라도, 그것은 종(種)을 중심으로 하는 인간의 경험에 근거한 것일 뿐, 우리의 모습 역시 그들에게 흉측하게 보일 수 있다는 사실을 명심해야 합니다.

---

* 지구상에 존재하는 생명체들의 생김새만 보더라도, 곰팡이 포자에서 딱정벌레, 문어에 이르기까지 무수히 많은 형태를 가졌듯이, 외계인들의 생김새 또한 어떤 형태로든 나타날 수 있음.

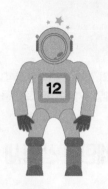

누가 사과 씨를 훔쳤을까

달 생활 252일째

기지 탈출 20시간 전

"창피해 죽겠다, 정말." 골드스타인 박사가 말했다.

우리는 장소를 옮겼다.(바이올렛은 그녀를 집 안에 들여놓고 부모님한테 가버렸다.) 바로 옆 니나 대장 숙소에서 라스 씨와 니나 대장이 싸우고 있는데, 우리 숙소에서 대화를 나누기란 불가능했다. 라스 씨가 어찌나 소리를 지르던지 벽이 다 흔들릴 정도였다.

그래서 우리는 온실 안으로 자리를 옮겼다. 그제야 다른 사람들의 방해를 받지 않고 대화를 나눌 수 있었고, 기지 탈출 준비를 하는 골드스타인 박사를 도울 수 있었다. 나중에 MBA가 다시 정상 가동될 때를 대비해, 그녀는 그토록 열심히 돌봤던 식물들을 퇴비로 만드는 작업을 하고 있었다. 그렇게 해두면 나중에 온실을 재가동할 때 흙을 다시 사용할 수 있으니까.

"뭐가 창피하신데요?" 내가 물었다.

골드스타인 박사가 주변에 있는 식물들을 향해 손을 흔들었다.

"8개월이나 고생했는데 헛수고가 되는 건 한순간이라니 말이야. 이제야 간신히 감을 잡았는데… 다 소용이 없게 됐어."

그녀는 딸기 줄기를 움켜쥐고는 쉽게 뽑지 못하고 망설였다. 마치 안락사를 앞두고 있는 애완견을 바라보는 주인 같았다. 지난 몇 개월 동안 식물들을 키우고 보살피고 어떻게든 잘 자라게 하려고 수많은 시간을 보냈으니 그럴 법도 했다.

"제가 대신 할까요?"

골드스타인 박사가 깜짝 놀라며 나를 쳐다봤다. 너무나 속이 상한 나머지, 내가 옆에 있다는 것도 깜박한 것 같았다.

"그래." 그녀가 다행이라는 듯 말했다. "너만 괜찮다면."

내가 대신 뿌리를 뽑는 동안, 골드스타인 박사는 채소들을 거둬들였다. 그녀는 가장 먼저 완두콩 넝쿨에서 꼬투리를 비틀어 떼어낸 뒤 작은 그릇 안에 툭툭 담았다.

유리벽 너머로 보이는 기지 내부는 정신없이 어수선했다. 라스 씨의 씩씩거리는 소리가 여전히 울려 퍼지고 있었다. 사람들은 어떻게든 그 소리에 신경 쓰지 않으려 했지만, 이따금씩 니나 대장 숙소 쪽을 쳐다보며 그녀가 안쓰럽다거나 라스 씨 때문에 질린다는 표정을 짓곤 했다.

"난 그 사람한테 독을 먹이지 않았어."

나는 깜짝 놀라 몸을 돌렸다. 골드스타인 박사의 목소리가 워낙 작아서, 정말로 들으라고 한 말인지 확신이 서지 않았다.

"라스 씨 말이에요?"

그렇게 되묻고 나서, 내가 바보 같다는 생각이 들어 몸이 움츠러들었다. MBA에서 독을 먹은 사람이 또 누가 있다고.

"그래." 골드스타인 박사가 나를 보지도 않고 말했다. "네가 사과 씨를 찾으러 다녔다는 거 알아."

"어떻게 아셨어요?"

"지난달에 쇼버그 가족이 여기 쳐들어와서 딸기를 모조리 먹어치운 사건을 겪은 다음, 급한 대로 감지기를 설치했어. 그래서 온실 안에 누가 들어오면 나한테 신호가 오거든. 그럼 난 감시카메라 영상으로 누군지 확인할 수 있지."

"그럴 바엔 차라리 문에다 자물쇠를 다는 게 더 낫지 않아요?"

"그건 나 혼자 결정할 일이 아니거든. 이 온실은 MBA 주민들이 공동으로 사용하는 시설이야. 난 그저 식물들을 키울 뿐이고." 완두콩 몇 개를 그릇에 담으면서 그녀가 말을 이었다. "영상을 확인했더니 네가 들어왔더구나. 처음엔 몰래 들어와선 뭘 훔쳐 먹나 보다 싶었는데, 아니더라고. 네가 뭘 하는지 알아차리는 데 시간이 좀 걸렸어."

나는 온실 출입문 위쪽을 힐끗 쳐다봤다. 아니나 다를까, 그곳에 감시카메라가 한 대 설치되어 있었다.

"난 사과 씨들이 없어진 걸 너희들 때문에 알았어."

"모르셨다고요?"

"이 안에 보관하고 있는 씨앗이 수천 개나 되거든. 누가 씨앗을 훔칠 거라곤 생각조차 못 했지."

"라스 씨가 중독됐다는 얘길 들은 다음에도 모르고 계셨어요?"

"난 그게 고의적인 범행이라는 걸 몰랐어. 니나 대장도 우연한 사고라고 했고. 씨앗들이 사라져버린 걸 네가 알아낸 다음에야, 뭔가 문제가 있나 보다 싶었지."

나는 마지막 딸기 뿌리를 뽑아서 이미 뽑아놓은 딸기들 위에 쌓아 올렸다.

"박사님은 사과 씨에서 청산가리를 추출할 수 있다는 사실을 알고 계셨어요?"

"물론이지. 내 전공이 식물 키우는 일이잖니. 내가 사과 씨를 따로 보관한 것도 바로 그 때문이었어."

나는 놀라서 그녀를 쳐다봤다.

"사과를 재배하려던 게 아니고요?"

"대시, 사과나무가 얼마나 큰지 아니? 여기선 사과가 열릴 만큼 다 키우지도 못할 거야."

"저는 방울사과처럼 작게 키우시나 했죠."

"청산가리는 올바르게 사용하면 아주 효과적인 살충제로 쓸 수 있어."

"우리 기지는 해충이 없잖아요. 멸균 상태로 유지되니까요."

"그렇다고 항상 그 상태로 유지된다는 뜻은 아니야. 우리가 아무리 멸균 상태를 유지하더라도, 그 환경을 이겨내는 것들이 생겨나기 마련이거든. 특히 친환경 재배를 할 땐 더 두드러지지."

골드스타인 박사가 모종판 테이블 아래쪽을 물끄러미 내려다보더니, 자신이 보관해둔 배설물들을 마치 골칫거리 취급하듯 봤다.

"이럴 줄 알았으면 진즉 처리했어야 했는데." 그녀가 내가 쌓아놓은 딸기들을 가리켰다. "딸기 몇 개 따먹지 그러니?" 그러고는 목소리를 낮추고 뭔가 은밀한 제안이라도 하듯 말했다. "한두 개쯤 없어져도 난 눈치도 못 챌 것 같은데."

"정말요?"

"네 생일이잖니."

나는 딸기 열매들을 두루 살펴봤다. 딸기는 8개월 만에 처음이었다. 그게 다 지난번 쇼버그 가족의 싹쓸이 탓이었다. 먹고 싶은 생각이 커질수록 갈등도 심해졌다. 다른 사람들과 함께 나누어야 할 것을 나만 먼저 먹는다는 건 옳지 않은 일 같았다. 게다가 혹시 골드스타인 박사가 화제를 돌리려고 하는 것은 아닌가 하는 의심마저 들었다. 아니면, 나를 매수할 속셈이거나.

"괜찮다니까 그러네." 골드스타인 박사가 재촉하듯 말했다. "조금 있다가 지구로 돌아가면 이깟 딸기쯤 얼마든지 먹을 텐데 뭐."

쌓아놓은 딸기 줄기에는 먹음직스럽게 아주 잘 익은 딸기들이 달려 있었다. 나는 딸기를 하나 집어 들고 코로 가져가 한껏 냄새를 맡았다. 말로 표현하기 힘든 냄새였다. 맛은 더 놀라웠다.

나는 나만의 특별한 대접을 다른 사람이 눈치채지 못하게 몸을 돌려 온실 유리벽을 등지고 섰다. 한입 살짝 베어 물었을 뿐인데도 딸기의 풍미가 한껏 느껴졌다.

"씨앗이 없어진 건 아마 두 달쯤 되지 않았나 싶어."

"박사님이 온실에 감지기를 설치하기 전에 말이죠?"

"맞아."

그 말은 기지 주민이라면 누구든지 씨앗을 훔치고도 눈에 띄지 않을 수 있다는 거였다. 상당히 오래전부터 범행을 계획했을 수 있다는 뜻이기도 했다.

"최근엔 어땠어요? 감지기를 설치한 후에 온실을 기웃거린 사람은 없었어요?"

"오, 대시. 이 기지에서 온실을 한 번쯤 기웃거리지 않은 사람은 아무도 없어."

"전부 다요?"

"여긴 달기지 알파에서도 아주 특별한 장소잖니. 지구만큼은 아니더라도 그나마 가장 비슷한 환경이니까. 늦은 밤에 왠지 나만 혼자 깨어 있다는 생각이 들면 십중팔구 이 안에 들어오고 싶을 걸? 대개 화장실에 다녀오는 길이겠지만."

나는 오늘 아침 이른 시간에 온실에 들어왔던 기억을 떠올렸다. 그렇게 놀라운 기분이 들 줄 진즉 알았다면, 나 역시 틈만 나면 온실을 기웃거렸을 것 같았다.

"혹시 수상쩍은 행동을 보인 사람은 없었어요?"

"글쎄. 뭐라도 훔쳐 먹으려고 기웃거린 사람이 있긴 했는데."

"정말요? 누가요?"

"다시 한 번 말하지만, 어지간한 사람은 다 그래. 나나 대장도 몰래 들어온 적이 있었는데 뭐. 너희 부모님도 그렇고."

"저희 부모님이 정말 그랬어요?"

"두 분은 함께 오셨지. 겨우 방울토마토 한 개만 따 갖고 가셨지만. 아무도 눈치 못 챌 거라고 생각하셨겠지. 하지만 난 이곳에 있는 과일과 채소를 하나하나 다 알고 있거든."

"씨앗 근처를 얼쩡거린 사람은 없었어요?"

"응. 그런데 이 안에 들어왔다가 아무것도 훔쳐 먹지 않고 나간 사람은 몇 있었지."

"누구였는데요?"

골드스타인 박사가 경계라도 하듯 유리벽 바깥쪽을 살폈다. 혹시 누가 우리를 지켜볼까 봐 조심스러운 눈치였다. 하지만 밖에는 아무도 없었다.

"얀크 박사랑 브라마푸트라 마르케스 박사."

"두 분이 같이요?"

"아니, 각자 따로 왔어. 정확히 말하면, 일주일 이상 차이가 났지. 그런데 두 사람 다, 여기 와서 그냥 시간만 좀 보내다 가더라. 그냥 이 안의 풍경을 감상하느라 그런가 보다 했는데, 다시 생각해보니 그 사람들이 씨앗을 훔쳤을지도 모른다는 생각이 드네."

나는 얀크 박사와 브라마푸트라 마르케스 박사, 둘 중 누구라도 라스 씨에게 대단한 원한 같은 게 있다는 느낌을 받은 적은 없었다. 하지만 MBA 주민이라면 누구라도 그렇듯, 그들 역시 라스 씨에게 맺힌 감정이 있는지도 모를 일이었다. 특히 팽팽한 긴장감이 흐르고 산소까지 부족해지고 있는 상황이라면, 그런 감정만으로도 누군가를 죽이고 싶을 만큼의 동기가 생길지도 모른다는 생각이 들었다.

게다가 브라마푸트라 마르케스 박사는 로디를 못살게 구는 패튼과 릴리와는 분명히 문제가 있었다. 혹시 그녀가 둘 중 한 명을 목표로 루테피스크에 독을 넣었는데, 라스 씨가 그걸 먹을 줄은 미처 예상하지 못했던 게 아닐까 하는 의구심이 들었다.

"그리고 릴리 쇼버그도." 골드스타인 박사가 말했다.

"릴리가 여기 왔다가 아무것도 안 먹고 나갔단 말이에요?"

"그래. 제 오빠랑은 다르더라. 그 돼지 같은 패튼 녀석은 하도 많이 훔쳐 먹는 바람에, 결국 난 니나 대장한테 알려야 했지."

"그래서요?"

"니나 대장은 라스 씨한테 패튼이 한 번만 더 몰래 온실에 들어오면 녀석한테 배설물로 비료를 만드는 일을 시키겠다고 으름장을 놨어. 그 덕에 효과를 본 것 같긴 해. 하지만, 릴리는… 늦은 밤에 여러 번 왔는데, 그냥 식물들 주변에 앉아 있다 가더라."

왠지 릴리답지 않다는 생각이 들었다. 하긴 MBA에 함께 갇혀 지낸 지 몇 달이나 지났건만, 나는 그녀에 대해 아는 것이 별로 없었다. 그녀는 어지간한 일은 나와 함께 하려 하지 않았고, 자기가 할 말이 없으면 좀처럼 말을 걸지도 않았다. 그런 걸로 봐선 단순히 온실 풍경을 느끼려고 들어왔을지도 모를 일이었다.

혹은, 자기 아빠가 꼴 보기 싫어서 그랬던가.

"그리고 창 박사도."

"창 박사님요?"

"응. 일주일 전에 여기 와서 뭘 찾는지 몇 분쯤 두리번거리다 갔어. 난 뭔가 먹을거리를 찾다 보다 했는데, 아침에 확인해보니 다 멀쩡하더라구."

"제대로 확인하신 거 맞아요?"

"온실이 그렇게 큰 것도 아니고, 난 최소 여덟 시간을 여기서 보내. 이 안에서 먹을 수 있는 건 하나도 빠짐없이 꿰고 있지."

다목적실에서 소란스러운 소리가 벽을 통해 들려왔다. 누구 목소리인지, 무슨 말을 하고 있는지는 분간하기 어려웠지만, 사람들의 목소리가 차츰 높아지고 있었다. 아무래도 또다시 게임을 독차지하고 있는 로디한테 누군가 한 소리 하고 있는 것 같았다.

나는 창 박사의 행동을 의아해하며 마지막 딸기를 입에 넣었다. 창 박사가 온실 안을 얼쩡거렸다니. 그런데 사과 씨들은 모두 사라졌고. 사과 씨로 청산가리를 만들 정도로 비상한 두뇌를 가진 사람이 있다면, 그건 바로 창 박사였다.

창 박사는 어젯밤 음식 저장고를 뒤지기까지 했다. 그 일이 있고 난 직후, 라스 씨는 청산가리에 중독됐고.

다목적실 안에서 들려오는 목소리가 점점 커지고 사나워졌다.

이제 목소리의 주인공이 두 명이라는 것을 알 수 있었다. 패튼과 릴리. 나는 모른 척하려고 무진 애썼다. 만약 로디가 또 쇼버그 남매한테 미움을 샀다면, 그건 순전히 녀석의 책임이었다. 예전에도 괜히 녀석 편을 들었다가 나만 골탕을 먹은 적이 있었다.

그리고 내겐 집중해야 할 다른 문제들이 있었다.

창 박사만큼이나 라스 씨한테 심한 감정을 가진 사람은 없었다는 점. 창 박사가 라스 씨한테 독을 먹였을지도 모른다는 생각이 못내 불편한 만큼이나, 그에게 치명적인 혐의가 생겼다는 점.

따라서 그의 범행 증거를 찾기 위해 누군가 그의 방을 수색해야 하는 일이 더 이상 허튼 일은 아닌 셈이 됐다. 니나 대장 덕분에, 그 역할은 내가 맡게 됐지만.

그때 다목적실에서 비명 소리가 들려왔다. 내겐 너무나 익숙한 비명 소리였다. 쇼버그 남매는 로디한테 시비를 걸고 있는 게 아니었다.

그들이 괴롭히고 있는 사람은 바로 바이올렛이었다.

창 박사의 숙소를 수색하는 일은 다음으로 미루고, 우선 쇼버그 남매를 상대해야 할 때였다.

적대적 목적의 가능성

　과연 외계인이 평화의 목적을 가지고 지구를 방문할지에 관해서는 의견이 분분하지만, 우리 스스로의 안전을 위해서라도 적대적 목적을 가지고 지구에 올 가능성을 완전히 배제할 수 없습니다. 그러므로 외계인과의 접촉 현장에 나가 있는 사람이라면 항상 경계심을 늦추지 말아야 합니다. 동시에, 어떤 외계인에게든 겉으로 적대감을 드러내는 행동은 삼가야 합니다. 무기를 소지하되, 겉으로 드러나지 않도록 주의해야 합니다. 지구로 전파를 보내거나 직접 찾아올 능력이 있는 외계인이라면 지적 능력을 갖추고 있을 가능성이 높고, 무기류를 소지했다면 인간의 것보다 훨씬 강력한 것일 수 있습니다. 사실, 그들의 무기는 무기처럼 보이지 않을 가능성도 있으므로, 경계심을 늦추지 말고 만일의 사태에 대비해야 합니다.

　그 외에도, 외계인들은 독액이나 날카로운 이빨, 혹은 예상할 수 없는 생물학적 무기 등으로 무장한, 그 자체로도 위험한 존재일 수 있습니다. 만약 외계인이 적대감이나 위협을 드러내는 행동을 보이면, 바짝 긴장하고 방어 태세를 갖추는 것만이 최선의 방법입니다.

쇼버그 남매와의 재대결

　다목적실 안으로 들어갔더니, 상황이 안 좋아 보였다. 바이올렛은 구석에서 잔뜩 겁을 먹은 채 필사적으로 고글을 꼭 쥐고 있었고, 패튼은 바이올렛을 향해 위협적으로 다가가고 있었다. 패튼은 자기 아빠가 이미 보여줬던 것처럼 빨갛게 달아오른 얼굴로 두 눈을 무섭게 뜨고 있었다.

　키라가 바이올렛을 내버려두라고 패튼한테 소리 질러대는 동안에도, 릴리는 오히려 패튼을 부추기고 있었다. 키라도 겁에 질린 표정이었다. 꼴도 보기 싫을 만큼 신이 난 표정을 짓고 있는 릴리는 마치 투견장에 와 있는 구경꾼 같았다.

"패튼! 그만둬!"

패튼이 움직이다 말고 나를 향해 몸을 홱 돌렸다. 녀석의 얼굴에는 피가 흐르고 있었다. 빨갛던 얼굴이 표백제에 담근 것처럼 이내 하얗게 변했다.

"우주뱀은 안 돼!" 녀석이 애원하듯 말하며 바이올렛을 가리켰다. "쟤가 먼저 시작한 거야! 날 걷어찼다고!"

"그래도 싸니까 그랬지!" 바이올렛이 되받아쳤다. "키라 언니랑 내가 먼저 와 있었단 말이야. 우리가 유니콘 판타지 게임을 하고 있는데, 둘이서 우릴 쫓아내려고 했단 말이야!"

"우린 분명히 좋은 말로 부탁했어." 패튼이 변명했다.

"좋은 말 같은 소리 하고 있네." 키라가 그렇게 말하곤 나를 쳐다봤다. "우릴 보자마자 고글을 벗기려고 했어. 바이올렛은 뺏기지 않으려고 그런 것뿐이야."

"맞아. 이 나쁜 뚱땡아!" 바이올렛이 소리쳤다. "정말 짜증나!"

패튼이 바이올렛을 향해 주먹을 불끈 쥐었다.

"건드리기만 해봐!"

나는 있는 힘껏 소리 질렀다. 어떻게 그런 소리를 질렀는지 나도 깜짝 놀랐을 정도였다.

패튼이 뒤로 물러났다. 바이올렛을 향한 분노와 나로 인한 두려움 사이에서 갈등하는 것처럼 보였다.

하지만 릴리는 오히려 더 신이 나 있었다.

"그래서, 뭐? 우주뱀이라도 불러내시게?"

"릴리…" 패튼이 기어들어가는 목소리로 말했다. "그러지 말고…."

"아이고, 작작 좀 해라, 이 멍청아." 릴리가 말했다. "세상에 우주뱀 같은 게 어디 있다고."

"왜 이래, 정말 있거든!" 바이올렛이 말했다. "그러니까 물러서지 않으면, 대시 오빠가 우주뱀을 불러내서 두 사람을 꿀꺽 삼키고 뼈만 뱉어내게 만들 거야."

바이올렛 딴에는 도와주려고 한 말인 건 알겠는데, 우주뱀이니 뭐니 하는 협박이 다른 말보다 더 우스꽝스럽게 들렸다.

"그래, 그럼." 릴리가 자신 있다는 듯 말했다. "불러내봐, 대시. 난 하나도 겁 안 나니까."

그러고는 잔인한 미소를 머금고 나를 향해 다가오기 시작했다.

나는 잔이 짠~ 하고 나타나주길 바라며 다목적실 안을 빙 둘러봤다. 지난번 패튼 앞에 나타났을 때보다 훨씬 더 끔찍한 괴물이 등장하면, 릴리 역시 겁을 먹고 도망칠 게 분명했다.

그러나 잔은 나타나지 않았다. 우리는 자력으로 위기를 헤쳐 나가야 했다.

"그게 마음대로 안 될걸?" 하지만 내가 말해놓고도 그 협박이 공허하게 들렸다. "내 성질 안 건드리는 게 좋을 텐데."

"그렇게 나오면, 내가 너한테 손도 못 댈 거 같냐?" 릴리가 사악한 웃음을 더 크게 지으며 내 앞으로 다가섰다. "너 때문에 우리가 컴링크를 쓰지 못하고 있다는 걸 생각하면…."

"그게 왜 내 탓이야? 규정을 어긴 사람이 누군데?"

"네가 니나 대장한테 쪼르르 달려가서 이르는 바람에 그렇게 된 거잖아! 기지에 처음 왔을 때부터, 넌 죽어라고 눈엣가시였어."

"내가? 여기 온 날부터 사람들을 괴롭힌 게 누군데!"

"그거야 사람들이 죄다 우리한테 못되게 구니까 그런 거지. 하지만, 넌… 넌 그중에서도 최악이야. 불쌍한 우리 오빠한테 그놈의 뱀인지 뭔지로 사기까지 쳤잖아. 너 때문에 오빠가 얼마나 엉망진창이 됐는지 알기나 해?" 릴리가 두 눈을 가늘게 뜨면서 말을 이었다. "그래서 이제 네 성질 한번 건드려보려고. 그래야 네가 한심한 거짓말쟁이라는 걸 오빠가 믿을 거 아냐."

"우리 오빠는 거짓말쟁이가 아니야!" 바이올렛이 소리쳤다. "보여줘, 오빠! 우주뱀 나오라고 해!"

나는 혹시 어른들이 지나가면 도움을 청하려고 다목적실 밖을 힐끗 살폈다. 하지만 내 눈에 보이는 어른이라곤 소냐 아줌마뿐이었다. 설상가상으로, 그녀는 문 앞에 떡 버티고 서서 고소하다는 표정으로 우리 쪽을 지켜보고 있었다. 풍선처럼 부풀어 오른 입술을 비쭉거리며 웃는 그녀 모습은 끔찍하기 짝이 없었다.

그럼 그렇지, 내 복에 무슨.

릴리가 서서히 나를 향해 다가왔다. 그녀는 나보다 키도 크고 제 오빠만큼이나 다부진 체격의 소유자였다. 생전 여자와 싸울 거라곤 상상조차 못 해봤는데, 릴리라면 나를 납작하게 뭉갤 수도 있겠다는 생각이 들었다.

"어떻게 해야 그 뱀인지 뭔지를 보게 해줄래?" 그녀가 조롱조로 말했다. "이렇게?" 그러면서 손톱으로 내 가슴팍을 세게 찔렀다.

마치 릴리가 인생 최대의 실수라도 저지르고 있다는 듯, 패튼이 몸을 잔뜩 움츠렸다.

물론, 이번에도 괴물은 나타나지 않았다. 내가 할 수 있는 거라곤 허세를 부리며 마지막 발악을 하는 것뿐이었다.

"장난 아니야, 릴리. 이러다간 정말 후회하는 수가 있어."

"오, 난 그러고 싶은데? 정말로 보고 싶다니까 그러네. 그럼, 이건 어때?"

그녀가 손바닥을 펴고 내 등을 세게 후려쳤다.

"릴리! 그만둬!" 키라가 소리쳤다.

그러나 릴리는 멈추지 않았다. 그녀는 입을 더 크게 벌리고 웃으며 즐거운 표정을 지었다. 그녀 뒤에서는 패튼이 이게 무슨 일이지? 하는 표정으로 머리를 굴리고 있었다.

"야!" 패튼이 으르렁거렸다. "뱀 같은 건 원래 없었지, 그렇지? 나한테 사기를 쳐?"

"당연히 사기지, 멍청아!" 릴리가 말했다. "뱀은 원래부터 있지도 않았다고. 제 몸 하나 지킬 능력도 없는 놈이 무슨. 그 말은, 복수할 때가 왔다는 거지."

패튼이 주먹을 불끈 쥐고 나한테 달려들었다. 지난 한 달 동안 복수의 칼날을 갈다가, 드디어 칼을 꺼내든 것이다.

"안 돼!" 키라가 외쳤다. "패튼! 하지 마!"

나는 도망치려 했지만, 릴리가 이미 나를 덮친 뒤였다. 그녀는 멍이 생길 정도로 내 팔을 짓누르며 나를 꼼짝 못하게 잡았다.

문 앞에서는 소냐 아줌마가 이 상황을 한 순간도 놓치지 않고 즐거운 표정으로 지켜보고 있었다.

패튼이 두 눈을 부라리며 내 몸 위로 올라타기 직전이었다.

할 수 없이 나는 두 번째 계획에 희망을 걸어보기로 했다. 어른의 도움을 받기는 글렀고, 잔 역시 나타날 것 같지 않았다. 하지만 릴리가 모르고 있는 사실이 하나 있었다. 내겐 아직 대비책이 남아 있다는 것. 나는 우주뱀이니 뭐니 하며 겁을 주더라도 먹히지 않을 가능성도 이미 충분히 예상하고 있었다. 그래서 온실을 나오기 전에 만일을 대비해 슬쩍 가지고 나온 것이 있었다.

바로, 달기지 알파 주민의 A등급 배설물 두 덩어리.

나는 반바지 주머니에 쑤셔 넣은 배설물 덩어리 중 한 개를 휙 꺼내든 다음, 수류탄 안전핀처럼 주머니의 지퍼를 잡았다.

"내가 이걸 사용하게 만들지 마."

패튼이 동작을 멈추고 주머니에 붙은 라벨을 읽었다. 그런데 녀석은 '배설물'이란 단어 자체를 모르는 모양이었다. 움찔하기는커녕 오히려 한바탕 큰 소리로 웃었다.

"오, 배설물씩이나?" 녀석이 비아냥댔다. "우와, 어어엄처어엉 겁나는데?" 그러고는 나한테 달려들었다.

나는 할 수 없이 지퍼를 열고 주머니를 녀석의 얼굴에 짓이겨버렸다. 그제야 패튼은 배설물의 뜻을 알게 됐다.

수분이 거의 제거된 똥 덩어리는 사방으로 튀거나 하진 않았다. 진흙처럼 질퍽한 물질이 창백한 녀석의 두 눈과 코를 마구 뒤덮어 버렸다. 게다가 크게 웃으며 달려드는 바람에, 가장 큰 덩어리가 녀석의 입속으로 쏙 들어가고 말았다.

녀석이 뒷걸음치며 비명을 질러댔다. 아니, 비명을 지르려고 했겠지. 수분이 제거된 인간 똥을 입안에 가득 머금고 비명을 지르기란 쉽지 않았다. 거칠게 긁히는 듯한 소리만 났다. 그러다가 무릎을 꿇고 주저앉아 켁켁거리며 헛구역질을 해댔다.

릴리가 오빠의 복수를 대신 하려고 나한테 달려들었다. 하지만 나는 잽싸게 사정권을 빠져나갔다.

"넌 이제 죽었어!" 그녀가 손톱을 날카롭게 세우고 달려들었다. "잡히면 죽을 줄 알아!"

"대시, 저 입 좀 닥치게 할 수 없어?" 키라가 물었다.

"얼마든지."

나는 다른 배설물 주머니를 꺼내서 지퍼를 열었다.

릴리의 눈이 휘둥그레졌다. 하지만 물러설 생각은 없는지 또다시 손톱으로 나를 공격했다.

나는 공격을 피하고 두 번째 주머니로 그녀의 얼굴을 강타했다.

그래도 패튼보다는 릴리가 좀 더 똑똑할 거라고 생각했는데, 스웨덴어로 돌격 구호 같은 걸 소리치면서 달려드는 바람에 그녀는 생각보다 입을 크게 벌리고 있었다. 입에 똥이 한가득 들어간 순간, 그녀는 공격을 멈추고 자기 오빠 옆에 쓰러지고 말았다. 졸지에 두 사람은 같이 웩웩대며 구역질을 해댔다.

바이올렛이 한껏 웃음을 터뜨렸다.

"잘한다, 똥이나 먹고. 배설물이 똥이란 것도 몰랐어? 쌤통이다!"

나라를 잃은 듯한 곡소리가 방 안에 퍼졌다. 그 소리가 하도 섬뜩해서 외계인이 쳐들어오기라도 한 줄 알았지만, 그 소리의 장본인은 소냐 아줌마였다. 그녀는 하얗게 질린 얼굴로 자기 아이들이 바닥에 쓰러져 온몸을 비틀며 똥을 토해내는 장면을 지켜봤다. 그러다 나를 보더니 끔찍한 비명을 지르며 나한테 달려들었다.

배설물 주머니는 더 이상 없었다. 그렇지만 여분이 필요하진 않았다. 소냐 아줌마가 달려들다가 키라가 내민 발에 걸려 넘어졌다. 중력이 작은 탓에 그녀 몸이 허공으로 붕 뜨고 말았다. 나는 급히 몸을 숙였고, 그녀는 내 위를 솟구쳐 날아가 벽에 얼굴을 들이받았다. 으드득 소리가 살짝 들리더니, 그녀가 얼굴을 부여잡고 울부짖었다. 성형으로 만든 코가 주저앉은 모양이었다.

"내 코! 내 코!"

부러진 코 탓인지, 그 소리가 "내 꺼! 내 꺼!"처럼 들렸다.

바이올렛은 웃음을 멈추지 못했다.

"유니콘 판타지보다 훨씬 재밌다!"

"아니, 대체 무슨 일이야?"

얀크 박사가 다목적실로 들어오다가 쇼버그 가족을 보고 놀라서 입을 다물지 못했다.

소냐 아줌마가 나한테 손가락질을 했다.

"저 녀석이 내 꺼를 부러뜨렸어요! 우리 애들한테는 억지로 똥을 먹였고요!"

키라가 잽싸게 내 편을 들고 나섰다.

"먼저 대시를 공격한 건 저 사람들이에요! 대시는 피하려고 그랬던 거고요."

"대시 오빠가 패튼이랑 릴리한테 똥을 먹였대요!" 바이올렛이 그렇게 말하고 또 한 번 깔깔 웃어댔다.

"대시가 그랬니?" 얀크 박사는 터져 나오려는 웃음을 억지로 참는 듯 보였다. "그것 참 안됐구나."

마침내 패튼이 입안에 든 똥을 거의 다 뱉어낸 모양이었다. 녀석은 비틀거리며 일어나 손으로 혓바닥에 남은 갈색 오물을 털어내고는 문 쪽으로 향했다.

"패튼!" 소냐 아줌마가 아들한테 소리 지르며 손가락으로 나를 가리켰다. "저 녀석, 죽여버려!"

"나중에요." 패튼이 우는 소리를 냈다. "일단 입부터 씻어내고요." 그러고는 서둘러 문 밖으로 빠져나갔다.

"나도!" 릴리도 간신히 말을 내뱉고 오빠를 따라 밖으로 나갔다.

자기 아이들이 나를 혼쭐내줄 생각은 않고 앞다퉈 나간 것에 화가 치밀었는지, 소냐 아줌마가 짜증이 가득 담긴 비명을 질렀다. 그러고는 나를 무섭게 노려보면서 협박했다.

"아직 끝난 게 아니다. 두고 보자, 너."

그녀는 서둘러 다목적실을 빠져나갔다.

"설마 진짜로 죽이기야 하겠니." 얀크 박사가 나를 안심시키려는 듯 그렇게 말했지만, 그렇다고 딱히 안심이 되진 않았다. "하도 열 받아서 홧김에 저러는 거야."

"그냥, 이렇게 생각해." 키라가 말했다. "우린 내일이면 이곳을 뜨잖아. 하루만 더 조심하면 게임 끝이야."

우주선이 제시간에 도착한다면야 그렇겠지. 나는 속으로 생각했다. 아니면, 착륙하다 폭발하지 않는다면. 혹은, 그때까지 기지의 산소가 바닥나지 않는다면.

나는 입 밖으로는 그런 생각을 한 마디도 꺼내지 않았다. 바이올렛을 속상하게 만들까 봐. 그러나 현실은, 특히 우주 공간에서는 무슨 일이든 좀처럼 계획대로 돌아가는 법이 없다. 유일하게 믿을 수 있는 것이라곤 아무것도 믿어선 안 된다는 사실뿐이다. 설령 계획에 차질 없이 우주선이 예정된 시간에 도착한다 해도, 아직 한참이나 시간이 남아 있었다. 마음만 먹으면 쇼버그 가족이 복수를 계획하기에 충분한 시간이었다.

설상가상으로, 니나 대장은 여전히 살인범을 찾아내라는 압박을 가하며 창 박사 숙소에서 그에게 불리한 증거를 찾아오라고 나를 떠밀고 있었다. 자칫 일을 그르칠 가능성이 많은 일이었다.

한마디로 말하면, 나는 꽤나 파란만장한 생일을 보내고 있었다.

우주비행체

외계인을 처음으로 만날 때, 실제 외계인과 직접 접촉하기보다는 단순히 그들이 타고 온 비행물체를 접하게 될 가능성이 높다는 사실을 염두에 두어야 합니다. 그마저도, 단순히 우리 태양계를 스쳐 지나가거나 대기층을 맴돌다가 생존자 없이 지구에 추락할 가능성도 있습니다. 또한 외계인이 직접 타고 온 비행물체가 아닌 단순한 탐사선을 만날 가능성도 상당히 높습니다. 우주에 대해 인간이 알아낸 정보는 극히 제한적이기 때문에, 비행물체의 형태 역시 단정하기 어렵습니다. 어떤 경우이든, 목격된 비행물체에 대해 신중한 판단을 내려야 합니다. NASA 외계업무부는 그 임무를 수행하기 위한 공학기술자와 군사전문가를 파견할 것이므로, 현장에 접근하지 말고 그들을 기다리십시오. 그들은 최대한 신속하게 현장에 도착할 것입니다. 외계업무부에서 비행물체 확인을 위한 계획을 수립하기 전까지, 비행물체에 접근하는 등의 개별적인 행동은 일절 금지됩니다.

무단 침입

달 생활 252일째

기지 탈출 16시간 전

저녁식사 시간 직전에 니나 대장으로부터 메시지를 받았다.

주의 분산 작전 진행 중. 자동 잠금 시스템 해제. 즉각 행동 개시 요망.

니나 대장의 메시지를 풀이하면 이거였다. '창 박사의 정신을 딴 데 돌리고 있다. 그의 숙소 문이 열려 있으니, 들어가도 좋다.'

그때 나는 연구동에 있는 부모님을 도와 실험 장비들을 포장하고 있었다. 키라도 바로 옆에서 이와니 박사가 장비를 꾸리는 일을 돕고 있었다. 특별히 우리한테 눈길을 주는 사람은 없었다. 다들 해야 할 일이 산더미처럼 쌓여 있었다.

"키라, 잠깐 쉬었다 할래?"

"당근이지!" 키라가 신이 난 표정을 꾹꾹 누르면서 대답했다.

키라는 출입이 제한된 장소에 들어가는 것을 너무나 좋아했다. 내가 창 박사 숙소에 몰래 들어가자고 키라를 설득하는 데 필요한 말은 단 한 마디였다.

"나랑 몰래 어디 좀…?"

키라는 내 말을 끝까지 들을 생각도 않고 "그래!" 하고 환호성을 지르다시피 했다. 그녀에게 이유 따윈 중요하지 않았다.

우리는 서둘러 움직였다.

예상치 못한 일들이 많이 일어나는 바람에 이제야 니나 대장의 명령을 실행에 옮기게 됐지만, 니나 대장 역시 정신없기는 마찬가지였다. 기지를 관리하고 탈출 계획을 감독하는 기본 업무 외에, 쇼버그 남매의 배설물 습격 사건까지 처리해야 했으니까. 라스 씨는 그렇잖아도 선발대로 기지를 떠날 수 없게 된 것을 알고 노발대발하던 참에, 자기 아이들이 똥 덩어리를 뒤집어썼다는 사실을 전해 듣자, 결국 핵폭탄처럼 폭발하고 말았다. 그가 하도 격렬하게 난리 치는 바람에, 저러다 심장마비로 쓰러지는 건 아닌지, 그래서 사건 수사가 헛수고로 돌아가는 건 아닌지 걱정마저 들었다. 그는 특히 나에 대한 분노가 심했다. 소냐 아줌마와 쇼버그 남매가 이구동성으로 자기들한테 유리한 말만 늘어놨기 때문이다.

그래서 니나 대장은 사건 당사자들의 증언을 모두 듣고, 다목적실의 감시카메라 영상으로 각자의 주장이 맞는지 확인했다. 당연한 결과지만, 쇼버그 가족의 주장은 새빨간 거짓말로 판명됐다. 그 덕분에, 니나 대장은 쇼버그 가족에게 우주선에 먼저 타겠다는 소리는 꺼내지도 말라고 한층 더 강한 목소리를 낼 수 있었지만, 결과적으로 라스 씨의 화를 더 키우는 꼴이 돼버렸다. 그는 틀림없이 내가 영상을 조작했고 늘 자기 가족을 위협했다는 주장을 펼쳤다. 또 지구로 돌아가면 NASA를 상대로 소송을 걸어 한 푼의 양보도 없이 손해배상을 받아낼 것이며, 니나 대장은 물론 MBA의 다른 주민들에게도 쓴맛을 보여주겠다고 엄포를 놓았다.

모르긴 몰라도, 그 말을 들은 대부분의 무니들은 누구라도 좋으니 어젯밤에 실패한 라스 씨 독살 시도가 이번엔 성공했으면 좋겠다는 생각을 했을 거다.

창 박사의 숙소는 다목적실 바로 맞은편이자, 쇼버그 가족의 스위트룸 바로 아래층에 위치해 있었다. 나는 열려 있는 다목적실 출입문을 통해 바이올렛과 이네스, 카모제의 모습을 확인할 수 있었다. 패튼과 릴리는 싸움에서 패해 찌그러져 있었고, 로디는 엄마한테 붙잡혀 짐을 싸느라 옴짝달싹 못하고 있었다. 그래서 꼬맹이들은 아무 방해도 받지 않고 고글을 쓴 채 게임을 즐기고 있었다. 바이올렛은 "광선 파워 발사!"를 줄기차게 외쳐대고 있었다.

"네가 짬뽕으로 만들어버린 유니콘 게임을 하고 있나 보다."

"예상보다 훨씬 재밌어." 키라가 말했다. "대시 너도 해봐."

"쾅!" 바이올렛이 소리쳤다. "잘했어, 글리터윙!"

키라와 나는 장비를 들고 오가는 발니코프 박사와 별 용건도 없이 서성이는 마르케스 박사를 지켜보면서, 아무도 나타나지 않을 때까지 잠자코 기다렸다. 그다음 창 박사 숙소의 문을 열었다.

니나 대장이 약속한 대로 문은 잠겨 있지 않았다. 우리는 재빨리 안으로 들어갔다.

"니나 대장이 이런 것도 할 수 있나?"

"기지 내의 잠금장치를 죄다 먹통으로 만들 수 있을걸?" 키라가 확신에 찬 목소리로 말했다. "기지 대장이 그 정도도 못 하겠어?"

"그럼 맘먹으면 아무 때나 우리 숙소에도 들어올 수 있겠네?"

"그렇겠지. 그딴 얘긴 더 해서 뭐 하냐? 내일이면 다 소용없어질 일인데."

키라와 나는 방 안을 자세히 살폈다. 얼핏 봐도 그렇게 오래 걸릴 것 같지 않았다. 우리 숙소와 달리 한 사람만 쓰게끔 만든 공간이니까. 수면 캡슐이 한 개밖에 없었고, 싸구려 서랍장과 모니터가 장착된 테이블, 그리고 큐브가 각각 하나씩 있었다. 창문도 없었다. 말이 좋아 숙소지, 사람이 드나들 수 있는 옷장이나 다름없었다. 창 박사는 자기 숙소에서 보내는 시간이 많지 않았는데, 직접 와보니 그 이유를 알 것 같았다.

창 박사가 뭔가를 숨기고 싶다 한들, 딱히 그럴 만한 곳이 없어 보였다.

"난 서랍장을 찾아볼게." 키라가 선수를 쳤다. "넌 다른 데를 찾아봐." 그러고는 앙상해 보이는 서랍장으로 다가갔다.

나는 모니터가 장착된 테이블로 향했다. 화면보호기가 작동 중인 모니터에서는 여러 가지 사진들이 번갈아 나오고 있었다. 모두 인물 사진인데, 사진 속 인물들이 어찌나 창 박사와 많이 닮았는지, 나는 한눈에 그들이 창 박사의 가족이라는 것을 짐작할 수 있었다. 창 박사의 어머니, 아버지, 할머니, 할아버지, 형제자매 또는 사촌지간으로 보이는 창 박사 또래의 사람들, 그리고 남녀 조카 몇 명.

테이블 위에는 클라리넷 하나가 놓여 있었다. 창 박사가 가져온 개인 소지품 중 하나였다. 창 박사는 천재 소리를 듣는 걸로 모자라, 음악가로서도 재능이 탁월했다. 아빠는 창 박사가 피아노도 잘 친다고 했지만, 우주로 피아노를 공수하는 건 불가능하기 때문에, 그대신 가져온 것이 클라리넷이었다. 그는 가끔씩 우리한테 연주를 들려주기도 했다.

나는 클라리넷을 집어 들고 조심스레 흔들어봤다. 안쪽에서는 아무 소리도 나지 않았다. 끝 부분의 리드 안쪽을 들여다봐도 딱히 보이는 게 없었다. 그래서 악기를 제자리에 내려놓고 모니터로 손을 가져갔다. 그랬더니 '비밀번호를 입력하세요'라는 문구가 나타났다. 창 박사의 비밀번호를 알아낼 방법이 없어서, 나는 모니터를 포기하고 수면 캡슐을 살펴보기로 했다.

창 박사의 수면 캡슐도 내 것과 똑같았다. 볼품없고 이상한 냄새가 났다. 헝클어진 침대 시트까지도. 심지어 창 박사가 나보다 훨씬 큰데도, 침대의 크기마저 똑같았다. 관처럼 느껴지는 건 나보다 훨씬 심할 듯싶었다.

나는 패드를 들어 올리고 혹시 비밀 공간 같은 것은 없는지, 그 아래쪽을 손가락으로 두드려봤다. 어처구니없는 짓이라고 생각할지 모르겠지만, 키라와 나는 몇 주 전에 니나 대장의 수면 캡슐에서 그런 공간을 찾아낸 적이 있었다. 그러나 비밀 공간은 없었다.

"흠."

키라가 뭔가 흥미로운 것을 발견한 모양이었다. 나는 재빨리 키라한테 갔다.

"뭔데 그래?"

"반바지 밑에 이런 게 있었어."

키라가 눌러서 납작하게 만든 꽃 몇 개를 들어 보였다. 분홍색의 조그만 꽃들이었다.

나는 그게 무슨 꽃인지 단번에 알아차렸다.

"그거, 온실에서 봤던 완두콩꽃인데."

"창 박사님은 왜 이런 꽃을 서랍에 넣어뒀을까?" 키라가 의심쩍다는 듯 물었다.

"고향 생각이 나서 그랬나? 답답한 방을 조금이라도 알록달록하게 하려고?"

"그럴 거면 뭐하러 숨겼겠어?"

"처음엔 싱싱했던 꽃이 시들기 시작하니까, 압착시켜서 보관했나 보지."

"이유야 어쨌든, 온실에서 훔쳐 온 건 맞네. 거긴 사과 씨도 있었는데."

"그렇다고 사과 씨도 훔쳤다고 단정할 순 없지. 솔직히, 이걸 보면 오히려 의심이 덜 가네 뭐."

"어째서?"

"골드스타인 박사님이 그랬거든. 창 박사님이 온실에서 뭘 했는지 궁금하다고 말이야. 바로 이거였네."

키라가 실망한 듯 한숨을 내쉬고는 서랍을 닫았다.

"여긴 아무것도 없는 것 같아. 옷가지들뿐이야."

"창 박사님은 수상한 점이 없는 것 같다." 나는 마음이 한결 가벼워져서 그렇게 말했다. "주인 들어오기 전에 나가자."

문 쪽으로 움직이기 시작할 때, 내 스마트워치에서 진동이 울렸다. 니나 대장이 보낸 메시지였다. 긴급 상황임을 알리듯, 빨간색으로 표시된 메시지였다. **작전 중지!**

이런.

키라는 방 한가운데에 그대로 서 있었다. 혹시 다른 곳에 비밀 장소가 있는지 살피고 있는 것 같았다.

"키라! 니나 대장님이 당장 나오래!"

내가 너무 호들갑을 떤다는 듯 키라가 한숨을 내쉬었다. 그러고는 몸을 돌리다가 모니터가 있는 테이블에 부딪히는 바람에, 테이블 위에 놓여 있던 클라리넷이 데구르르 굴렀다.

키라가 급히 손을 뻗었지만, 클라리넷은 키라 손가락에 맞고 달그락 소리를 내며 바닥으로 떨어지고 말았다. 클라리넷에서 분리된 서너 개의 금속 부품이 테이블 아래로 흩어졌다.

"아이고, 잘하는 짓이다."

키라가 분리된 부품들을 집으려고 무릎을 꿇었다.

"그냥 놔둬! 시간이 없단 말이야!"

"그냥 가면 창 박사님이 눈치챌 거 아냐!"

"뭐 어때? 우리인 줄 모를 텐데!"

키라는 내 말을 듣는 척도 안 하고 부품들을 집으려고 배를 깔고 바닥에 엎드렸다.

"난 갈 거야."

이제 골치 아픈 일이라면 지긋지긋해졌다. 창 박사가 오고 있다는데도 남아 있든 말든, 그건 순전히 키라가 알아서 할 일이었다.

그런데 내가 문손잡이를 잡으려는 순간, 키라가 헉하고 놀라는 소리가 들렸다.

"왜 그래?"

키라가 모니터가 달린 테이블 밑에서 뭔가를 떼어내려고 손을 뻗었다. 그곳에는 뭔가가 테이프로 고정되어 있었다.

주사기였다. 그 안에는 금빛이 도는 액체가 조금 남아 있었다.

그 액체가 청산가리인지는 알 수 없지만, 그 주사기로 라스 쇼버그 씨의 루테피스크에 독을 주입했다는 것은 알 수 있었다. 숨겨놓은 주사기는 그야말로 결정적인 증거였다.

하지만, 내가 무슨 말을 꺼내볼 틈도 없이, 문이 열리더니 창 코왈스키 박사가 숙소 안으로 들어왔다.

응답

　일단 NASA 외계업무부에서 사건을 접수하면, 해당 분야의 전문가들이 외계인이 직접 접촉을 시도한 목적을 파악하고 적절한 응답 내용을 마련할 것입니다. 적절한 응답 내용을 확정하기까지는 다소 시간이 걸릴 수 있습니다. 이렇게 중대한 사안일수록 너무 성급하게 결론을 내리지 않는 것이 매우 중요합니다. 결정된 응답 내용을 외계인에게 전달하는 임무는 외계업무부 관계자에 의해 수행됩니다. 응답 내용은 외계인이 최초에 시도했던 방식에 기초한 다양한 형태(수학적 신호, 음악, 빛 등)로 전달될 것입니다. 다시 한 번 강조하지만, 외계업무부 관계자의 승인 없이는 외계인의 주의를 끌 만한 행동을 하지 마십시오. 승인되지 않은 의사소통 행위는 연방법에 저촉됩니다.

창 박사의 비밀

달 생활 252일째

기지 탈출 15시간 30분 전

창 박사는 우리를 보고도 별로 놀란 기색이 아니었다.

"내 이럴 줄 알았지. 니나 대장한테 뭔가 꿍꿍이가 있는 것 같더라니." 그가 투덜거리며 말했다. "그나저나, 니나 대장은 어떻게 너희 둘을 끌어들였다니?"

"대시한테 협박을 했어요." 키라가 대답했다.

키라가 어느새 등 뒤로 숨겼는지, 창 박사는 주사기를 미처 발견하지 못한 눈치였다.

"뭘로?"

"저희 가족이 내일 우주선을 타게 돼 있잖아요." 나는 마지못해 말을 꺼냈다. "그런데 우리 대신 쇼버그 가족을 태울 수도 있다고 그랬어요."

창 박사가 깜짝 놀란 표정을 짓더니 한숨을 내쉬었다.

"세상에, 안 그래도 냉정한 여자라는 걸 알지만, 이런 일 때문에 애들한테 협박까지 하다니. 인정머리라곤 찾아볼 수가 없네."

"맞아요." 키라가 말했다. "박사님이 당장 가서 한마디 해주세요."

키라가 너무 성급하게 그런 말을 꺼내는 바람에, 창 박사는 속아 넘어가지 않았다. 오히려 키라를 의심스러운 눈초리로 바라봤다.

"뒤에 뭘 숨기고 있는 거니?"

"아무것도 아닌데요." 키라는 이번에도 너무 성급하게 대답하고 말았다.

"연기를 하려면 좀 잘해야지. 그러다 괜히 다치지 말고…."

말을 하다 말고 창 박사가 갑자기 몸을 움직여 방을 가로질렀다. 덩치에 비해 놀라울 정도로 빠른 속도였다. 그는 키라의 팔을 잡고 몸을 홱 돌리더니, 그녀가 쥐고 있던 주사기를 순식간에 빼앗았다.

나는 그곳에서 도망치려고 했다. 하지만 또다시 창 박사가 나보다 빠르게 움직였다. 그는 내 팔을 붙잡아 등 뒤로 꺾은 다음, 나를 키라 쪽으로 던지다시피 했다. 그리고 우리 두 사람과 문 사이에 버티고 서서 탈출 시도를 가로막았다.

그의 손에는 주사기가 들려 있었다. 주사기를 뺏으면서 보호 캡이 떨어져 나갔는지, 주삿바늘이 그대로 드러나 있었다. 그가 잔뜩 궁금한 표정으로 주사기를 봤다.

"이건 어디서 났니?"

"어디겠어요?" 키라가 반항하듯 말했다. "모니터 테이블 밑에 있던데요."

"정말?" 그는 화를 내기는커녕 오히려 재미있다는 표정을 지었다. "너희들, 이게 뭔지 아니?"

"청산가리가 들어 있는 주사기잖아요." 키라가 말했다.

"맞아." 그는 순순히 인정했다. "하지만 함정치곤 너무 빤해서 탈이지. 나도 이렇게 노골적인 수법은 처음 본다만."

놀랍게도 창 박사가 웃음을 터뜨리기 시작했다. 마치 우리가 찾아낸 증거물이 독이 든 주사기가 아니라, 고무로 만든 닭 인형이라도 되는 듯.

키라와 나는 혹시 창 박사가 결백을 가장한 속임수라도 쓰는 것인지 몰라서, 경계심을 늦추지 않고 서로 눈빛을 주고받았다.

"그럼, 박사님이 숨겨놓은 게 아니에요?" 키라가 물었다.

"당연하지. 내가 왜 이런 걸 숨겨놓겠니!" 창 박사가 목청을 높였다. "내가 정말로 라스 씨를 독살하려 했다면, 이 주사기를 내 방 안에 숨겼을 리가 있겠어? 여기 말고도 기지 안에는 숨길 데가 한두 군데도 아닌데 말이야. 설령 그렇다 치자. 내가 뭣 때문에 이걸 계속 가지고 있겠니? 사람 죽인 기념으로 가지고 있으려고?"

그의 주장은 분명히 일리가 있었다.

"마음만 먹으면, 이까짓 거 못 없앨까 봐?" 창 박사가 계속 말을 이었다. "기지 안에만 분리수거 쓰레기통이 백 개가 넘어. 아니면, 다른 사람 방에 몰래 숨겨놓을 수도 있고. 정말 버려야 한다면, 다들 잠든 뒤 기지 밖 흙더미에 던져버리면 그만이지. 그럼 천 년이 지나도 못 찾을걸? 청산가리가 든 주사기를 이렇게 테이블 밑에 붙여놓은 이유는 딱 두 가지야. 하나, 범인은 바보 멍청이다. 그런데 나는 바보 멍청이가 아니다. 둘, 진짜 범인이 나한테 누명을 씌우려고 한다."

솔직히, 나는 세 번째 이유도 댈 수 있었다. 창 박사는 주사기를 처리할 시간이 없었다는 점. 단, 어젯밤 그가 루테피스크에 독을 넣었는지는 증명할 수 없다는 게 문제였다. 그는 내 생일 기념으로 내가 아빠랑 기지 밖에서 캐치볼을 한다는 것을 알고 있었기 때문에, 기지 밖에 나갈 엄두는 내지 못했을 게 분명하다.(그는 우리 부모님 외에 그 사실을 알고 있던 유일한 사람이었다.) 그래서 주사기를 자기 방에 숨겨야 했을지도 모른다. 그 사실을 감추려고 멍청한 짓 운운했지만, 사람이라면 누구나, 심지어 천재들조차 때로는 실수를 하기 마련이다.

하지만 그런 생각을 입 밖에 내진 않았다. 멀쩡한 분위기를 괜히 살벌하게 만들고 싶지는 않으니까.

창 박사는 이제 주사기를 세심히 살피고 있었다.

"내가 방금 만졌으니, 내 지문 말고 이제 두 사람의 지문이 남아 있겠지. 그중 하나는 키라, 네 것이고. 이걸 숨기고 간 사람이 자기

지문을 남겼을 리는 없겠지만, 그래도 확인해서 나쁠 건 없지."

그는 주사기 끝부분을 톡톡 쳐서 내용물이 바늘 끝에 찔끔 나오게 한 다음, 냄새를 맡았다.

"청산가리인 건 분명하구나."

"좋아요." 나는 그의 말을 따르기로 했다. "니나 대장님께 가지고 가요."

창 박사가 손을 들며 말했다.

"그렇게 서두르진 말고. 난 니나 대장이 왜 내가 범인일 거라고 그렇게 확신하고 너희들을 보내 내 방을 뒤지게 했는지, 그 이유를 알아야겠다."

"그거야, 예전에 박사님이 라스 씨를 죽이겠다고 협박하셨으니까 그랬겠죠." 키라가 말했다.

"그건 다른 사람들도 마찬가지 아니니?" 창 박사가 핵심을 꼬집었다. "그런데 하필 나지?" 그러고는 나한테 시선을 돌렸다.

니나 대장이 절대 비밀로 하라고 했지만, 나는 그녀의 명령을 거부하기로 마음을 굳혔다. 나를 협박해서 창 박사의 방을 뒤지라고 한 사람은 바로 그녀니까. 어쩌면, 몰래 주사기를 숨겨놓은 사람은 그녀일지도 모른다는 생각이 들었다.

"니나 대장님이 저를 부르더니, 어젯밤 박사님이 음식 저장고를 기웃거리는 장면이 녹화된 영상을 보여줬어요. 문제의 루테피스크가 보관된 곳요."

"아이고. 난 루테피스크에 독을 넣으려는 게 아니었어."

"그럼, 뭘 하셨는데요?" 키라가 추궁하듯 물었다.

"라솔닉을 찾고 있었지."

"라솔닉요?" 키라와 내가 동시에 물었다.

"오이 피클, 통보리, 콩팥으로 만드는 전통 수프 요리야."

"오이 피클이랑 콩팥요? 어째 루테피스크보다 더 역겹게 들리는데요."

"맞아." 창 박사가 얼굴을 찌푸리면서 말했다. "하지만, 발니코프 박사가 좋아하는 거야. 러시아 음식이거든."

"발니코프 박사요?" 키라가 물었다. "그런데 왜 박사님이 대신 가지러 갔어요?"

"그 사람 숙소로 가는 길이었거든. 점수 좀 딸까 싶어서 말이야."

키라와 나는 맥락을 이해하려 애쓰면서, 동시에 창 박사를 빤히 쳐다봤다. 그리고 서로 눈빛을 교환한 다음, 다시 그를 봤다.

"그럼, 두 분이 커플이에요?" 키라가 물었다.

"그런 셈이지." 창 박사가 순순히 사실을 털어놨다. "여긴 누굴 사귀기가 영 쉽지 않은 곳이라서 말이야."

갑자기 많은 것들이 아귀가 맞아 들어갔다. 애초에 나는 창 박사가 게이라는 사실을 알고 있었지만, 딱히 문제될 건 없었다. 지구에서도 게이라면 충분히 많이 봤으니까. 하지만 발니코프 박사가 게이일 거라고는 전혀 생각 못 했다. 그가 창 박사와 사귄다고 하니 그야말로 놀라울 따름이었다.

키라는 놀라긴 했지만 덤덤한 표정이었다.

"사람 사귀는 게 어려운 이유라도 있어요?" 그녀가 물었다.

"원칙적으로는 규정을 어기는 일이니까."

"여기서 누굴 사귀면 안 되게 돼 있어요?"

나는 창 박사와 발니코프 박사가 사귄다는 사실보다 그 말이 더 놀라웠다.

창 박사가 자초지종을 설명하고 나섰다.

"NASA에서는 서로 사귀다 헤어지면 그 스트레스 때문에 업무 수행을 제대로 하지 못할 거라고 믿고 있거든."

"말도 안 돼요." 키라가 힘주어 말했다.

"그러게 말이다. 3년 동안이나 누굴 사귀지 못하게 막는다고 해서 스트레스를 받지 않는다는 보장도 없는데 말이야. 게다가, 기혼 부부들 역시 절대 헤어지지 않는다고 장담할 수 없잖아?"

"하긴, 마르케스 박사 부부가 아직도 같이 살고 있는 게 신기하긴 해요." 키라가 말했다.

"내 말이." 나도 거들었다.

이리나 브라마푸트라 마르케스 박사와 티모시 마르케스 박사 부부는 툭하면 다퉜다. 두 사람은 목소리를 높이지 않으려고 애썼지만, 어쩔 수 없이 그 소리가 벽을 타고 전해졌다. 그런데 사실 모든 커플들은 때때로 다투기 마련이다. 우리 부모님도 예외는 아니다. 또 NASA가 개인의 사생활을 간섭하지 않는다 해도, MBA에서 산다는 사실만으로도 스트레스를 받기에는 이미 충분했다.

"어쨌든," 창 박사가 말했다. "말이 되든 안 되든, 니나 대장은 규정이라면 얄짤없는 사람이잖니."

"안 봐도 비디오네요." 키라가 투덜거렸다. "그러니 기계 같다는 소리나 듣지."

"발니코프 박사랑 내가 남들 눈을 피해 만난 건 그 때문이었어. 굳이 NASA 규정 때문이 아니더라도, 서로 비밀을 유지할 필요도 있었고. 안타깝지만, 발니코프 박사는 나랑 다르게 자기가 동성애자라는 사실이 남들에게 알려지는 걸 싫어했거든."

나는 혹시 발니코프 박사가 러시아 출신이라 그런가 하는 생각이 들었다. 일부 국가에서는 게이라는 사실을 미국처럼 개방적으로 받아들이지 않는다는 얘기를 들은 적이 있었다. 부모님 말씀에 따르면, 부모님이 어렸을 적에는 미국 역시 동성애를 완전히 이해하고 받아들이진 않았다고 한다. 그 시절엔 게이들끼리 결혼하는 건 꿈도 꿀 수 없었다고. 그리고 지금도 그 문제로 고통을 겪고 있는 사람들은 여전히 많았다.

"그럼, 박사님 서랍에서 나온 꽃은 발니코프 박사님이 준 거겠네요?" 내가 물었다.

창 박사가 허점을 찔린 듯 적잖이 놀랐다.

"내 물건을 건드리지 않은 게 없구나. 그래, 발니코프 박사한테 받은 거야. 여기선 서로 주고받을 선물이 많지 않으니까. 특별한 날을 기념하는 꽃이지. 때론 러시아 전통 수프로 대신하기도 했어. 좀 비위에 안 맞을 때도 있었지만 말이야."

"박사님도 꽃을 주셨어요?"

"그래. 두어 번."

그제야 창 박사가 가끔 온실 안을 기웃거린 이유가 분명해졌다. 늦은 밤에 남의 눈을 피해 구내식당을 기웃거린 이유도.

"이런, 세상에!" 창 박사가 갑자기 소리쳤다. "내 클라리넷이 어떻게 된 거야?"

키라의 뺨이 붉게 물들었다.

"제가… 그러니까… 어쩌다 보니 떨어지는 바람에…."

창 박사는 테이블 옆에 무릎을 꿇고 앉아 악기를 자세히 살폈다. 그러고는 안도의 한숨을 내쉬었다.

"휴. 그나마 다행이네. 고칠 순 있겠어." 그러더니 키라를 노려보며 말했다. "혹시 내가 고치지 못하면, 각오해야 할 거야. 달 위에서 이 부품을 구하기가 얼마나 힘든지 알아?"

"죄송해요. 실수였어요."

창 박사는 클라리넷에서 떨어져 나온 금속 조각들을 빠르고 정확하게 조립하기 시작했다.

"그럼, 어젯밤에 그 역겨운 수프랑 루테피스크가 한 곳에 들어 있었던 게 순전히 우연이었단 말이에요?" 내가 물었다.

"그래." 창 박사는 불현듯 스치는 생각이 있는 모양이었다. "그렇지 않을 수도 있고. 니나 대장이 어떻게 어젯밤의 그 영상을 확보했는지 말해주든?"

"감시카메라 영상을 찾아봤다고 했어요. 그런데 좀 이상하다는 생각이 들긴 했죠. 제가 전에 그 얘기를 했을 땐 소용이 없을 거라고 했거든요. 누군가 독을 넣었다면 이미 몇 주 전에 그랬을 거라면서요."

"틀림없이 누군가 니나 대장한테 귀띔을 해줬을 거야. 아마 그 사람이 범인일지도 몰라. 범인은 내가 음식을 찾고 있는 모습을 봤던 거야. 그랬는데 라스 씨가 독이 든 루테피스크 때문에 중독된 것으로 판명되자, 나한테 올가미를 씌울 절호의 기회라고 생각한 거지. 그래서 내 방에 몰래 주사기를 숨긴 다음, 니나 대장한테 알려줬을 테고."

"그렇지만 여긴 어떻게 들어왔을까요? 문이 잠겨 있는데."

"너희도 들어왔잖니. 보안 시스템이라고 해서 무턱대고 믿을 건 못 돼."

"잠깐!" 키라가 갑자기 큰 소리로 말했다. "우리가 들어올 수 있게 문을 열어준 사람이 바로 니나 대장님이잖아요. 그 말은, 마음만 먹으면 언제든지 박사님 방을 들락거릴 수 있다는 거죠. 박사님한테 누명을 씌우려는 사람이 니나 대장님일지도 몰라요."

창 박사는 클라리넷을 손보다 말고 잠시 생각에 잠겼다.

"그럴지도 모르지. 하지만 컴퓨터를 잘 아는 사람이라면 누구든 보안 시스템을 해킹할 수 있어. 이 기지에 적용된 기술은 지구의 것과 비교하면 원시적이라고 봐도 무방하니까."

나도 그 점에 대해서는 익히 알고 있었다. 우주 공간에 기지를 건설하면서 겪는 수많은 문제점 중 하나가 바로, 우주의 혹독한 환경에서도 온갖 기술이 제 기능을 발휘할 수 있는 방법을 찾는 것이다. 그래서 복잡한 최신 기술을 적용하기 어려운 경우가 많았다.

"그래도, 해킹이라는 게 그렇게 쉬운 일은 아니잖아요? 누군지 몰라도 상당한 두뇌의 소유자겠죠."

"내 생각도 그래." 창 박사가 신중하게 말했다. "하지만 그렇게 머리가 좋으면 뭐하냐? 나한테 뒤집어씌우면서 이렇게 멍청한 실수를 했는데."

"어떤 실수요?" 키라가 물었다.

"음, 아까도 말했지만, 내 방에 주사기를 숨겨놓은 것만 봐도 참 어설픈 수법이라는 생각이 든다. 뭐, 어떻게든 나한테 누명을 씌우겠다는 의지는 확실해 보인다만."

"굳이 그렇게 어설픈 실수까지 할 필요가 있었을까요?"

"그야 나라는 사람 때문이지. 아직까진 내가 이 기지에서 IQ가 가장 높은 사람이거든. 공식적으로도."

창 박사의 말투는 괜히 으스대려는 게 아니었다. 오히려 겸손하게 말한 거였다. 내가 본 서류에는 창 박사의 IQ가 알베르트 아인슈타인과 같다고 돼 있었다.

"네가 보기에도, 내가 정말 라스 씨를 독살할 작정이었다면," 창 박사가 말을 이어갔다. "루테피스크에 독을 주입하는 장면이 감시 카메라에 잡히게 놔둘 만큼 멍청한 사람인 것 같니? 그리고 독이 든 주사기에서 지문을 싹 지우고 그냥 내 방에 방치했을 것 같아? 솔직히, 내가 라스 씨를 죽일 마음이 있었다면 깔끔하게 처리했을 거야. 그랬다면 지금쯤 그 양반은 저세상에 가 있겠지. 하지만, 누군지 모르는 범인은 그 양반 목숨을 뺏을 만큼 충분히 독을 집어넣지 않아서 일을 망치고 말았지. 그 바람에 우린 지금 예전보다 훨씬 더 길길이 날뛰는 라스 씨를 상대하게 됐고."

창 박사의 얼굴에서 웃음기가 사라졌다.

"솔직히 말하면, 니나 대장이 나까지 의심하면서 살인범 취급한다는 사실에 기분이 언짢구나. 그러니 너희는 걱정 말고 주사기를 니나 대장한테 갖다 주거라."

"박사님이 직접 해명할 생각은 없으신가요?" 키라가 물었다.

"내가 그렇게 한가한 사람이 아니라서." 창 박사는 퉁명스럽게 말했다. 그러고는 손가락으로 끝부분만 살짝 잡고 있던 주사기를 나한테 건넸다. "네 지문이 묻지 않도록 조심해. 안 그럼, 니나 대장은 네가 범인이라고 생각할 거야."

나는 창 박사가 잡고 있던 것과 똑같은 방법으로 주사기를 건네받았다. 그때, 내 스마트워치에서 진동이 울렸다.

이번엔 부모님이 보낸 긴급 메시지였다.

당장 구내식당으로 와!!!!

아놔. 나는 속으로 생각했다. 이번엔 또 뭐야?

〈지적 외계생명체와의 접촉에 대비한 NASA 업무지침서〉
(© NASA 외계업무부, 2029. 보안등급 AAA)

미국 국경 밖에서의 접촉

　미국의 영토가 지구 전체 육지 면적의 7퍼센트(지구 전체 면적의 2퍼센트)가 채 되지 않는다는 점을 고려하면, 외계인과의 최초 접촉은 미국 국경 밖에서 이루어질 가능성이 압도적으로 높습니다. 사실, 지구 총 면적의 70퍼센트가 물로 덮여 있다는 점에서, 외계인과의 접촉은 바다에서* 이루어질 가능성 역시 대단히 높습니다. NASA 외계업무부는 그런 경우를 철저히 대비해왔으며, 외계인과의 접촉이 어느 곳에서 이루어지든 해외 정부와의 긴밀한 협조를 통해 외계인과의 첫 만남이 차질 없이 이루어질 수 있도록 할 것입니다. 외계인과의 만남이 미국이 아닌 다른 나라에서 이루어질 경우에도 이 지침서의 내용을 따르시기 바랍니다. 외계인의 지구 방문은 전 세계적으로 엄청난 영향을 끼칠 수 있는 사건이므로 올바르게 처리되어야 합니다. 그러므로 국경은 최우선의 고려 대상이 아닙니다.

---

* 외계인들이 인간에 대해 조금이라도 연구했다면, 지구상에서 우선적으로 접촉해야 할 대상이 바로 인간이라고 알고 있을 것입니다. 그러나 그들이 인간과는 완전히 다른 종족이라는 점을 고려하면, 지구의 바다에 먼저 접근할 가능성을 배제할 수 없습니다. 그러므로 그들의 최초 접촉 대상이 돌고래가 될지 어떨지는 아무도 장담할 수 없습니다.

뜻밖의 용의자

달 생활 252일째

기지 탈출 14시간 전

"무슨 일이야?" 창 박사 숙소를 빠져나오면서 키라가 물었다.

창 박사는 숙소에 남았다. 그가 말한 것처럼 정말로 다른 할 일이 있어서일 수도 있지만, 내가 보기엔 나나 대장한테 너무 화가 치밀어서 잠시 혼자 있고 싶은 게 아닌가 싶었다.

"또 비상사태야. 이번엔 구내식당."

창 박사의 숙소 문 앞에서도 구내식당이 눈에 들어왔다. 놀랍게도 구내식당에는 아무도 없는 것 같았다. 아니, 기지 안에 개미 한 마리도 보이지 않는 느낌이었다. 숙소들 앞으로 나 있는 복도는 텅 비어 있었고, 다목적실 역시 마찬가지였다. 가상현실 게임기가 놀고 있는 것을 보기는 처음이었다. 사람들이 죄다 내 눈에 보이지 않는 다른 장소들, 그러니까 연구동이나 화장실, 정비실, 혹은 각자의 숙소 안에 들어가 있지 않고서는 이럴 수가 없었다. 게다가, 아무 소리도 들리지 않는 것도 이상했다.

나는 혹시 산소 공급장치에 문제가 발생해서 사람들이 모두 저산소증으로 의식을 잃기라도 한 건 아닌지 걱정이 됐다.

우리는 급히 구내식당으로 향했다. 구내식당까지는 금방이었다. 몇 번만 뛰어 오르면 되니까.

구내식당에는 정말로 아무도 없었다. 나보고 당장 오라고 메시지를 보냈던 부모님조차 보이지 않았다.

마음이 아주, 아주 불안해졌다. 저산소증 때문에 기절들을 했다면, 적어도 쓰러진 사람이 어딘가에 보여야 하는데.

나는 온실 쪽으로 몸을 돌렸다.

그 순간, 벽 아래쪽에 웅크리고 숨어 있던 무늬들이 동시에 몸을 일으키며 외치는 소리가 들렸다.

"생일 축하해!"

다른 때 같으면, 그들이 준비한 깜짝파티에 엄청 감동을 받았을 거다. 그들은 〈달기지 알파 주민들을 위한 공식 안내서〉에서 뜯어낸 종이로 한껏 치장한 고깔모자를 쓰고 있었다. 그리고 수술용 장갑을 불어 풍선도 만들었다. 게다가 바이올렛과 다른 아이들은 색종이 조각까지 뿌려댔다.

깜짝파티를 하기에 좋은 날은 아니었다. 나는 산소 누출과 정체를 알 수 없는 살인자 때문에 신경이 곤두서 있던 터라, 사람들이 벌떡 일어나 나를 놀래자 너무 무서워서 비명을 지르고 말았다.

키라도 비명을 질렀다. 우리는 동시에 허공으로 몇 미터나 튀어 올랐다. 그 바람에, 나는 잡고 있던 주사기를 놓치고 말았다.

허공으로 날아간 주사기는 로디가 들고 있던 수술용 장갑으로 만든 풍선 세 개를 구멍 내고 말았다. 풍선 세 개가 큰 소리를 내며 터지자, 이네스가 겁을 먹고 울음을 터뜨렸다.

풍선을 통과한 주사기는 과녁의 정중앙을 향하듯, 세사르의 허벅지에 꽂히고 말았다. 그걸 본 세사르가 믿기 힘들 만큼 높은 소리로 비명을 지르며 카모제를 붙잡고 쓰러졌다.

파티 분위기에 찬물이 끼얹어졌다. 생일 축하 노래를 부르려던 무니들이 입을 꼭 다물었다. 바이올렛만 빼고. 눈치도 없이 바이올렛은 최대한 오페라 느낌을 살리면서 노래를 부르기 시작했다.

그 자리에 참석하지 않은 무니는 쇼버그 가족(참석하는 게 이상하지), 창 박사(이유야 뻔하지), 그리고 니나 대장(모르긴 몰라도, 축하 파티 따위엔 가본 적도 없을걸)뿐이었다.

브라마푸트라 마르케스 박사가 재빨리 세사르한테 달려가 상태를 확인하다가, 주사기를 발견하고 소스라치게 놀랐다.

"네가 왜 이런 걸 갖고 다니니?" 그녀가 추궁하듯 물었다.

"창 박사님이 자기 방에서 찾은 거예요." 나는 그렇게만 말했다. 자초지종을 모두 털어놓기엔 적절한 때가 아니라는 생각이 들었다. "그 안에, 조금 남아 있던 게… 청산가리인데요…."

"뭐라고?"

"범인이 창 박사님 숙소에 그걸 몰래 숨겨놨어요." 키라가 재빨리 말했다. "박사님을 살인 미수범으로 누명 씌우려고요."

키라는 하루 종일 난리통을 겪느라 사람들이 라스 씨 사건을 단순 사고로만 알고 있다는 사실을 깜박한 모양이었다. 키라의 말은 열창 중이던 바이올렛마저 멈추게 하기에 충분했다.

"누가 라스 아저씨를 죽였어요?" 이네스가 아까보다 큰 소리로 울기 시작했다.

"아니, 그럴 뻔했다고."

키라가 재빨리 대답했지만, 딱히 나아진 것은 없었다.

"세사르를 빨리 진료실로 데려가야 해요." 브라마푸트라 마르케스 박사가 말했다.

세사르는 덩치가 꽤 큰데도 발니코프 박사는 쉽게 세사르를 들어올렸다. 그는 세사르를 번쩍 들어 두 팔 위에 아기처럼 안은 다음, 세사르 엄마와 함께 서둘러 그곳을 빠져나갔다.

그러는 사이, 부모님이 내 옆으로 다가왔다.

"정말 미안하구나." 엄마가 나를 꼭 껴안으며 말을 꺼냈다. "우리 딴엔 멋진 축하 파티가 될 거라고 생각했는데…."

"우리도 네가 그렇게 겁을 먹을 줄은 몰랐어." 아빠가 말했다.

"괜찮아요. 오히려 제가 다 망친 것 같아서 죄송해요."

바로 옆에서는 하워드 박사가 키라를 달래주고 있었다. 좀처럼 보기 힘든 그의 감정 표현 순간을 볼 수 있는 기회였지만, 그 와중에도 그는 키라를 안아주진 않았다. 두 사람은 그저 서로에게 상황을 설명하고만 있었다.

"망친 게 아니야." 엄마가 나를 안심시키며 말했다. "그저 시작이 안 좋았던 것뿐이야. 그래도 네 생일을 기념하는 특별한 저녁식사는 아직 남아 있단다."

두 분의 말은 사실이었다. 그중에서도 최고는 골드스타인 박사가 온실에 남은 모든 것들을 수확해 내놓았다는 것이다. 사람 수에 맞춰 골고루 배분하다 보니, 개인별로 할당된 양은 그리 많지 않았다. 완두콩 6꼬투리, 방울토마토 5개, 딸기 3개, 오이 몇 조각, 그리고 맛보기 정도의 피망. 그래도 지금껏 몇 달 동안 먹었던 어떤 음식보다 훨씬 신선한 음식이었다.

그리고 아이들에겐, 음식 저장고의 모든 음식을 마음대로 꺼내 먹어도 좋다는 허락까지 떨어졌다. NASA에서 실어 보낸 음식은 1인당 1년치나 되는 데다 군이 지구로 되가져갈 필요는 없기 때문에, 누구든 원 없이 먹을 수 있는 양이었다.(사실, 유통 기한이 500년이나 되는 우주 음식은 남더라도 MBA가 재가동될 때를 대비해 저장고에 보관할 예정이었지만, 누가 봐도 당분간 그 음식이 필요할 일은 없어 보였다.) 나는 그나마 나은 새우칵테일 2인분을 선택했다.

심지어 케이크와 아이스크림도 맛볼 수 있었다. 아니, 케이크처럼 생긴 물질에, 젤리로 덮어 냉동 건조시킨 작은 방울 모양의 우유 고형분이 듬성듬성 올라간 음식이라고 하는 게 맞겠다. 기지 안에서는 불의 사용이 허용되지 않기 때문에, 엄마와 바이올렛은 진짜 초 대신 종이를 오려서 만든 초를 준비했다. 그래도 난 그런 정성들이 너무 고마웠다. 잠시나마, 산소가 줄어들고 있다는 두려움과 범인을 찾아야 하는 부담을 떨쳐버릴 수 있었다.

창 박사는 그때까지도 식당에 모습을 보이지 않았다. 니나 대장한테 서운한 감정이 아직 덜 풀린 모양이었다. 니나 대장과 쇼버그 가족 역시 끝까지 나타나지 않았는데, 차라리 그게 최선일 것 같았다. 아무튼, 실로 오랜만에 MBA에서 즐기는 만족스러운 식사 시간이었다. 브라마푸트라 마르케스 박사가 진료실에서 돌아오기 전까지는.

그녀는 진료실에서 나오자마자 나와 우리 가족, 키라와 하워드 박사가 함께 앉아 있는 테이블로 다가왔다. 우리는 접시들을 싹싹 비울 정도로 즐겁게 저녁을 먹고 있었다.

"파티를 방해해서 미안하지만," 브라마푸트라 마르케스 박사가 말했다. "주사기에 대해 물어볼 게 있어서 말이야."

"세사르는 괜찮아요?" 엄마가 물었다.

"그런 것 같아요." 브라마푸트라 박사가 대답했다. "다행히 주사기 안에 든 청산가리는 아주 적은 양이었어요. 위험한 정도는 아니지만, 혹시 몰라서 해독제를 충분히 놔줬어요. 가벼운 진정제도 놔주고요. 바늘 공포증이 살짝 생겼지만요."

"정말요?" 키라가 영혼도 없이 걱정하는 척을 했다. "그럴 줄은 생각 못 했네요."

식당 반대편 쪽에 진료실에서 돌아온 발니코프 박사가 보였다.

그는 창 박사와 다프네 박사, 얀크 박사와 함께 앉아 있었다. 발니코프 박사와 창 박사는 아무도 자신들의 관계를 눈치 못 채게 단순한 동료인 척 연기를 하고 있었다.

자기 아내를 노려보고 있는 마르케스 박사의 모습도 보였다. 아마 그녀가 자기를 제쳐놓고 곧장 우리한테 달려온 것을 보고 심기가 불편한 모양이었다.

"아무튼," 브라마푸트라 박사가 말했다. "난 그 주사기가 어디서 난 건지 확실히 알고 싶구나. 아까 네가, 범인이 창 박사 방에 몰래 숨겨놓은 거라고 했니?"

"네." 내가 말했다. "범인이 숨겨놓은 거예요. 창 박사님이 라스씨를 죽이려 한 것처럼 보이게 하려고요."

"그런데 넌 그걸 어떻게 손에 넣었지?"

"창 박사님이 니나 대장님한테 갖다 주라고 했거든요."

브라마푸트라 박사는 건너편에 앉아 있는 창 박사를 힐끗 쳐다보고 목소리를 낮췄다.

"그런데 넌, 누가 창 박사 방에 주사기를 숨겨놨다는 걸 어떻게 알았지?"

바이올렛이 깜짝 놀라며 말했다. "창 박사님이 사람을 주윽…?"

하지만 식당 안의 다른 사람들이 듣기 전에 엄마가 손으로 입을 막는 바람에, 바이올렛은 말을 끝낼 수 없었다.

"공주님. 미안하지만," 엄마가 말했다. "사람들이 많은 곳에서 큰 소리로 말할 때는 조심해야지. 브라마푸트라 아줌마가 창 박사를 범인이라 생각하더라도, 그건 우리만 아는 비밀이야. 알겠니?"

바이올렛이 고개를 끄덕였다. 하지만 엄마가 그 애 입에서 손을 떼자마자 바이올렛이 다시 큰 소리로 말했다.

"저는 아줌마가 창 박사님을 범인이라고 생각한다는 말을 아무한테도 안 할 거예요. 전 그냥 아줌마가 읍…."

이번엔 아빠가 바이올렛의 입을 막았다.

우리는 혹시 창 박사가 그 말을 들었을까 봐 그쪽을 몰래 보며 눈치를 살폈다. 하지만 동시에 고개를 돌리는 바람에 대놓고 쳐다본 꼴이 됐다.

물론, 창 박사는 모두 들은 모양이었다. 그는 브라마푸트라 박사를 향해 대놓고 놀리는 표정으로, 친한 척 손을 흔들었다. 브라마푸트라 박사는 당황해서 어쩔 줄을 몰라 했다.

"바이올렛 앞에서 이런 얘기는 조심하셨어야죠." 아빠가 말했다.

"우리 아들 생일파티 자리인 것도 그렇고요." 엄마도 거들었다.

"죄송해요." 브라마푸트라 박사가 사과했다. "하지만, 중요한 문제라서요. 창 박사가 워낙 라스 씨한테 유감이 많기도 하고, 청산가리를 만들 만큼 머리가 비상하니까…."

"솔직히, 그런 말은 이 기지에 있는 사람이라면 거의 누구든 해당될 겁니다." 가만히 지켜만 보던 하워드 박사가 말을 꺼냈다. "저도 포함해서 말입니다."

"창 박사가 한 성질 하는 건 다 아시죠?" 브라마푸트라 박사가 말했다. "두 사람은 마주쳤다 하면 툭탁거리기 일쑤였잖아요."

"제 생각엔, 바로 그런 이유 때문에 범인이 창 박사님한테 누명을 씌우려고 한 것 같아요." 키라가 말했다. "제가 범인이더라도 창 박사님을 선택하겠어요."

브라마푸트라 박사가 뭐 이런 애가 다 있어? 하는 표정으로 키라를 봤다.

"넌 창 박사가 누명을 썼다고 어쩜 그렇게 확신하니? 주사기가 그의 방에서 발견됐다면, 누가 봐도 불리한 증거인데."

내가 보기엔, 창 박사가 범인일지도 모른다는 걸 인정하라고 브라마푸트라 박사가 우리한테 압력을 가하는 것처럼 느껴졌다. 오히려 창 박사보다 그녀가 더 수상쩍다는 생각마저 들었다. 혹시 그녀가 창 박사의 방에 주사기를 몰래 갖다 놓은 사람이 아닐까. 그녀는 예상과 달리 창 박사가 별로 의심을 받지 않는다고 생각했는지, 어쩔 줄 몰라 허둥지둥하고 있었다.

어쩌면, 자기 가족 중 누군가를 보호하려고 그러는 것일 수도 있었다. 그 배후에는 마르케스 박사가 있을지도 모른다. 아무리 형편없는 의사일지라도 청산가리에 대한 것쯤은 잘 알 테니까. 그게 아니면, 로디의 짓일 수도 있었다. 그 가족 중에 컴퓨터를 해킹해 창 박사 숙소의 문을 열 수 있는 사람은 로디밖에 없었다. 틈만 나면 자기를 괴롭히는 패튼에 비하면 라스 씨한테 별 원한이 없어 보였지만, 그래도….

왠지, 독을 먹이려 했던 대상이 라스 씨가 아닐지도 모른다는 생각이 다시 한 번 들었다. 라스 씨가 아니라 패튼을 목표로 했던 것은 아닐까? 아니면, 릴리 혹은 소냐 아줌마? 루테피스크는 스웨덴 사람들의 별미이고, MBA에서 스웨덴 사람은 쇼버그 가족이 유일하니까.

만약 로디가 라스 씨 혹은 패튼을 겨냥했던 것이라면, 청산가리의 양을 제대로 계산하지 못한 게 수긍이 갔다. 그래봤자 로디는 애니까. 녀석은 라스 씨처럼 덩치 큰 남자한테 얼마나 많은 청산가리가 필요한지 몰랐을 거다. 혹은, 그저 충분한 양을 만들지 못했을 수도 있고.

로디가 살인자일지 모른다는 생각이 들자, 로디한테 미안한 마음이 들었다. 나랑 동갑내기 친구인데. 로디 같은 아이가 그런 끔찍한 일을 벌인다는 게 아무래도 쉽게 수긍이 가지 않았다. 그도 그럴 것이, 이번 사건은 앞뒤가 들어맞는 것이 아무것도 없었다. 니나 대장이 이번 사건에 나를 끌어들인 것도, 브라마푸트라 마르케스 박사가 굳이 내 생일 저녁식사 자리에서 이런 얘기를 꺼낸 것도 모두 짜증이 나기 시작했다.

"그럼, 이렇게 한번 생각해보자." 브라마푸트라 박사가 다른 가설을 꺼내 들었다. "진짜 범인은 창 박사지만, 의심을 피하려고 일부러 누명 쓴 것처럼 꾸민 거라면 어떻게 할래?"

"이리나." 하워드 박사가 말했다. "기분 나쁘게 들릴지 모르겠지만, 그런 말도 안 되는 가설이 어디 있어요?"

하워드 박사는 인간관계에 능숙한 편이 아니었다.

브라마푸트라 박사가 기분이 상했는지 몸을 움찔거렸다.

"그런 말을 듣고 어떻게 기분이 나쁘지 않을 수가 있죠?"

"창 박사야말로 이곳의 어느 누구 못지않게 의심할 필요가 없는 사람입니다. 지금 우리가 범죄를 저지를 가능성만 가지고 그를 범인으로 몰아가는 걸 보면 알 수 있듯이, 그가 범행 도구를 자기 방에 숨기면 오히려 의심을 더 사게 될 텐데, 굳이 그랬을 리가 없잖아요. 스스로 누명을 쓸 계획을 꾸몄든, 혹은 단순히 주사기를 그대로 방치했든 간에, 얼간이가 아니면 할 수 없는 짓이죠. 하지만 창 박사는 얼간이가 아니고."

"좋아요." 브라마푸트라 박사가 씁쓸하게 말했다. "당신이 그렇게 똑똑한 사람이라면, 진짜 범인이 누군지 말해보지 그래요?"

"솔직히 말하면, 거기까지는 충분히 생각을 안 해봤습니다."

"안 해보셨다고요?" 바이올렛이 놀라면서 말했다. "전 아주 많이 해봤는데요."

"진짜?" 엄마가 우스워 죽겠다는 듯 물었다.

"네. 저는 소냐 아줌마가 그랬을 거 같아요."

"왜?" 내가 물었다.

"성격이 못됐으니까 그렇지. 아주아주아주아주 못됐어. 내가 아는 사람 중에서 최고로 못됐어. 얼굴도 못생겼고. 이렇게." 바이올렛이 얼굴을 잔뜩 찌그러뜨리며, 소냐 아줌마의 걸핏하면 째려보는 표정을 기가 막힐 만큼 똑같이 흉내 냈다. "그리고, 자기 남편도 무지 싫어하잖아."

바이올렛의 마지막 말이 사람들을 깜짝 놀라게 만들었다.

"네가 그걸 어떻게 알아?" 아빠가 물었다.

"그게요." 바이올렛이 이유를 설명하기 시작했다. "언젠가 이네스랑 그 집 앞에서 유니콘 놀이를 하고 있었는데, 소냐 아줌마가 라스 아저씨한테 스웨덴 말로 계속 소리 지르는 걸 들었어요. 궁금해서 컴퓨터한테 무슨 뜻인지 번역해달라고 했더니, 컴퓨터가 '당신이 미치도록 싫어요'라고 했어요."

우리는 모두 감탄하며 서로를 쳐다봤다.

"대단한 탐정이 나셨구나." 브라마푸트라 박사가 말했다.

"쳇." 바이올렛이 말했다. "제가 얼마나 끝내주는 탐정인데요. 니나 대장님이 사라졌을 때도 제가 도와줬단 말이에요."

"그래, 맞아." 나는 동생의 말에 맞장구를 쳐줬다.

"소냐 아줌마가 라스 씨를 싫어하는 게 뭐 대수라고." 키라가 말했다. "순전히 돈 때문에 결혼했다는 건 다 아는 얘기 아니야?"

"다 알다니, 그게 누군데?" 아빠가 물었다.

"말 그대로 다요. 인터넷이든 TV든, 어디 안 나오는 데가 있어야 말이죠. 요점은, 두꺼비처럼 생긴 남편이 어떻게 모델 출신의 아내를 얻을 수 있었겠냐는 거죠. 소냐 아줌마는 성형수술을 받기 전에는 엄청 예뻤는데, 설마 그런 남자를 좋아했겠어요? 하지만 엄청나게 큰 집을 열다섯 채나 갖고 있는 남자라면 사정이 다르죠. 그렇지 않다면 두 사람이 만났을 리는 없었을 거예요. 게다가, 기껏 달 여행을 왔는데 달랑 조그만 방 하나에서 한심한 식구들과 함께 3개월이나 갇혀 살아야 한다니, 더 이상 참기 힘들었겠죠."

"수많은 살인 동기들 중에서 가장 많은 게 돈 때문이라는 얘기는 나도 많이 들었지." 엄마가 말했다. "라스 씨가 사망하면, 소녀는 수십억 달러의 재산을 상속받을 거야."

"저한테 수십 억 달러가 있다면, 모두 기부할 거예요." 바이올렛이 선언하듯 말했다. "제가 살 성을 하나 지은 다음에요. 그리고 사파리 공원도요. 그리고 유전자 조작으로 유니콘도 한 마리 만들고요."

"우와!" 브라마푸트라 박사가 귀여워 미치겠는지 속삭이듯 말했다. "그거 정말 좋은 생각이다! 유니콘이 얼마나 멋진데!"

그 말을 듣고 참 별일이라는 생각이 들었다. 브라마푸트라 박사는 전혀 유니콘 따위를 좋아할 타입이 아닌데.

"맞아요." 바이올렛이 맞장구를 쳤다. "유니콘은 응가도 무지개인 거 아세요?"

이번엔 바이올렛의 얘기인데도 좀 이상했다. 유니콘의 똥이 무지개라니, 좀처럼 상상하기 어려웠다. 나까지 정신이 이상해지는 기분이었다.

게다가, 눈에 보이는 것도 이상했다. 바이올렛의 피부색이 조금 다른 색깔로 보였다. 그 애의 피부색은 평소보다 더 푸른빛을 띠고 있었다.

브라마푸트라 박사도 마찬가지였다. 거무스름한 그녀의 피부색을 정확히 표현하긴 어렵지만, 그녀의 입술 주변에 분명히 푸른빛이 돌고 있었다.

"오, 세상에." 엄마가 놀라서 말문을 열지 못했다.

엄마는 갑자기 심각하게 걱정스러운 표정을 지었고, 아빠도 마찬가지였다. 두 분은 각자 자기 맥박을 확인했다.

건너편 테이블에 앉아 있던 마르케스 박사가 갑자기 큰 소리로 말했다.

"이네스? 왜 그러니?"

이네스가 자기 아빠 옆에 푹 쓰러져서 알아듣기 힘든 말로 중얼거리고 있었다.

"저산소증 증세야." 아빠가 말했다. "산소가 급격히 줄어들고 있는 게 틀림없어."

그 순간, 기지 전체에 경보음이 울렸다. 그리고 중앙컴퓨터가 중대한 비상 상황임을 알리는 목소리가 복도 전체에 크게 울려 퍼졌다. 산소 공급장치에 심각한 문제가 생기고 말았다.

우리 모두, 당장 기지를 탈출해야만 했다.

군 병력의 동원

안타깝지만, 우리는 외계인이 평화적 목적이 아니라 적대적 목적을 가지고 지구를 찾아올 가능성을 완전히 배제할 수 없습니다. 따라서 외계인의 접촉에 따른 모든 대응책에는 군 병력을 동원할 수 있는 권한이 포함됩니다. NASA 외계업무부는 군과 긴밀하게 협조하여 '외계인 대응 지침'을 마련하고, 외계인과의 최초 접촉 징후가 발견되면 즉시 효력을 발생할 수 있도록 했습니다. 하지만, 군 병력은 공격의 목적보다는 예방 차원의 목적에 한해서만 동원될 수 있으니 안심하시기 바랍니다. '외계인 대응 지침'에는 방어의 목적으로만 군 병력을 사용할 수 있다는 점이 명시되어 있으므로, 상대방의 선제 도발이 없는 한, 어떠한 형태로든 외계인을 목표로 선제 공격이나 습격, 공습, 도발 행위 등을 할 수 없습니다.

진짜 비상탈출

달 생활 252일째

비상탈출 10분 전

그동안 우리 주민들은 여러 번 비상탈출 훈련을 해왔다. NASA
에서는 의무적으로 한 달에 한 번씩 훈련을 하게 했고, 니나 대장
은 긴장을 늦추지 말라는 의미에서 이따금씩 모의 훈련을 추가로
시켰다.

기지 밖으로 나가는 것은 대단히 위험해서 실제로 탈출한 적은
없지만, 우리는 각자 어디로 이동해야 하는지, 무엇을 해야 하는
지, 각자의 임무가 무엇인지에 대해 숙지하고 있었다. 그래도 훈련
은 훈련일 뿐, 실제 비상탈출 상황이 발생하니 마음가짐이 완전히
달랐다. 우리는 극심한 공포에 빠졌다. 설상가상으로 산소 수치가

바닥을 가리키고 있는 마당이니, 정신을 똑바로 차릴 수 없는 건 어찌 보면 당연했다.

엄마와 아빠, 창 박사는 그나마 정신을 차리고 있었지만, 브라마푸트라 마르케스 박사를 비롯한 다른 사람들은 너무 쉽게 무릎을 꿇고 말았다. 브라마푸트라 박사는 정신이 나간 듯 실실 웃으며, 있지도 않은 캥거루에게 말을 걸고 있었다.

우리 중에서 세사르가 가장 얌전해 보였다. 아마 자기 엄마가 놓아준 진정제 덕분인 것 같았다. 세사르는 진료실에서 한숨 잘 자고 나온 듯 평화로운 표정이었다.

"지금 탈출하는 거야?" 세사르가 물었다. "와, 재밌겠는데."

가장 먼저 해결해야 할 문제는 부족한 산소를 공급하는 것이었다. 비상용 산소발생기가 MBA 내부의 벽을 따라 곳곳에 고정되어 있었다. 산소발생기는 사용하는 사람의 코와 입을 덮을 수 있는 투명 마스크가 달려 있고, 마스크는 산소 공급장치와 튜브로 연결되어 있다. 비행기에서 기내 압력이 낮아졌을 때 사용하는 마스크와 거의 똑같다고 보면 된다. 사용법도 비행기의 것과 똑같다.

엄마와 아빠, 창 박사가 먼저 마스크를 하나씩 쓰고 잠시 숨을 고르면서 정신을 가다듬은 다음, 다른 사람들에게 눈길을 돌렸다. 나는 바이올렛을 데리고 대기구역 쪽으로 향했다. 부모님이 우리를 데리러 올 때까지 마냥 기다리고만 있을 수는 없었다.

니나 대장도 숙소에서 허겁지겁 아래로 내려왔다. 이미 산소마스크를 쓴 그녀는 말짱한 정신으로 지시를 하기 시작했다. 하지만 가뜩이나 정신이 없는데 전문용어가 난무하다 보니 도대체 무슨 말인지 알아들을 수가 없었다.

쇼버그 가족도 겁먹은 소 떼처럼 숙소를 박차고 밖으로 나왔다. 그들은 서로 자기가 먼저 나가겠다고 소리 지르면서 몸싸움까지 벌였다. 그들 숙소에는 산소발생기가 두 개나 비치되어 있었지만, 그 사실을 모르는 것 같았다.

경보음이 기지 전체에 계속해서 울려대고 있었고, 중앙컴퓨터는 너무나 태연한 목소리로 당장 기지를 탈출하라는 소리만 반복하고 있었다. 프로그램을 개발한 사람은 그런 목소리가 사람들을 진정시킬 거라고 믿었겠지만, 실제로는 정반대의 효과를 내고 있었다. 그 소리를 계속 듣고 있자니 마치 수학 시험 도중에 남은 시간이 몇 분밖에 안 된다는 소리를 들었을 때처럼 다른 것에 집중하기가 힘들었다.

엄마가 산소발생기를 들고 달려왔다. 나는 산소마스크를 바이올렛한테 먼저 씌워주라는 말을 하려고 했지만, 엄마가 이미 내 코와 입에 마스크를 덮어버린 뒤였다.

산소를 들이마신 순간, 놀라운 효과가 나타났다. 머릿속에 자욱했던 구름이 순식간에 사라졌다. 그러자 이제 내가 뭘 어떻게 해야할지 정신이 번쩍 들었다. 숨을 몇 번 더 들이마신 다음, 엄마와 나는 바이올렛한테 억지로 마스크를 씌웠다. 몇 초 만에 그 애의 두 눈이 다시 초롱초롱해졌다.

"너희 둘은 먼저 우주복을 챙겨 입고 밖으로 나가거라. 엄마는 여기 남아서 고쳐야 할 게 있어."

"네?" 바이올렛이 걱정 가득한 눈빛으로 물었다. "왜요?"

"고치는 방법을 엄마가 알거든. 아빠도 너희랑 같이 나갈 거지만, 밖에서 따로 할 일이 있으니까, 너희 둘이 꼭 붙어 다녀야 해."

"알았어요."

"오늘 아침에, 아빠가 네 우주복을 확인하길 잘했지. 그래도 아직 잘 맞으니 다행이야."

"근데 살짝 껴요. 여기 와서 키가 5센티나 컸어요!"

"5센티나? 와~ 지구로 돌아가면 할머니, 할아버지가 네가 누군지 알아보지도 못하시겠다."

엄마는 밝고 편한 목소리로 말했지만, 순전히 바이올렛을 진정시키려고 그랬다는 것을 난 알고 있었다. 그래도 듣기에 참 좋았다. 상황이 급박하게 돌아가고 있었지만, 바이올렛은 그렇게 걱정스러워 보이지 않았고, 내 마음도 한결 편해졌다.

"비상 상황이지만," 엄마가 말을 이었다. "탈출할 시간은 아직 많이 남아 있어. 너무 급하게 우주복을 입을 필요는 없다는 뜻이야. 천천히, 꼼꼼히 살피면서 챙겨 입어야 해. 네가 에어로크에 들어가 준비가 다 끝날 때까지 엄마가 옆에서 지켜봐줄게."

나는 우주복 보관함을 열고 장비들을 꺼내기 시작했다. 엄마는 옆에서 산소발생기를 들고 우리가 숨을 쉴 수 있게 도와줬다.

몇 발 떨어진 곳에서는 키라도 하워드 박사의 도움을 받으며 우주복을 입고 있었다.

그때, 갑자기 등 뒤에 누군가 불쑥 나타났다.

"비켜봐, 이 멍청아!"

패튼 쇼버그였다. 녀석은 보관함에서 자기 우주복을 홱 끄집어내다가 헬멧으로 바이올렛의 머리를 칠 뻔했다.

"조심 좀 해, 이 사고뭉치야!" 바이올렛이 소리쳤다.

패튼이 바이올렛을 건방지다는 표정으로 노려봤다. 그러고는 우주복을 입기 시작했다.

같이 나타난 쇼버그 가족의 행동 역시 별반 다르지 않았다. 그들은 다른 사람들을 거칠게 밀치며 각자의 우주복을 꺼내느라 바빴다. 걸핏하면 비상탈출 훈련에 불참해서인지, 쇼버그 가족은 우주복을 제대로 착용할 줄도 모르는 것 같았다. 부츠에 각각 '왼쪽', '오른쪽'이라고 버젓이 표시돼 있는데도 릴리는 부츠를 반대로 신으면서 낑낑댔고, 소냐 아줌마는 우주복의 앞뒤를 뒤집어 입고 있었다. 그들이 그동안 보여준 꼬락서니를 생각하면 아무도 나서서 도와주지 않는 게 당연했다.

결국 니나 대장이 그들에게 다가갔다.

"잘 들으세요! 내가 우주복 착용법을 제대로 보여줄 테니까, 정신 똑바로 차리고 보세요. 안 그럼, 다 죽습니다."

마침내 아빠가 우리한테 다가왔다. 아빠 손에는 5개 국어로 '비상용'이라고 쓰인 빨간 도구상자가 들려 있었다.

"다들 문제없니?" 아빠는 마치 우리가 해변으로 놀러 갈 짐을 꾸리고 있기라도 한 것처럼, 차분하게 물었다.

"괜찮아요." 내가 말했다.

"다행이구나. 아빠도 우주복을 입어야 하니까, 너희들끼리 나가면 안 된다."

아빠가 우주복을 챙겨 입는 동안, 나는 무릎을 꿇고 바이올렛한테 부츠를 신겼다.

"대시, 엄마가 할게." 엄마가 말했다. "너도 나갈 준비 해야지."

그래서 나는 다시 몸을 일으켜 내 우주복에 몸을 넣기 시작했다. 옆에서 엄마가 이따금씩 산소를 공급해주고 있었지만, 비상탈출이라는 스트레스는 여전히 나를 초조하게 했다. 게다가 산소 부족 때문에 시야가 터널처럼 좁아지고 있었다. 니나 대장이 두 번, 세 번 확인하며 우주복을 착용하라고 하는데도, 쇼버그 가족이 아랑곳 않고 기지 밖으로 나가기에 급급한 모습이 어렴풋이 보였다. 창 박사가 몇몇 사람을 체육관 안에 있는 비상탈출용 에어로크로 데려가는 모습도 보였다. 죄다 똑같은 우주복을 입고 있어서, 도무지 누가 누구인지 분간하기 힘들었다.

마침내 우리는 우주복 착용을 끝냈다. 바이올렛은 그동안 연습을 많이 했는데도 우주복의 무게에 다소 힘들어했다.

나는 머리 위로 헬멧을 눌러 쓰고 잠금장치를 잠갔다. 헬멧을 쓰자 요란한 경보 소리가 작아졌고 우주복 안에서 산소가 공급되기 시작했다. 바이올렛도 엄마의 도움을 받아 헬멧을 썼다.

"너희가 멘 산소통에는 최소 다섯 시간을 버틸 수 있는 산소가 들어 있어." 헬멧을 쓴 우리가 제대로 알아듣게 하기 위해, 엄마는 고래고래 소리를 질러야 했다. "너무 무리해서 숨 쉬지 않고 천천히 호흡하는 데만 집중하면, 열 시간까지 버틸 수 있어. 그러니까, 밖에 나가면 쓸데없이 기웃거리고 돌아다니지 말라는 뜻이야. 기지 가까이에서 서로 잘 보이도록 멀리 떨어지지 말고, 바깥 구경 즐겁게 하고 있어."

"엄마 산소는 충분해요?" 내가 물었다.

"괜찮아." 엄마가 산소발생기의 계기판을 가리키며 말했다. 계기판 바늘은 초록색의 '안전' 영역에 있었다. "여분도 많이 남아 있어. 우리가 수리를 마치면, 너희 산소도 많이 남아 있을 거야. 자, 너희 둘 다 주파수를 17번 채널에 맞추고 서로 교신하면서 다녀."

바이올렛과 나는 채널을 17번으로 바꿨다.

"잘 들려?"

내가 묻자 바이올렛이 신이 나서 외쳤다.

"잘 들려! 오빠, 안녕!"

"잘했어!" 엄마가 허리춤에서 뽑아든 무전기로 말했다. "자, 이젠 각자 안전 상태를 확인해야지."

그사이 또 한 무리의 무니들이 에어로크 안으로 들어갔다. 첫 번째 일행은 이미 기지 밖으로 나간 뒤였다. 막 헬멧을 쓰고 있는 아빠를 포함해, 우주복을 입은 채 기지 안에 남아 있는 사람은 나와 바이올렛뿐이었다. 우주복을 입으면서 우리가 너무 꼼지락거렸거나, 다른 사람들이 우리만큼 꼼꼼히 확인하지 않았거나, 둘 중 하나였다.

아빠도 무전기 주파수를 17번에 맞추자, 우리는 각자의 안전 상태를 점검했다. 우주복을 다 입었고 개별적으로 산소가 공급되고 있으니 특별히 서두를 필요는 없었다. 적어도 앞으로 몇 시간은 안심할 수 있었다.

마침내 안전 확인이 끝나자, 우리 셋은 에어로크 안으로 들어가 문을 닫았다. 에어로크 내부의 압력이 빠지고 표시등이 녹색으로 바뀌며 기지 밖으로 나가도 안전하다는 신호가 켜졌다. 우리는 에어로크 바깥쪽 문을 열고 드디어 달 표면에 발을 내딛었다.

기지 밖에 나갔다 온 지 24시간이 채 지나지 않았는데, 모든 것이 새삼스럽게 느껴졌다. 아까 밖으로 나갔을 때는 아빠가 책임지고 나를 돌봤지만, 지금은 내가 바이올렛을 책임져야 했다. 그 부담감은 이루 말할 수가 없었다.

그리고 이번에는 사람들이 많았다. 여기저기에 우주복을 입은 사람들이 북적거렸다. 다만, 모두들 가리개가 달린 헬멧을 쓰고 있어서 누가 누구인지 구별하기 힘들었다. 그나마 분간이 되는 사람은 키가 작은 바이올렛과 카모제, 그리고 이네스 정도였다.

"아빠는 기지 반대편에 있는 산소 조절장치로 가볼게." 아빠가 17번 채널로 알렸다. "너희 둘은 서로 떨어지지 말고 여기서 기다려. 수리가 끝나면 바로 기지 안으로 들어갈 수 있을 거야. 너희는 나이가 어리니까 제일 먼저 들어가야 해."

"알았어요."

"넹." 바이올렛이 말했다. "즐거운 시간 보내세요!"

아빠가 소리 내어 웃었다. "노력해보마." 그러고는 가볍게 손을 흔들어주고 기지 북쪽을 향해 움직였다.

나는 아빠가 월면차 격납고 뒤쪽으로 멀어지는 모습을 지켜보다가 바이올렛을 향해 몸을 돌렸다.

그런데 바이올렛이 보이지 않았다.

순간 눈앞이 캄캄해졌지만, 이내 달 표면을 가로지르며 뛰고 있는 바이올렛의 모습이 눈에 들어왔다. 사실 뛴다기보다는 뛰어보겠다고 애쓰는 모습이었는데, 그나마도 영 형편이 없어 보였다. 그동안 우주복을 입지 않은 상태로 낮은 중력에 적응된 탓인지, 갑자기 무거워진 몸에 적응이 잘 되지 않는 모양이었다. 바이올렛은 고작 열 걸음밖에 나아가지 못하고 그대로 고꾸라지고 말았다.

"아야! 대시 오빠! 도와줘! 움직일 수가 없어!"

바이올렛이 나아간 거리는 불과 열 걸음밖에 안 됐지만, 낮은 중력을 받으며 나아간 터라 실제로는 에어로크에서 상당히 멀리 떨어져 있는 셈이었다. 기지 주변에 삼삼오오 모여 있는 사람들과도 제법 거리가 있었다.

나는 일부러 느긋하게 이동했다. 바이올렛이 그렇게 엎어져 있는 동안은 다른 곳으로 튈까 봐 걱정할 필요가 없고, 그렇게 발버둥치는 모습을 지켜보는 게 꽤나 재미있었기 때문이다.

"나랑 바짝 붙어 있으란 아빠 말 못 들었어?"

"아빠가 재밌게 놀면 안 된다는 말은 안 했잖아."

"그럼, 거기서 그러고 신나게 놀아. 그래도 조심해야 돼."

"조심했단 말이야."

"조심하긴 뭘 조심했다고 그래? 그렇게 방방 뛰면 안 된단 말이야. 나랑 같이 다녀야지. 그리고 감을 잡을 때까진 천천히 움직여. 그러다가 실수라도 하면 어쩌려고?"

나는 바이올렛을 일으켜 세우기 위해 무릎을 꿇었다. 그러다 문득 떠오른 생각에 몸이 얼어붙었다.

달 표면에서는 사소한 실수라도 치명적이다. 자칫하면 목숨을 잃을 수 있기 때문이다. 라스 쇼버그 씨는 반대의 경우 때문에 목숨을 건졌다. 그를 해치려던 범인이 실수를 저질렀기 때문이다.

"오빠!" 바이올렛이 신경질을 부렸다. "안 도와주고 뭐 해?"

"미안. 잠깐 다른 생각 좀 하느라고."

"무슨 생각?"

"창 박사님은 자기가 정말로 라스 씨를 죽일 마음이 있었다면 그런 실수는 하지 않았을 거라고 했어. 그런데 라스 씨를 죽이려 했던 범인은 실수를 했잖아. 청산가리를 너무 적게 쓰는 실수."

"그런데?"

"범인은 일을 벌이면서 해결할 문제가 많았어. 사과 씨도 훔쳐야지, 청산가리도 만들어야지, 그런 다음 아무에게도 들키지 않고 루테피스크에 독을 넣어야 했거든. 그중에서 독을 넣는 일이 그나마 가장 쉬웠을 거야. 그러다 실수를 저지르고 만 거지."

"사과 씨가 많지 않아서 독을 많이 못 만들었을지도 모르잖아."

나는 힘을 주고 바이올렛의 몸을 반대로 뒤집었다.

"그럴지도 모르지. 하지만, 독을 조금만 사용해야 했다면 그 이유가 뭘까?"

"혹시, 라스 아저씨가 많이 미웠지만, 살인까진 하고 싶지 않았나?"

"그건 아닌 것 같아. 내 생각엔 틀림없이…."

"오빠!" 바이올렛이 갑자기 소리쳤다. "조심해!"

순간, 불안한 느낌이 나를 엄습했다. 나는 본능적으로 몸을 홱 돌리려 했지만, 우주복을 입은 상태로는 거의 불가능한 동작이었다. 거기다 무릎까지 꿇고 있으니 더더욱. 고개조차 돌리기가 쉽지 않았다.

내 우주복의 뒤에서 뭔가 툭 빠지는 게 느껴졌다.

잠시 후, 헬멧 안에서 경보음이 울렸다.

"경고. 산소 공급용 호스가 분리되었습니다. 3분 내로 연결하지 않으면, 질식사의 위험이 있습니다."

나는 호스가 그렇게 쉽게 빠질 리 없다는 것을 잘 알고 있었다. 호스가 단단히 고정되어 있는지, 부모님과 내가 네 번이나 확인했었다. 내 등 뒤에서, 누군가 고의로 호스를 잡아 뽑은 것이다.

누군가 나를 죽이려 하고 있었다.

공식 환영 인사

최초의 접촉이 있고 난 이후의 만남이 적대적이 아니라 우호적(바라건대) 성격을 띤 것으로 확인되었을 경우에는, 지구를 방문한 외계인을 환영하고 두 종족 간의 평화적 관계를 조성하는 것을 최우선 목표로 삼아야 합니다. 그러므로 가장 먼저 따뜻한 환영의 메시지를 전달할 필요가 있습니다.(메시지 전달 방식은 NASA 외계업무부의 언어팀에서 담당합니다.) 또한, 인류를 대표하여 미국 대통령, 또는 다른 국가의 지도자들이 외계인과 최초로 접촉하는 주인공이 될 수도 있지만, 국가 간의 이동 시간을 고려하면 쉽게 성사되기는 어렵습니다. 그럴 경우, 현지 주재의 고위 관료가 미국 정부를 대신하여 환영 메시지를 전달하게 되므로, 해당 관료들(미국 주재의 타국 대표들도 마찬가지로)은 지구를 방문한 외계인이 따뜻하게 환영받는 느낌을 갖게 하고, 안심할 수 있도록 신경 써야 합니다.

치명적인 공격

달 생활 252일째

까딱하면 내 생의 마지막일지도 모르는 순간

"하지 마!" 바이올렛이 소리쳤다. "우리 오빠 건들지 말라고!"

무전기에서는 바이올렛의 외침과 함께 다른 소리도 들렸다. 나를 공격한 사람이 거칠게 숨을 몰아쉬고 있었다. 그 사람은 우리와 같은 채널을 사용하고 있었다. 그가 우리 대화를 몰래 엿듣고 있다는 걸 미처 몰랐던 것이다.

"바이올렛!" 나도 놀라서 소리쳤다. "누가 내 호스를 뽑았나 봐! 네가 좀…."

나는 다시 호스를 꽂아달라고 말했지만, 바이올렛은 그 부분을 들을 수 없었다. 아니, 다른 사람들도 들을 수가 없었다. 나를 공격한 사람은 무전까지 먹통으로 만들었다. 그리고 나를 바이올렛의 몸 위로 밀쳐버렸다.

내 헬멧이 땅바닥에 그대로 부딪혔다. 다행히 근처에 바위들이 없어서 가리개가 깨지진 않았지만, 나는 흙먼지를 뒤집어쓰는 바람에 앞을 제대로 볼 수가 없었다.

"경고." 헬멧에서 또다시 목소리가 들렸다. "2분 30초 내로 산소 공급용 호스를 수리할 수 없으면, 즉시 기지로 복귀하십시오."

헬멧 안의 헤드업 디스플레이(바로 앞 유리창이나 헬멧 가리개에 정보를 그래픽 이미지로 띄워주는 전방 표시 장치:옮긴이)에 산소가 급격히 줄어드는 상태가 그래픽으로 표시되고 있었다.

말이 그렇지, 죽으라는 소리나 마찬가지였다. 기지로 돌아가 에어로크 안에 들어간 다음 압력을 맞추기까지, 2분 30초로는 턱도 없었다. 지금처럼 누군가 나를 죽이려고 안달이 나 있다면 더더욱.

나는 재빨리 몸을 일으키려 했지만, 나를 공격한 사람이 다시 나를 밀쳐 쓰러뜨렸다. 나는 있는 힘을 다해 발버둥 치면서도, 또다시 맞닥뜨린 생사의 갈림길을 과연 어떻게 헤쳐 나가야 할지 머릿속이 복잡했다. 차라리 기지 밖으로 나오지 말걸.

그 순간, 갑자기 내 모습이 보였다. 번쩍하는 빛과 함께 뭔가 잡아끄는 듯한 느낌이 들더니, 에어로크 안에 내가 서 있었다. 우주복도 입지 않았는데 멀쩡한 상태로.

다른 사람들은 모두 달 표면에 그대로 머물고 있었다. 그리고 누군가 배를 보인 채로 누워 있었는데, 그건 바로 나였다.

또 한 번, 나는 생각만으로 나를 이동시키는 데 성공했다. 그러나 이번엔 잔의 도움도 없었고, 라일리의 경우처럼 다른 사람에게 내 모습을 투영한 것도 아니었다. 나는 그저 나 자신을, 혹은 내 생각을 원하는 곳, 즉 안전한 에어로크 안에 정확히 투영시켰다. 순간적으로 너무 간절했던 나머지, 어찌하다 보니 또 한 번, 생각만으로 나를 이동시킬 수 있었던 것이다.

하지만 안타깝게도, 내 몸은 지금 달 표면에서 죽어가고 있었다. 이 순간을 기뻐할 틈조차 없었다.

나는 다시 실제의 내 몸에 생각을 집중했다. 막상 해보니 그게 더 쉬웠다. 에어로크 안에 있던 내가 다시 우주복 속으로 들어왔다. 2분 후면 목숨을 잃을 처지였다.

나는 살기 위해 몸부림쳤다. 안간힘을 쓰며 무릎을 일으켜 세웠다. 나를 공격했던 사람이 다시 나를 찍어 누르려 했지만, 내 몸에서 아드레날린이 솟구쳤다. 나는 공격을 막고 버티면서 기지 쪽으로 몸을 돌렸다. 에어로크까지 45초, 그리고 에어로크 안에 들어가 압력을 맞추는 데 1분쯤 시간이 필요할 것 같았다. 따라서 내가 15초 내로 헬멧을 벗을 수만 있다면….

문제는 나를 공격한 사람이 나를 가로막고 있다는 거였다.

무릎을 꿇고 앉아 있으니, 나를 공격한 사람의 모습이 어렴풋이 보였다. 그러나 헬멧 가리개에 가려져 있어 얼굴은 확인할 수 없었다. 도대체 누구인지, 무슨 생각으로 이러는지 도통 알 수가 없었다. 마치 인간이 아니라 로봇을 상대하고 있는 기분이었다.

상대방의 헬멧 가리개에, 무기력하게 무릎을 꿇고 있는 내 모습이 비쳤다.

그때, 가리개에 나 말고 다른 사람의 움직임이 보였다. 내 뒤에서 일어서려고 발버둥 치던 바이올렛에게도 아드레날린이 폭발한 모양이었다. 나는 바이올렛이 뭘 하려는지 알 수 없었지만, 보아하니 내 산소 공급 호스로 다가오는 것 같았다.

나를 공격했던 사람이 바이올렛의 움직임을 알아차리고 살짝 고개를 돌렸다. 그리고 바이올렛을 향해 달려들었다.

"안 돼!" 나는 비명을 질렀다.

하지만 무전기가 망가졌으니 들을 수 있는 건 나 혼자뿐이었다. 비명 소리는 내 헬멧 안에서만 맴돌았다.

나는 공격자에게 손을 뻗어봤지만, 그자는 가볍게 내 옆을 지나쳐 바이올렛한테 향했다.

"경고." 컴퓨터가 말했다. "90초 남았습니다."

바이올렛은 공격자로부터 도망치려 하면서 자기 등을 보이는 실수를 하고 말았다. 우주복에 연결된 호스들이 그대로 노출됐다. 공격자가 바이올렛의 산소 호스를 움켜쥐고 잡아당겼다.

다행히 호스가 뽑히진 않았지만, 한 번만 더 잡아당기면 뽑혀나갈 것 같았다. 내 우주복의 산소도 빠르게 바닥나고 있었지만, 여동생이 당하고 있는 것을 그대로 보고만 있을 수는 없었다. 나는 죽더라도 바이올렛은 지켜야겠다는 생각에 비틀거리며 몸을 일으켰다.

그런데 내가 반격을 하기 전, 바이올렛을 구해주려는 다른 사람이 있었다.

갑자기 나타난 그 사람이 바이올렛을 공격하던 사람에게 몸을 던졌다. 우리를 구해주려고 나타난 구세주 역시 가리개 때문에 얼굴을 확인할 수는 없었다. 두 사람은 충돌하자마자 허공으로 날아오르더니, 3미터쯤 떨어진 곳에 흙먼지를 일으키며 떨어졌다.

"경고." 헬멧 안에서 또 컴퓨터 목소리가 들렸다. "60초 남았습니다."

나는 에어로크 쪽으로 몸을 돌리고, 숨을 얼마나 오래 참을 수 있을지 따져봤다. 그러나 내가 살더라도, 살인범에 맞서 우리를 구해준 사람을 저버리는 꼴이 된다는 생각이 마음에 걸렸다.

그때 내 우주복 뒤에서 뭔가 탁 하는 느낌이 전해졌다. 나는 또 다른 공격을 받은 줄 알고 공포에 질렸다. 그런데 딸깍 하고 금속성 소리가 들리더니, 쉭 하는 소리와 함께 산소가 공급됐다. 나를 구해준 사람은 바로 바이올렛이었다.

"위기 상황 해제." 컴퓨터 목소리가 들렸다. "산소 공급용 호스가 정상적으로 연결되었습니다. 그러나 주의가 필요합니다. 산소량이 53퍼센트 남았습니다."

헤드업 디스플레이의 화면이 바뀌었다. 산소 수치가 적절하다는 표시와 함께 웃는 얼굴의 작은 이모지가 나타났다. 이제 숨이 막혀 죽을까 봐 걱정할 필요는 없었다.

바이올렛은 고작 여섯 살밖에 안 되지만, 안전 점검에 관해서는 한눈을 판 적이 없었다. 그 덕분에 나는 목숨을 건질 수 있었다.

"고맙다, 바이올렛."

나는 내 말이 들리지 않는다는 것도 모르고 그렇게 말했다. 내 무전기는 선이 빠져 있어 여전히 먹통이었다.

하지만 바이올렛한테 무전기도 고쳐달라고 할 시간은 없었다. 누군지 몰라도, 그 사람은 아직도 우리를 죽이려는 공격자와 맞서 싸우고 있었다.

문제는 두 사람 다 똑같은 우주복을 입고 있어서 누가 우리 편인지 분간할 수 없다는 거였다. 어느 순간 두 사람을 놓치는 바람에, 누가 나를 공격했고 누가 나를 구하러 왔는지 알 수가 없었다. 두 사람은 먼지를 뒤집어쓴 채 데굴데굴 구르면서 서로 주먹을 날리고 있었다.

그사이, 다른 무니들이 알아차리고 우리를 향해 서둘러 다가오기 시작했다. 그러나 그렇게 빨라 보이진 않았다.

나는 뒤엉켜 싸우고 있는 두 사람에게 향했다.

그런데 그때, 잔이 갑자기 모습을 보였다. 그녀는 여느 때처럼 인간의 모습을 하고 있었다. 하지만 우주복 따위 필요 없는 그녀가 맨몸으로 달 표면에 서 있는 모습은 지난번 해파리로 변했을 때만큼이나 특이해 보였다.

그녀의 얼굴에 충격을 받고 놀란 표정이 보였다. 우리 인간들이 또다시 누군가를 죽이려 하는 모습에 적잖이 충격을 받은 듯했다.

"대시!" 그녀가 큰 소리로 외쳤다. "괜찮은 거니?"

"네."

"바이올렛도?"

"네."

"내가 도울 일이 있을까?"

"바이올렛 좀 지켜봐주세요. 괜찮은지 계속 확인하시고요."

"알았어."

잔이 내 시야에서 사라졌다.

내 앞쪽에서는 여전히 두 사람이 뒤엉켜 싸움을 계속하고 있었
다. 싸움에서 유리해 보이는 사람이 다른 사람을 바닥에 깔아뭉개
고 가슴팍 위에 올라타 있었다. 위에 올라탄 사람이 커다란 바위
하나를 머리 위로 들어 올리더니, 상대방의 헬멧 가리개에 내리치
려 했다.

나는 그가 나를 공격했던 사람이라는 것을 알아차렸다. 어지간
히 나쁜 인간이 아니라면, 그렇게 가리개를 가격할 생각까지는 차
마 못 할 것 같았다.

나는 그대로 달려가서 그 사람에게 몸을 던져 지면 위로 튕겨냈
다. 그 사람과 함께 나도 중심을 잃고 먼지 구덩이 속으로 파묻히
고 말았다.

불행하게도, 그 사람이 들고 있던 바위까지 떨어뜨리진 못했다.
그 바람에 이제 바위 공격을 받는 건 나였다.

"경고." 헬멧 안에서 컴퓨터 목소리가 들렸다. "헬멧의 구조적 안
전에 결함이 발견되었습니다."

공격자가 다시 한 번 나를 내리쳤다.

"경고." 컴퓨터가 반복해서 말했다. "헬멧의 구조적 안전에 결함이…."

"알았다고!" 나는 소리를 꽥 질렀다. "그만 좀 해! 알았다니까!"

내 헬멧에 또다시 충격이 있었지만, 이번엔 그렇게 강한 충격은 아니었다. 누군가 그 사람의 공격을 저지한 듯했다.

간신히 몸을 일으키니 주변에 여러 명의 무니들이 보였다. 그중 세 명은 싸우고 있는 두 사람을 뜯어말리고 있었고, 다른 사람들은 그들을 돕기 위해 서둘러 다가오고 있었다.

결국, 나를 공격했던 사람이 꼼짝도 못하고 바닥에 눕혀졌다. 모두 헬멧을 쓰고 있어서 여전히 누가 누구인지 분간할 수 없었지만, 제일 먼저 나를 도우러 온 무니가 다른 사람들에 비해 키가 훨씬 큰 걸 봐서, 나는 그가 발니코프 박사라는 것을 알 수 있었다.

얼굴이 가려져 있어 그의 표정을 살필 순 없었지만, 나를 보며 무슨 말인가를 하는 것 같았다. 나는 손짓 발짓을 총동원해 무전이 들리지 않는다는 시늉을 하며, 우주복 뒤쪽을 손가락으로 가리켰다.

그러자 어떤 무니가 내 뒤로 다가왔다. 잠시 후, 무전기에서 치직 소리가 났다. 곧바로 17번 채널에서 바이올렛이 잔에게 말하는 소리가 들렸다.

"무서워 죽을 뻔했어요. 진짜, 진짜, 무서웠다니까요."

"다 끝났어." 나는 동생을 안심시키며 말했다. "이젠 안전해."

공용 통신 채널인 1번으로 주파수를 바꾸기가 무섭게, 온갖 목소리들이 홍수처럼 밀려왔다. 너 나 할 것 없이 동시에 한 마디씩 하고 있었다.

"조용!" 발니코프 박사가 고함을 질렀다. 사람들이 잠자코 있지 않으면 한 대 치기라도 할 것처럼.

갑자기 쥐죽은 듯 고요해졌다.

"좀 낫군." 발니코프 박사가 그렇게 말하고 나를 가리켰다. "누구냐?"

"대시예요."

무전기에서 사람들의 낮은 탄성이 들렸다. 공격을 당한 사람이 나라는 사실을 전혀 예상하지 못한 모양이었다.

"괜찮니?" 발니코프 박사가 물었다.

"네."

"다행이구나." 발니코프 박사가 이번에는 나를 도와준 사람한테 고개를 돌렸다. "넌 누구냐?"

"세사르 마르케스예요."

정작 놀란 사람은 다름 아닌 나였다. 세사르는 원래 자기가 하던 일을 멈추고 다른 사람한테 냅킨 한 장 건네주는 법이 없는 사람이었다. 그저 네 할 일은 네가 알아서 하라는 식으로.

무늬들 틈에서 한 사람이 튀어나오더니 세사르를 껴안았다.

"어디 다친 덴 없니?" 그녀가 물었다. 브라마푸트라 박사였다.

"그럼요. 괜찮아요."

발니코프 박사가 이제 나를 공격했던 사람을 향했다.

"당신, 누구야?"

아무 대답이 없었다. 그자는 발니코프 박사 밑에 누운 채 아무 대꾸도 하지 않았다. 움직이지도 않았다. 그 모습이 마치 백화점의 마네킹한테 말을 걸고 있는 것만 같았다.

"누구냐니까?" 발니코프 박사가 다시 한 번 다그쳤다.

그래도 그자는 아무 대꾸가 없었다.

발니코프 박사가 화를 이기지 못하고 끙끙대더니, 그자를 획 들어올렸다. 몸무게가 별로 무겁지 않은지, 그자는 생각보다 쉽게 들어올려졌다. 발니코프 박사는 그자를 부츠가 흙먼지 속에 푹 박힐 만큼 세게 쾅 내려놓았다. 그리고 그자가 쓴 헬멧의 뒤쪽에 손을 뻗어 스위치를 눌렀다.

나를 공격했던 사람의 헬멧 가리개가 위로 젖혀지면서 정체가 드러났다.

릴리 쇼버그였다.

〈지적 외계생명체와의 접촉에 대비한 NASA 업무지침서〉
(© NASA 외계업무부, 2029. 보안등급 AAA)

외계인에 의한 납치

외계인에 의한 납치 사건은 할리우드 공상과학영화에나 나오는 것처럼 여기겠지만, 가능성이 전혀 없는 것은 아닙니다. 갑자기 행방불명됐던 사람이 나중에, 외계인과 접촉했던 것으로 밝혀질 가능성이 있기 때문입니다. 그러므로 혹시라도 주변에 자신이 외계인에게 납치됐었다고 주장하는 사람이 있다면, 단순히 흘려듣지 말고* 사실을 확인해야 합니다. 위의 사례에 해당하는 사람들은 우선 격리 조치를 한 후, 진실성 여부를 확인하기 위한 면밀한 조사와 세심한 상담을 해야 합니다.

만약 여러분이 실제로 외계인에게 납치를 당하면, 외계인에게 친절하게 대하고 적극 협조하면서 최대한 많은 내용들을 기억했다가, 지구로 돌아오는 즉시 NASA 외계업무부에 연락을 취해야 합니다.

---

* 합리적 주장인 경우에 한함. 스스로 납치됐었다고 주장하는 사람은 으레 제정신이 아닌 것처럼 횡설수설하기 마련이므로(실제로 그런 사람들이 많음). 충분한 시간과 의지를 갖고 상대방의 주장을 들어주지 않으면 허튼소리로 과소평가할 수도 있음.

결판의 시간

달 생활 252일째

기지 탈출 11시간 전

기지의 산소 공급장치를 복구하는 데는 2시간 30분이 더 걸렸고, 주민들이 다시 기지 안으로 들어올 수 있는지 안전 점검을 마치기까지는 추가로 30분이 더 소요됐다. 그 시간 동안, 우리는 딱히 할 게 없어서 마냥 달 표면에서 기다려야만 했다. 우주복에서 50퍼센트가 넘는 산소가 빠져나간 터라, 나는 쓸데없이 몸을 움직여서 남은 산소까지 탈탈 털어버릴 수는 없는 상태였다.

라스 씨는 릴리가 나를 공격하는 장면을 목격하지 못한 무리들 중 한 명이었다. 그 난리가 벌어지는 동안 라스 씨는 자식 따윈 안중에도 없이 자기 혼자 살겠다고 비상탈출용 에어로크로 가 있었다. 그래놓고 뒤늦게 나타나서는 나한테 고래고래 소리를 질러댔다. 들으나 마나 내가 먼저 릴리를 해코지하려 해서 싸움이 시작된 거라며 책임을 모두 나한테 뒤집어씌울 게 뻔했기 때문에, 나는 3초 만에 무전기를 꺼버렸다. 라스 씨는 한 시간 동안이나 온갖 몸짓으로 성질을 부리고 소리 지르다가, 그래도 질식사는 면하고 싶었는지 산소 수치가 위험 수준까지 떨어지고 나서야 비로소 잠잠해졌다.

그 와중에도, 키라와 바이올렛은 기지 밖에서 자유를 만끽하고 있었다. 방금 전까지 그 난리를 겪었는데도 바이올렛은 언제 그런 일이 있었나 싶을 정도였다. 그도 그럴 것이, 달에 온 이후 바이올렛이 기지 밖으로 나온 것은 이번이 처음이었다. 두 소녀는 인류 최초로 달 위에서 옆으로 구르고 다양한 체조 동작을 시도하면서 역사를 새로 썼다. 나는 기지 가까이에 붙어 있으라고 무전을 할까 하다가, 그냥 놔두기로 했다. 하마터면 죽을 고비를 넘긴 바이올렛한테 즐거움을 만끽할 시간을 주는 것도 괜찮을 것 같았다.

기지 안으로 들어와도 좋다는 지시가 떨어지자, 급격하게 산소 수치가 떨어져 있던 내가 가장 먼저 기지 안으로 들어갔다. 바이올렛, 카모제, 이네스, 키라, 로디, 세사르까지, 다른 아이들에게도 기지로 들어올 수 있는 우선순위가 부여됐다.

평상시에는 기지 밖에서 돌아오면 우주복에 달라붙은 흙먼지를 깨끗이 털어내기 위해 최소 15분은 에어로크 안에서 기다려야 했다. 그러나 우리 뒤에 대기하고 있는 사람들이 많았고, 내일이면 기지를 떠나는 마당에 더 이상 그깟 흙먼지 때문에 전전긍긍할 필요는 없을 것 같았다. 그래서 우리는 에어로크 안에서 최대한 짧게 머무른 뒤 기지로 들어갔다. 기지가 흙먼지로 뒤덮이든 말든.

대기구역에서는 엄마가 우리를 손꼽아 기다리고 있었다. 엄마는 릴리가 바이올렛과 나를 공격하는 순간부터 무전을 듣고 있었지만, 기지의 산소 공급장치를 수리하는 일이 워낙 급했던 터라 우리한테 달려오지 못했다. 엄마는 우리 남매를 꼭 껴안고 흐느꼈다.

"정말 미안하구나. 정말 미안해."

"엄마가 왜 미안해요?" 바이올렛이 천진난만하게 물었다. "엄마가 한 것도 아닌데. 릴리가 그런 거예요."

"너희가 그런 일을 겪게 놔뒀잖아."

"그렇게 위험하진 않았어요. 대시 오빠는 좀 위험하긴 했지만요. 그래도 제가 오빠를 구했어요."

"맞아." 나는 바이올렛의 머리를 가볍게 헝클어뜨리며 말했다.

바이올렛은 밖에서 벌어진 일을 미주알고주알 엄마한테 늘어놓았다. 바이올렛이 수다를 떠는 동안, 헬멧을 어떻게 벗는지 몰라 쩔쩔매는 세사르가 보였다. 나는 천천히 세사르한테 다가갔다.

"바이올렛을 구해줘서 고마워."

세사르가 어깨를 으쓱거렸다.

"누가 꼬맹이를 괴롭히는 것 같길래, 저러면 되나 싶었지. 난 릴리인 줄 몰랐어. 그냥, 뭐 저런 사이코가 있어? 그렇게 생각했거든. 패튼이나 골드스타인 박사인 줄 알았는데."

"골드스타인 박사?"

"그래. 이상한 아줌마라니까. 식물들이랑 있으면 여지없어."

"그야, 식물학자니까….."

"식물한테 말까지 걸더라."

"식물 키우는 사람들이 대부분 그렇지 뭐. 이런 데 있으면 더 그럴 거고. 식물 앞에서 말을 하면 이산화탄소를 발생시키니까."

"이산화 뭐?"

"식물이 산소를 발생시키려면 흡수해야 하는….."

"그건 됐고. 그 사람이 릴리일 줄은 상상도 못했다니까." 세사르가 몸서리를 치면서 말했다. "내가 여자랑 싸울 줄이야."

세사르는 잠금장치를 풀지 않으면 헬멧을 벗을 수 없다는 것도 모르고 헬멧을 계속 잡아당겼다.

"내가 도와줄게."

"나 혼자서도 할 수 있어."

세사르는 할 줄도 모르면서 툴툴거렸다. 릴리랑 싸웠다는 생각에 신경이 날카로워진 모양이었다. 하긴 두 사람은 MBA에서 제법 오랜 시간을 함께 보내며 정이 든 사이였다.

세사르는 헬멧과 우주복이 걸쇠로 고정되어 있다는 것도 모르고, 성질을 부리며 그 자리를 급히 떠났다.

"와." 바이올렛이 다가오며 말했다. "엄마는 그렇게 똑똑한데, 어쩜 아들은 저렇게 멍청할까?"

"그래도, 말을 함부로 하면 안 되지. 우리를 구해준 사람인데."

"그래도, 멍청한 건 멍청한 거야."

15분쯤 지나자, 모든 무니들이 무사히 MBA 안에 들어왔다. 그리고 나는 니나 대장이 소집한 긴급 회의에 불려 갔다. 회의에는 부모님과 쇼버그 부부, 발니코프 박사, 그리고 창 박사가 와 있었다. 숙소 안에 참석한 사람들이 모두 앉을 수 있을 만큼의 큐브가 없어서, 우리는 어정쩡하게 선 채로 회의를 진행해야 했다.

쇼버그 남매가 불려 들어오자, 라스 씨가 우리를 향해 언성을 높이기 시작했다. 그는 기지 밖에서 나한테 그렇게 소리를 질러댄 탓에 목이 쉬어 있었지만, 그렇다고 그만둘 사람이 아니었다.

"릴리는 아무도 공격하지 않았소! 걔는 자기 자신을 방어했을 뿐이오!"

"다른 사람들의 증언을 들어보면, 사실과 다른 것 같습니다." 니나 대장이 냉정하게 말했다.

"아니에요!" 릴리가 소리쳤다. "저는 제 할 일을 하고 있는데, 대시가 공격했단 말이에요!"

"맞아요!" 패튼도 여동생을 편들며 나섰다. "제가 다 봤어요! 대시랑 바이올렛이 갑자기 릴리를 공격했다니까요!"

니나 대장이 쇼버그 남매를 매섭게 노려봤다. 그러자 둘은 곧바로 입을 다물었다.

"기지 밖에 설치된 감시카메라 영상을 확인했습니다." 니나 대장이 말했다. "아무 이유도 없이 릴리가 먼저 공격한 사실이 확인됐습니다. 게다가 공격 직전의 무전 교신 내역을 보니, 대시와 바이올렛의 대화를 릴리가 몰래 듣고 있었던 것 같더군요. 대시가 라스 씨 사건의 용의자로 릴리를 막 언급하려는 순간, 대시의 입을 막으려고 릴리가 공격한 것으로 보입니다."

그 말을 듣고 다양한 반응들이 쏟아져 나왔다. 사람들이 릴리의 혐의 사실에 놀라 입을 다물지 못하고 있는 동안, 라스 씨와 소냐 아줌마는 당황해서 어쩔 줄 몰라 했다. 릴리의 얼굴은 평소보다 창백하게 변했고, 패튼은 경악을 금치 못했다.

"네가 아빠를 죽이려고 했어?"

"난 아니야!" 릴리가 어이없다는 표정을 지었다.

패튼은 그녀의 말을 믿는 것 같지 않았지만, 화가 난 것 같지도 않았다. 여동생이 아빠를 죽이려 했다는 말이 세상에서 제일 웃긴 말이라도 되는 것처럼, 오히려 발작하듯 크게 웃음을 터뜨렸다.

"라스 씨한테 독을 먹인 사람은 릴리가 아니에요." 내가 나섰다.

패튼이 웃음을 멈췄다.

"릴리가 아니라고?"

"그렇다니까. 릴리는 독을 먹인 범인을 보호하려고 그런 것뿐이야."

사람들의 눈이 나한테 쏠렸다.

"그럼, 누가 범인이야?" 엄마가 물었다.

"라스 씨 스스로 한 짓이에요."

내 말 한 마디에 사건의 판도가 완전히 바뀌자, 사람들은 충격과 망연자실에 빠지며 경악을 금치 못했다.

라스 씨가 배설물 주머니 하나를 통째로 삼킨 듯한 표정을 지었다. 그러다 정신을 가다듬더니 또 소리를 지르기 시작했다.

"어디서 새빨간 거짓말을! 저 녀석은 아주 위험한 놈이라니까! 저 녀석 말을 어떻게 믿어!"

"나는 믿습니다." 니나 대장이 말했다.

생각지도 못한 말이었다. 그동안 그녀에게서 들었던 말 중에서 가장 칭찬에 가까운 말이었다. 사실, 니나 대장한테서 그런 말을 들어본 사람은 아무도 없을 것 같았다.

"그리고 나는 대시가 하는 말을 끝까지 들어볼 생각입니다. 남아 있는 게 불편하면, 나가도 좋습니다."

"하지만…." 라스 씨가 말했다.

"반대로," 니나 대장이 말을 이어갔다. "남아 있을 작정이라면 제발 그 입 좀 닥치시길 바랍니다. 안 그랬다간 평생 처음으로 험한 꼴을 당할 수도 있으니까요. 잠자코 있지 않으면, 창 박사와 발니코프 박사에게 당신을 숙소로 끌고 가라고 하겠습니다."

라스 씨는 여전히 얼굴이 붉으락푸르락했지만, 어쩔 수 없이 입을 다물었다. 저러다 왠지 귀에서 연기라도 뿜어져 나오지 않을까 걱정될 정도였다.

니나 대장이 다시 나를 봤다.

"자, 대시. 그래서 결론이 뭔지 얘기해보겠니?"

사람들이 이목이 나한테 쏠렸다. 이런 식으로 주목받는 게 불편하기도 하고, 혹시 내 추리가 틀렸을지도 모른다는 생각에, 나도 모르게 한 발짝 뒤로 물러섰다. 부모님을 쳐다보니, 두 분은 걱정하지 말라는 미소를 보내며 힘을 북돋아줬다.

"제 생각은 이래요." 나는 말을 시작했다. "누군가 정말로 라스 씨를 살해할 작정이었다면, 이번처럼 어설프게 하진 않았을 거예요. 주사기에 청산가리가 남아 있는데도, 범인은 루테피스크에 그 독을 다 넣지 않았어요. 따지고 보면 어처구니없는 실수죠. 문제는 이 기지에 천재들이 넘쳐난다는 사실이에요. 그들은 그런 실수를 할 리가 없죠. 저는 이 기지 사람이 정말로 라스 씨를 해칠 마음이 있었다면, 독을 먹이는 것보다 훨씬 나은 방법을 택했을 거라고 생각해요. 증거 따위 전혀 남지 않게 했겠죠. 그런데 범인은 어설픈 실수로 일을 망치고 말았어요. 좀처럼 이해가 가지 않는 일이었죠. 하지만, 원래부터 일을 망칠 마음이 있었다면 얘기는 달라지겠죠. 이번 사건에서 가장 힘든 점은 바로, MBA의 거의 모든 사람들이 용의자였다는 거예요. 어지간한 사람들은 죄다 라스 씨가 사라져 주길 바랄 만한 동기를 가지고 있었죠. 하지만, 저는 딱 한 명, 라스 씨가 죽지 않을 만큼만 치명적인 피해를 입기를 바란 사람이 있다는 생각이 들었어요."

"당신들, 뭐하러 이딴 얘기를 듣고 있는 거요?" 라스 씨가 참다 못해 폭발하고 말았다. "이런 얼토당토않은 얘기를! 내가 왜 치명적인 피해를 입고 싶어 한단 말이야?"

"그거야, 아저씨를 죽이려는 사람이 있다는 걸 믿게 만들려고 했기 때문이죠. 그렇다고, 정말 죽을 수는 없었고요."

"그렇게 한심한 소리는 생전 처음 들어본다. 말도 안 된다고!"

"두 분." 니나 대장이 창 박사와 발니코프 박사에게 말했다. "라스 씨를 모시고 나가주세요."

"분부대로 따르지요." 창 박사가 신이 나서 말했다.

창 박사와 발니코프 박사가 라스 씨의 팔을 한 쪽씩 붙잡았다. 몸집으로만 보면 라스 씨가 밀릴 정도는 아니지만, 두 사람이 동시에 달려드니 어쩔 도리가 없었다.

"알았다고!" 라스 씨가 질질 끌려가면서 소리쳤다. "잘못했다니까! 조용히 하면 되잖소!"

창 박사와 발니코프 박사가 니나 대장을 보며 그녀의 지시를 기다렸다.

"라스 씨에게 기회를 한 번 더 드리기로 하죠." 니나 대장이 라스 씨를 노려보며 말했다. "하지만, 한 마디라도 더 했다간 당신 없이 이번 사건을 마무리할 겁니다."

라스 씨가 고분고분하게 고개를 끄덕였다.

아빠가 나를 바라봤다.

"라스 씨가 우리한테, 누군가 자길 죽이려 한다고 생각하게 만들 이유라도 있니?"

"그래야 지구로 돌아갈 수 있으니까요. 라스 씨는 이곳 생활이 절대 즐겁지 않았어요. 그래서 가족들과 함께 빨리 지구로 돌아가고 싶은데, NASA에서는 우주선을 보낼 만한 구실을 못 찾고 있으니까…."

내가 무슨 말을 하려는지 눈치채고 엄마가 끼어들었다.

"하지만 자기 신변에 위협이 생기면, NASA는 규정대로 비용에 상관없이 우주선을 보낼 수 있죠."

그제야 비비 꼬였던 것이 풀렸다는 표정으로 사람들이 라스 씨를 쳐다봤다. 하지만 라스 씨는 아무 대꾸도 하지 않았다. 그저 부글부글 끓는 표정으로 니나 대장을 노려보고만 있었다.

발니코프 박사가 이해할 수 없다는 표정으로 라스 씨를 봤다.

"스스로 독을 먹으면서까지 그렇게 지구로 돌아가는 우주선에 타고 싶었소?"

라스 씨는 고집을 부리며 대답하지 않았다.

"그렇게 하면 두 가지 효과를 얻을 수 있죠." 내가 말했다. "실제 목숨에 지장은 없지만 응급 우주선을 보낼 명분을 만들 수 있고, 계속 기지에 남아 있다간 목숨이 위험하다는 주장을 펼칠 수도 있는 거죠. 실제로 제가 오늘 아침, 소냐 아줌마가 니나 대장님께 따지는 소리를 들었거든요."

"그건 꾸며서 한 말이 아니야!" 소냐 아줌마가 반박했다. 그녀의 부러진 코는 여전히 부어 있었다. "내 남편인데 걱정하는 게 당연하지!"

"글쎄올시다." 발니코프 박사가 투덜거리며 말했다. "어떻게 하면 집으로 갈까, 그 궁리만 하시더만."

"어느 쪽이 됐든, 소냐 아줌마의 주장은 그럴듯하게 들렸어요." 내가 말했다. "문제는, 라스 씨가 언제 독이 든 음식을 먹을 것인지에 달려 있었어요."

"여길 뜰 방법이 그것 말고는 없었을까?" 창 박사가 물었다. "나를 범인으로 몰아가면서까지?"

"제 생각엔, 박사님한테 누명을 씌웠던 건 일종의 덤 같아요. 지구로 돌아가는 건 당연하고, 이왕이면 박사님을 감옥에 보낼 수 있으니까요."

사람들이 그 말에 그렇게 놀라는 것 같지는 않았다. 라스 씨가 창 박사한테 얼마나 원한이 심했는지 모르는 사람은 없었다.

"라스 씨는 오래전에 온실에서 사과 씨를 훔쳤어요." 나는 말을 이어갔다. "언제라도 청산가리를 만들 수 있었지만, 라스 씨는 독을 먹을 적절한 때를 기다렸어요. 아무 때나 실행에 옮길 수는 없으니까요. 그러다가, 창 박사님이 밤에 구내식당을 기웃거린다는 걸 알게 됐죠."

"그건 어떻게 알고?" 엄마가 물었다.

"창 박사님 숙소 바로 위층이 저 사람들 숙소잖아요. 저는 오늘, 창 박사님 숙소 문 앞에서 구내식당이 보인다는 사실을 알았어요. 그건 쇼버그 가족 숙소에서도 보인다는 뜻이죠. 라스 씨는 창 박사님이 루테피스크가 보관된 음식 저장고에 들어가는 모습을 발견하곤, 기회가 왔다고 생각한 거죠."

"그런데 창 박사는 왜 밤에 루테피스크를 가지러 간 거지?" 아빠가 물었다.

"루테피스크가 아니었어요. 라솔닉이었지."

"라솔닉?" 아빠가 어리둥절한 표정으로 되물었다.

"피클하고 콩팥으로 만든 수프예요. 러시아 별미 중 하나죠."

"이런."

엄마가 뭔가 알 것 같다는 표정으로 아빠를 봤다. 두 분은 이미 창 박사와 발니코프 박사의 관계를 알고 있는 것 같았다.

"피클하고 콩팥이라고?" 패튼이 역겹다는 듯 몸을 움츠렸다. "웩. 말만 들어도 끔찍하다."

"진저리 나는 너네 루테피스크보다야 훨씬 낫지." 발니코프 박사가 받아쳤다.

"저는 루테피스크가 맛있다고 한 적 없어요." 패튼이 쏘아붙였다. "고양이 오줌 맛이 나서 저도 미치겠다고요."

주제가 엉뚱한 방향으로 흘러갈까 봐, 니나 대장이 끼어들었다.

"남의 음식 문화를 가지고 왈가왈부하자고 여기 모인 게 아닙니다. 네 말은, 라스 씨가 창 박사에게 누명을 씌울 기회가 생기자, 어젯밤 스스로 독이 든 음식을 먹었다는 거지?"

"맞아요. 라스 씨는 창 박사님이 다녀간 뒤 두어 시간 더 기다렸다가, 음식 저장고로 내려가서 루테피스크 몇 개를 들고 숙소로 돌아왔어요. 그리고 독이 든 음식을 먹었죠. 멀쩡한 낮 시간을 놔두고 굳이 한밤중에 루테피스크를 먹어야 했던 이유가 설명되죠."

"한밤중에 야식 먹는 사람이 어디 한둘이야?" 쇼냐 아줌마가 반박했다.

"그건 그렇지만," 창 박사가 말했다. "아무나 야식으로 루테피스크를 먹진 않죠. 그것만 봐도 이미 수상하기 짝이 없는데."

"사돈 남 말 하시네!" 소냐 아줌마가 악쓰며 말했다. "그런 당신 이야말로, 한밤중에 피클 콩팥 수프나 먹고 앉았으면서!"

"어쨌든, 그게 다 창 박사님한테 뒤집어씌우기 위한 계획이었어 요." 나는 니나 대장에게 고개를 돌렸다. "오늘 아침에 대장님이 저 한테 그러셨죠. 루테피스크에 누가 독을 주입했는지 영상을 확인하 는 건 아무 의미가 없다고요. 그러다 나중에 마음을 바꾸셨어 요. 이유가 뭐죠?"

니나 대장이 곤혹스러운 표정을 지었다.

"내가 내 생각도 마음대로 못 바꾸니?"

"다들 비상탈출을 준비하느라 정신없었는데, 갑자기 감시카메라 영상을 확인하겠다고 마음을 바꿔요?" 엄마가 물었다.

니나 대장이 잠시 머뭇거리더니 입을 열었다.

"익명의 제보가 있었어요. 누군가 내 숙소 문 밑으로 쪽지를 밀 어 넣었더라고요. 밤 열두 시부터 새벽 한 시 사이의 감시카메라 영상을 확인해보라고."

"뭔가 수상쩍다는 생각은 안 들었어요?" 창 박사가 물었다.

"지구에서도 경찰들이 익명의 제보를 받는 건 특별한 일이 아니 에요." 니나 대장이 받아쳤다.

"저는 그것도 라스 씨가 보낸 쪽지라고 생각해요." 내가 말했다. "아니면, 릴리가 대신 보냈든가. 그리고 좀 더 확실하게 누명을 씌 우려고, 식구들 중 누군가가 청산가리가 든 주사기를 창 박사님 방에 몰래 심어놓은 거죠."

"창 박사 숙소는 잠겨 있었을 텐데." 엄마가 창 박사를 쳐다봤다. "안 그래요?"

"이곳의 보안 시스템은 쓰레기나 마찬가지입니다." 창 박사가 말했다. "뇌가 반만 있어도 얼마든지 문을 딸 수 있을 겁니다. 게다가, 라스 씨는 컴퓨터라면 훤히 알고 있죠. 전에도 사고를 친 적이 있잖아요. 무례한 사람이긴 해도, 그렇게 멍청하진 않아요."

라스 씨는 잠자코 듣고만 있었다. 하지만 마냥 참고 있기엔 힘이 드는 모양이었다. 창 박사가 내뱉은 마지막 말이 결국 신경을 건드렸는지, 그는 몸을 부들부들 떨기 시작했다.

아빠가 다시 나를 봤다.

"넌 왜 릴리가 이 일에 개입됐을 거라고 생각하는 거니? 라스 씨 혼자 저지른 게 아니고?"

"라스 씨의 계획을 처음부터 알고 있었을 테니까요. 그리고 니나 대장님이 저한테 수사를 맡긴 것도 알고 있었어요. 그래서 기지 밖으로 나가서도 바이올렛과 저의 교신을 도청하고, 제가 범인이 누군지 말하려 하니까 제 입을 막으려고 공격한 거죠."

"그럼, 릴리가 살인범이 아니라고 단정할 수도 없겠네?" 발니코프 박사가 말했다.

"뭐라고요?" 릴리가 놀라서 물었다.

"지금껏 나온 얘기를 종합하면, 릴리 혼자서 일을 벌였을지도 몰라." 발니코프 박사가 말을 이었다. "라솔닉을 가지러 가는 창 박

사를 감시하고, 니나 대장에게 쪽지를 넘기고, 몰래 주사기를 숨긴
것도 다. 게다가, 우린 릴리가 두 사람을 해치려 했다는 것도 똑똑
히 알고 있지. 대시와 바이올렛. 어쩌면 이번 사건은 릴리가 자기
아빠를 살해할 목적으로 벌였는데, 어쩌다 보니 청산가리의 양이
부족했던 걸지도 몰라. 나머지 일들은 자기가 범인인 게 탄로 날까
봐 막다 보니 그렇게 된 거고."

나는 미처 그런 생각까진 못 해봤다.

어른들은 발니코프 박사의 말을 곰곰이 따져보느라 아무 말도
않고 있었다.

릴리가 당황했는지 자기 아빠를 쳐다봤다. 왠지 자기편을 들어
달라는 신호를 보내는 것 같았다.

그러나 라스 씨는 그러지 않았다. 오히려, 시선을 피하며 바닥만
내려다보고 있었다.

릴리가 곧바로 불같이 화를 냈다.

"아빠, 그렇게 아무 말도 안 하실 거예요?"

결국 라스 씨가 입을 열었다.

"듣고 보니, 그럴지도 모르겠군요."

릴리는 결국 분통을 터뜨렸다.

"어떻게 그럴 수가 있어요? 아빠 때문에 내가 무슨 짓을 했는데,
이런 식으로 배신을 해요?"

놀랍게도, 릴리가 자기 아빠를 향해 덤벼들더니, 그의 멱살을 잡
고 목을 조르기 시작했다.

창 박사와 발니코프 박사가 릴리를 떼어놓으려고 나섰다. 하지만 두 사람이 그렇게 힘을 쓰는데도 그녀는 생각보다 힘이 세서 끄떡없이 두 손으로 라스 씨의 목을 단단히 조였다. 그녀는 미친 듯이 라스 씨의 몸을 흔들면서 스웨덴어로 소리를 질러댔다.

딸한테 목을 졸린 라스 씨의 두 눈은 금방이라도 튀어나올 것만 같았다. 하얀 얼굴이 금세 붉게 변했다.

나머지 어른들도 릴리를 떼어놓기 위해 달려들었다. 그 와중에, 소냐 아줌마는 두 사람 사이에서 갈팡질팡하며 누구를 도와야 할지 괴로워하고 있었다. 그리고 패튼은 재미있는 구경이라도 하듯 미친 듯이 웃고만 있었다.

사람들이 모두 달라붙어 간신히 릴리를 떼어놓자, 라스 씨는 비틀비틀 뒷걸음을 치면서 숨을 몰아쉬었다.

"이게 다 저 애가 꾸민 일이었소!" 그가 소리쳤다. "바로 내 딸이…."

동시에 릴리도 변명을 늘어놓기 시작했다.

"아빠 때문이었어요! 창 박사한테 누명을 씌우려고 한 사람은 아빠란 말이에요! 내가 창 박사의 행동을 눈치챘을 때, 아빠가 억지로 날 끌어들였어요! 자길 도와주지 않으면 유언장에서 내 이름을 뺄 거라면서요!"

"죄다 거짓말이오!" 라스 씨도 우겨댔다. "우리 식구들은 저 아이한테 살인마 기질이 있다는 걸 알고 있었소. 우리도 막을 수가 없었단 말이오. 방금도, 저 애가 얼마나 위험한지 다들 보셨잖소?"

"이런 야비하고 더러운 뱀 같으니라고!"

릴리가 날카로운 비명을 지르며 또다시 라스 씨를 향해 달려들었다. 이번엔 창 박사와 발니코프 박사가 막았지만, 그래도 그녀는 자기 아빠의 목을 조르겠다고 발버둥 쳤다.

"예전엔 아빠를 죽이고 싶은 마음이 없었지만, 이제 와서 후회가 막심하네요! 자작극까지 벌이며 독을 먹을 땐 언제고, 이제 와서 딸한테 다 뒤집어씌우는 사람이 아빠예요? 괴물이지!"

"뭔 놈의 딸이 자기 아빠를 죽이려 해놓고, 오히려 자작극이라고 덮어씌우는 거냐?"

"그만!" 소냐 아줌마가 울부짖었다. "당장 그만들 두라고!"

그녀의 목소리가 하도 날카롭고 필사적이어서, 다른 사람들은 물론이고 라스 씨와 릴리마저 싸우다 말고 몸이 얼어붙었다.

소냐 아줌마는 화를 참지 못해 몸까지 부들부들 떨고 있었다. 그녀는 천천히 손가락을 들어 자기 남편을 가리켰다.

"그동안 당신이 무슨 사고를 치든 내가 항상 당신 옆을 지켰지만, 이번엔 아니에요. 이건 아니라고요. 당신이 나한테 유산을 한 푼도 안 줘도 상관없어요. 당신이 내 딸을 이런 식으로 대하는 걸 보고만 있을 순 없어요."

"여보, 제발…." 라스 씨가 애원했다.

"아니! 더 이상은 못 참아요!" 그녀는 우리를 쳐다보며 말을 이었다. "남편 잘못이에요. 남편은 지난 몇 주 동안 온갖 궁리를 하면서 어떻게든 이 답답한 곳을 빠져나가려고만 했어요."

"여보…."

"난 이번 일이 절대 성공하지 못할 거라고 말했어요. 하지만 소 귀에 경 읽기였어요. 그래서 나도 어쩔 수가 없었어요. 결과가 이렇게 될 줄은 꿈에도 몰랐어요. 자기 한심한 행동을 숨기려고 딸한테까지 잘못을 덮어씌울 줄이야. 릴리는 절대 누굴 해치려 한 적이 없어요."

"저랑 바이올렛한테는 그랬죠." 내가 끼어들었다.

소냐 아줌마는 그게 뭐 대수냐는 듯, 내 말을 무시했다. 그러고는 라스 씨를 노려봤다.

"릴리는 죄가 없어요. 모든 게 쟤 아빠가 꾸민 일이에요."

"여보!"

라스 씨가 버럭 소리쳤다. 그러고는 아내를 향해 스웨덴어로 소리를 질러대기 시작했다. 소냐 아줌마도 똑같이 소리 지르며 맞받아쳤고, 뒤이어 릴리까지 합세하기에 이르렀다. 스웨덴어는 후두음이 강한 언어다. 스웨덴 사람 세 명이 서로 고함을 지르는 소리를 듣고 있자니, 마치 방 안에 가득 풀어놓은 거위 떼가 가래를 뱉어 내려 하는 소리처럼 들렸다.

패튼은 큐브 하나를 차지하고 앉아서 그 광경을 가만히 지켜보고 있었다. 표정으로만 보면, 녀석에겐 오늘이 인생 최고의 날인 듯했다.

그 광경을 지켜보고 있자니, 갑자기 인생이란 참 얄궂다는 느낌이 들었다. 이미 기지 탈출 계획이 진행되고 있었는데, 그 사실을 몰랐던 라스 씨는 기지를 떠나고 싶어 그 많은 일들을 꾸몄다. 하루만 더 참았더라면 그럴 필요가 없었을 텐데.

아빠가 다가와 내 어깨에 팔을 두르며 말했다.

"자, 여기서 우리가 할 일은 더 없는 것 같구나."

"엄마 생각도 그래."

우리는 곧바로 문으로 향했다.

"잠깐만요!" 니나 대장이 외쳤다. "어디 가세요?"

아빠가 그녀를 돌아봤다.

"당신이 우리 아들한테 사건을 해결하라고 시켰는데, 방금 해결이 됐잖아요. 이제부터는 직접 해결하세요."

니나 대장이 고개를 돌려 고성을 지르고 있는 쇼버그 가족을 쳐다봤다. 그들이 자기 숙소에서 그러고 있는 게 영 탐탁지 않은 모양이었다.

"걱정 마세요." 창 박사가 니나 대장에게 말했다. "발니코프 박사와 내가 기꺼이 저 얼간이들을 지키고 있을 테니까."

그러고는 손가락 마디를 우드득 꺾으며 미소를 지었다. 니나 대장이 말만 하면 언제든 그들을 때려눕히기라도 할 것처럼.

부모님과 함께 캣워크로 나가서 보니, 아래층의 대기구역에 무니들이 모여 있었다. 문 밖에서도 쇼버그 가족이 서로 싸우는 소리가 고스란히 들려서, 그들 역시 니나 대장 숙소에서 벌어진 일을 훤히 알고 있는 듯했다.

키라와 바이올렛이 다프네 박사와 함께 달려왔다. 바이올렛의 얼굴은 아이스크림 범벅이 돼 있었다. 다프네 박사는 당황한 표정을 짓고 있었다. 세 사람도 안에서 벌어진 일을 모두 알고 있는 것 같았다.

"정말이에요?" 바이올렛이 물었다. "라스 아저씨가 스스로 독을 먹었어요?"

"그런 것 같구나." 아빠가 대답했다.

"아니, 왜요?"

"NASA를 속여 하루라도 빨리 달에서 떠나고 싶어서. 창 박사한테 누명도 씌우고."

"조금만 더 독을 먹었으면 끝장날 수 있었는데, 아쉽네요."

얀크 박사가 그렇게 말하자, 다른 무니들도 그 말이 맞다며 서로 수군댔다.

"당분간 쇼버그 가족 때문에 골치 아플 일은 없을 거예요." 엄마가 모여 있는 사람들을 향해 말했다. 그러고는 나한테 고개를 돌렸다. "대시, 그래도 네 생일이 아직 몇 시간이나 남아 있어. 혹시, 뭔가 특별히 해보고 싶은 건 없니?"

"있죠."

파란만장한 하루를 보내면서, 내 머릿속에 떠오른 생각은 한 가지뿐이었다.

"다른 일 다 제쳐두고, 잠이나 좀 자고 싶어요."

〈지적 외계생명체와의 접촉에 대비한 NASA 업무지침서〉
(ⓒ NASA 외계업무부, 2029. 보안등급 AAA)

지구를 벗어난 곳에서의 조우

인류는 달을 비롯해 화성, 그리고 태양계 내의 다른 행성에까지 식민지 개척을 추진하고 있기 때문에, 외계인과 처음 만나는 일은 지구가 아닌 곳에서 이루어질 수도 있습니다.(물론 화성 지표면의 박테리아나 바이러스와 같은, 지능을 갖지 않은 외계생명체들과 마주칠 가능성도 존재합니다.)

지구가 아닌 곳에서 외계인과 접촉했을 경우에도, 즉시 NASA 외계업무부로 그 사실을 알려야 합니다. 지구를 벗어난 곳에서는 이 지침서의 내용을 그대로 따르기 어렵겠지만, 외계업무부의 도움을 받으면, 인간들 사이의 만남은 물론, 외계인을 지구로 안내하는 데 상당한 편의를 제공받을 수 있으며, 더 나아가 인간들 사이의 유용한 통신 환경을 제공받을 수도 있습니다.

외계인의 선물

달 생활 253일째

기지 탈출 3시간 전

나는 달에서 252번의 밤을 보낸 끝에, 마침내 최고의 숙면을 취할 수 있었다.

달 표면에 나갔다가 또 한 번 생명의 위협을 받으며 극도로 피곤한 하루를 보냈기 때문일 것이다. 아니면, 8개월 만에 달에서 수면을 취하는 법에 익숙해져 비로소 편안히 잘 수 있었는지도. 아무튼 아침 7시가 됐는데도 내가 완전히 뻗어 있는 바람에, 결국 부모님이 나를 흔들어 깨웠다.

"깨워서 미안한데," 엄마가 속삭였다. "준비할 게 많아서 말이야."

실제로 그랬다. 기지를 떠나기 전에 처리해야 할 일이 많았다. 어제는 말 그대로 비상탈출이었고, 정상적으로 기지를 떠나기 위해서는 훨씬 복잡한 일들이 많이 남아 있었다. 에어로크 앞에 그대로 놓아둔 우주복들을 정리해서 깨끗이 청소하고, 기능에 이상이 없는지 점검해야 했다. 연구동에는 지구로 옮길 준비를 해야 할 장비가 한두 개가 아니었다. 게다가, 쇼버그 가족 때문에 일손도 부족한 형편이었다.

내가 잠을 자는 동안, NASA에서 우리 가족 대신 쇼버그 가족을 먼저 우주선에 태워 보내는 게 어떠냐는 제안을 보내왔다. 그래야 지구에 도착하는 즉시 감옥에 보낼 수 있다는 논리였다. 하지만 범죄자들이 무사히 지구로 송환되는 동안 달기지에 남은 아이들이 혹시 위험(산소 결핍 때문에 이미 한 아이가 생명을 잃을 뻔했다)에 빠지면 NASA 이미지에 먹칠을 할 수 있다는 판단에, 결국 원안대로 결정됐다. 사실, 쇼버그 가족이 지구로 송환되더라도 곧바로 감옥에 보내질 것 같지는 않았다. 또 설령 감옥에 가더라도 얼마든지 보석금을 내고 바로 풀려날 터였다. 현재로서는 그들을 MBA에 최대한 오래 묶어두는 것보다 더 나은 처벌 방법은 없어 보였다.

한편, NASA 홍보팀은 달기지 알파의 비상탈출 사태와 릴리가 나를 상대로 저지른 살인 미수사건이 동시에 터지자, 그야말로 '멘붕'에 빠져 있었다. 지난번 홀츠 박사 살해사건과 달리, 이번에는 딱히 숨길 방법이 없었다. 그때만 해도, 홀츠 박사의 사망을 불운한 단순 사고로 발표하고, 그다지 이름이 알려지지 않은 공무원이었던 가스 그리산은 비공개 조사위원회에서 신속히 재판을 열어 처벌을 받게 하는 것이 가능했다. 반면, 이번에 사건을 일으킨 쇼버그 가족은 세계적으로 이름이 나 있는 사람들이기 때문에, 재판을 여는 순간 엄청난 파장을 일으킬 것이 빤했다.

그 바람에, 혼란스럽지 않고 차분한 상태로 준비해야 할 기지 탈출 과정이 오히려 정반대의 상황으로 치닫고 있었다.

어이없게도, 막상 나는 기지를 떠난다는 생각에, 오히려 살짝 서운한 기분까지 들었다.

MBA에서 지내는 동안, 나는 특별히 좋아할 만한 것을 찾을 수 없었다. 하지만 나중에 그리워할 것 같은 일들이 비로소 머릿속에 떠올랐다. 온실 유리창으로 내리쏟아지는 햇빛, 키라와 함께 시간 가는 줄 모르고 즐겼던 홀로그래픽 게임, 바이올렛과 함께 달 표면에 나가 재주를 넘었던 일, 최고의 천재들과 구내식당에서 나눈 대화들.

연구동과 체육관을 어슬렁거리다가 온실 안으로 들어가니, 잔의 모습이 보였다.

골드스타인 박사는 내가 뿌리째 뽑아놓은 식물들 가운데 일부를 추려내서 다른 화분에 옮겨놓았다. 지구로 가져가서 작은 중력이 식물에 어떤 영향을 미치는지에 대해 더 면밀히 연구해볼 생각인 것 같았다. 많지는 않지만, 정신없이 부산스러운 기지 한복판에 마련된 작은 오아시스처럼 보였다.

"안녕, 대시." 잔이 말을 걸었다.

미소를 머금은 그녀의 두 눈에 푸른빛이 반짝거렸지만, 표정은 왠지 슬퍼 보였다.

"무슨 일 있어요?"

"잠깐 얘기 좀 할 시간 있니?"

나는 온실 유리창 너머로 기지 안을 살폈다. 동료 무니들이 바쁘게 움직이고 있었다. 나는 이미 상당한 시간을 한가로이 허비한 상태였지만, 그렇다고 잔과 대화를 나눌 기회를 놓칠 수는 없었다.

"그럼요. 너무 오래는 곤란하지만요."

우리는 온실에서 나가 화장실로 향했다.

다행히 화장실 안에는 아무도 없었다. 나는 가운데 칸으로 들어가 변기 위에 자리 잡고 앉았다. 화장실에 있는 것들은 하나도 그리울 것 같지 않았다.

"어제 그런 일들을 겪고도 괜찮아 보이니 다행이구나." 잔이 말했다.

"덕분에요." 나는 인류의 운명이 위기에 처해 있다는 것을 알고 있기 때문에, 나도 모르게 방어적인 태도를 보이고 있었다. "잔, 이걸 알아주셨으면 해요. 제가 비록 두 번이나 죽을 고비를 넘기긴 했지만, 흔한 일은 아니라는 걸요. 아무래도, 달에서 오래 살다 보니 그런 것 같다는 생각이 들어요. 우주착란증이나 뭐, 그런 것 때문이 아닐까요? 이곳 사람들 모두, 딱히 갈 데 없이 이 좁은 공간에 갇혀서 살다 보니…"

"내 생각도 그래."

"지구에서는 평생 한 번 경험하기도 힘든 사건들이에요."

"나도 그건 알아. 어제 내가 직접 목격한 것들이 도움이 됐어."

나는 갑자기, 잔이 왜 그렇게 슬픈 표정을 짓고 있었는지 알 것 같았다.

"그래서, 인류를 돕지 않기로 한 거예요? 그런 거예요?"

잔이 놀랐는지, 눈을 껌벅거렸다.

"내 생각을 거꾸로 이해하고 있구나. 오히려 어제 본 것들 때문에, 너한테 필요한 것을 줘야겠다는 확신이 들었는데."

"릴리가 저한테 한 짓을 보셨잖아요?"

"그랬지. 하지만 난 쇼버그 가족이 평범한 사람들은 아니라는 것도 알고 있거든. 중요한 건, 너한테 도움이 필요했던 순간에, 릴리의 행동보다 훨씬 중요한 것들을 봤다는 거야. 세사르가 나타나서 너를 도왔고, 바이올렛도 너를 도왔어. 릴리한테서 너를 보호하려고 말이야."

"그게 그렇게 놀랄 일이었어요?"

"나는 세사르가 너를 좋아한다고 생각한 적이 없었거든."

"그건 맞아요."

"그렇지만, 막상 너한테 위험한 상황이 닥치니까 조금도 망설이지 않고 너를 구하려고 했어. 자칫하면 자기도 위험에 빠질 수 있는데 말이야. 다른 사람들도 너를 돕겠다고 한 걸음에 달려왔지만, 세사르가 제일 먼저 달려왔지. 그 순간 뭔가 이상하다는 생각은 안 들었니?"

"음… 전혀요. 세사르가 위험에 처했다면 저도 똑같이 구하러 갔을 거예요. 그게 누구든 마찬가지겠지만."

"설마, 쇼버그 가족이 그렇게 됐어도?"

"그래도 대답은 예스예요. 그들을 기꺼이 도왔을 거예요."

그저 멋있는 척하려고 한 말이 아니었다. 내 말은 진심이었다.

잔이 환하게 미소를 지었다.

"은하계에서는 그런 행동을 네가 생각하는 것보다 훨씬 이상한 행동이라고 받아들이는 편이야. 물론, 어떤 종족이든 자기 가족을 구하려 하고, 공동체 사회가 위협을 받으면 함께 힘을 모아 공격을 막아내려 하겠지만, 대상이 누구든 위험에 처했다는 것만으로 그렇게 망설임 없이 도와주러 가는 행동은 보기 힘들지."

"그럼… 어제 오셨을 때는 그렇게 끔찍하진 않았다는 뜻이에요?"

"응, 전혀. 솔직히, 아주 놀랐어. 그동안 내가 너한테 인간의 결점에 대해서만 너무 많이 언급했다는 생각이 들었거든. 긍정적인 면에 대해서도 충분히 많은 얘기를 할 수 있었는데 말이야."

"그래도 음악과 미술, 그리고 사랑 얘기는 하셨잖아요."

"그래, 사랑. 나는 아직도 인간들 사이에 그렇게 끈끈한 감정적 연결고리가 있다는 사실이 놀라울 따름이야. 하지만, 그런 감정적 연결고리가 없어도 다른 사람을 구할 수 있다는 것도 확인할 수 있었지."

"사실, 그런 행동에 특별히 감정적 연결고리 따윈 필요하지 않아요. 저희 부모님도 하와이 해변에서 물에 빠져 허우적거리던 관광객들을 구해준 적이 있거든요. 두 분이 전혀 모르는 사람들이었어요."

"정말 대단하구나. 너희 종족은 서로에게 그렇게 못되고 잔인하게 굴면서도, 한편으론 그렇게나 정이 넘치고 친절한 면을 가졌다는 게. 그 두 가지 기질은 아무래도 어떤 연관이 있지 않나 싶다. 빛이 없다면 어둠이 존재할 수 없는 것처럼 말이야."

"그럼, 저희를 구원해주실 거예요?"

"그런 식으로 약속하긴 어려워. 그래도 최선을 다해볼 생각이야. 너한테 인류의 파멸을 막을 능력이 있다면, 우리 종족에게도 중요한 교훈을 전달할 수 있겠지."

그 순간, 엄청난 무게가 내 어깨를 짓누르는 듯한 느낌이 들었다. 인류 전체를 대신해 중요한 설득을 해야 한다는 부담 때문에, 엄청나게 설레야 할 기분 따위 온데간데없이 사라져버렸다. 거기에 곧 MBA를 떠날 거라는 생각이 더해지자, 도무지 어떻게 해야 할지 정신 차릴 수가 없었다.

그런데 잔에게서는 여전히 슬픈 기운이 느껴졌다.

"괜찮으신 거죠?"

"그럼, 당연하지."

"그런데 왜 별로 기분이 안 좋으세요?"

"지금이 아니면, 다시는 너를 못 보게 될 것 같아서."

갑자기 나도 기분이 우울해졌다.

"왜 못 보는데요?"

"전에도 너한테 말한 적 있잖니. 우리 종족 대부분이 내가 너와 접촉하는 걸 탐탁지 않게 여긴다고."

"그래도 위험을 감수하며 만나러 오셨잖아요."

"그래. 아무튼, 너한테 정보를 전해주는 일은 그보다 위험 부담이 더 큰 일이야. 그리고 계속해서 너를 만나면, 결국엔 그들이 그 사실을 눈치채고 말 거야."

"그렇게 되면, 처벌을 받나요?"

"그렇지."

"어떤 처벌요?"

"그건 중요한 게 아니고…."

"아뇨. 중요해요!"

"그렇지 않아. 내가 어떤 처벌을 받게 되든, 네가 할 수 있는 건 아무것도 없어. 하지만 애초에 나를 도울 방법은 있지. 우선, 내가 너한테 정보를 넘겨주면, 적어도 2년 동안은 어느 누구와도 정보를 공유해선 안 돼. 철저히 비밀에 부쳐야 한다는 뜻이야. 쉽지 않은 일이라는 걸 알지만, 반드시 지켜야만 해. 그들이 내 행적을 눈치채지 못하게 하고, 너를 만났다는 어떤 흔적도 남기지 않을 시간을 벌어야 하니까."

"저는 무슨 말인지 이해가…."

"나중에 알게 될 거야. 하지만 당장은 설명할 시간이 없구나."

그때, 화장실 문이 열리는 소리가 들렸다. 그리고 아빠 목소리가 들렸다.

"대시? 안에 있니?"

"네!" 나는 큰 소리로 대답했다.

"시간이 얼마 안 남았어."

"알고 있어요. 우주선 타기 전에 용변을 봐야 할 것 같아서요. 무중력 화장실은 여기보다 더 고역이잖아요."

"그러게 말이다. 제대로 된 화장실에 가려면 이틀은 참아야겠지."

아빠가 내 옆 칸으로 들어왔다.

나는 아빠가 바로 옆 칸에 있다는 사실을 신경 쓰지 않고 잔에게만 정신을 집중했다. 하지만 아빠가 우주복에 이런저런 호스들을 끼우는 소리가 집중을 방해했다.

지금이 잔을 만날 수 있는 마지막 기회라는 게 믿어지지 않았다. 내 딴엔, 그녀가 마음만 먹으면 언제든지 나를 만나러 지구로 올 수 있을 거라고 생각했다. 은하계의 시간으로 보면, 그녀의 행성과 지구의 거리가 달과 지구 사이의 거리에 비해 그렇게 멀다고 볼 수는 없기 때문이다. 나는 그녀에게 내가 즐겨 찾는 장소들을 보여주고, 많은 대화를 나누고, 그리고 어쩌면 그녀처럼 생각만으로 이동하는 방법을 배울 수도 있을 거라고 기대했다.

하지만 그런 일은 기대하기 힘들 것 같았다. 내가 그녀와 함께 있을 수 있는 시간은 MBA의 하고많은 장소들 중에서도 고작 화장실 안에서, 기껏해야 몇 분밖에 남지 않았다. 게다가 아빠가 내 옆 칸에서 일을 보고 있고.

나는 막 울고 싶은 심정이었다. "가지 마세요." 나는 생각만으로 잔에게 말했다.

"나도 가고 싶지 않아."

"앞으로도 계속 만날 수 있는 방법은 정말 없어요?"

"나도 그랬으면 좋겠다만, 그럴수록 위험 부담이 커져. 지금 너랑 함께 있는 것 자체가 나한테 위험한 상황이거든."

"너무해요."

"나도 알아. 그런 기분이 들게 해서 미안하구나. 솔직히 네가 보여주는 감정들, 그러니까 너의 즐거움, 사랑, 슬픔이 내가 경험한 것들과는 너무 달라서 말이야. 우리도 서로를 아끼는 감정이 있긴 하지만, 이렇게 강한 느낌은 아니거든. 너를 만나고 나서야 비로소 알게 된 감정들이야."

"처음에 홀츠 박사님을 만났을 때도 못 느끼셨어요?"

"응. 박사님과의 관계는 훨씬… 딱딱했다고나 할까. 반면에, 너는 뭐랄까… 나한테 애정을 느끼고… 나 역시 너한테 애정을 느꼈으니까."

"정말요?"

"응. 정말 놀라운 감정이야. 너희 인간들은 이런 감정을 소중히 여길 필요가 있어. 너랑 이런 감정을 주고받으면서 얼마나 황홀했는지 몰라. 너한테서 우주에서 가장 멋진 선물을 받은 기분이었어. 그 결과, 이렇게 지독하게 안타까운 감정까지 느끼게 될 줄은 몰랐지만."

잔의 형체가 지금껏 보던 것과 다르게 깜박거렸다. 왠지 그녀 스스로 제어가 안 되는 모양이었다. 그녀의 형체가 불안정하게 흔들리면서, 아주 잠깐씩 그녀의 형체가 나타났다 사라지기를 반복했다.

"잔? 무슨 일이에요? 지금 위험한 상황이에요?"

"아니… 내가… 내가 울고 있는 것 같아."

"운다고요?"

잔이 그런 말을 한 것은 처음이었다. 내가 본 그녀의 진짜 모습에는 눈물샘은커녕 눈조차 없어 보였는데.

"그렇다고 내가 너처럼 눈물을 흘리거나 하는 건 아니야. 물리적으로 슬픈 감정이 느껴지는 거랄까? 이런 적이 한 번도 없었는데."

"죄송해요."

"그렇게 생각하진 말아줘. 부탁이야. 지금 이것도 너를 통해 경험한 다른 감정들만큼이나 소중하니까."

옆 칸에서 아빠가 용변을 마치고 바지를 추켜올리는 소리가 들렸다.

"대시, 아직 멀었니?" 아빠가 물었다.

"일이 분만 더요."

"알았다. 너무 오래 있지는 마라. 너도 같이 가야 하니까."

곧이어 아빠가 화장실을 나가서 문을 닫는 소리가 들렸다.

"이제 우리가 얘기를 마무리해야 할 시간이 된 것 같네." 잔이 말했다.

"안 돼요!"

"아니야. 난 가야 해. 시간을 지체할수록 더 슬플 것 같아."

잔이 잠시 심란한 마음을 가라앉히더니, 평소의 밝고 활발한 모습이 다시 제자리를 찾았다.

"자 그럼, 마음을 편하게 먹고 나한테 모든 것을 맡겨봐."

"알았어요."

나는 잔이 시키는 대로 최대한 마음을 편히 먹었다.

갑자기, 내 머릿속에 온갖 정보들이 가득 들어왔다. 잔이 어떻게 했는지 모르겠지만, 순식간에 백과사전을 암기한 듯한 기분이었다. 잠시 동안, 나는 뭘 어떻게 해야 할지 정신을 차릴 수 없었다. 아이스크림을 너무 급하게 먹었을 때 머리가 띵해지는 것 같은 느낌이었다. 머리가 빙빙 돌았다. 자칫하면 화장실 바닥에 쓰러질 것만 같았다.

"괜찮니?" 잔이 물었다.

나는 몸을 가누며 정신을 집중했다. 머릿속에 온갖 숫자들이 뒤죽박죽 뒤섞여 있었는데, 정신을 집중해보니 숫자들 사이에 일정한 연관성이 보이기 시작했다. 무슨 뜻인지는 알 수 없었지만, 혼돈으로 이르는 질서에 관한 것들이라는 생각이 들었다. 어쨌든, 나는 그것들을 모조리 머릿속에 기억시켰다.

"다 됐어요."

잔은 그제야 마음이 가벼워진 눈치였다. 자신이 짊어지고 있던 짐을 무사히 나한테 전달했다고 느끼는 것 같았다. 하지만 슬픈 감정 역시 깊은 듯했다.

"가지 마세요."

"가야 해."

그때, 구내방송을 통해 니나 대장의 목소리가 울려 퍼졌다.

"모든 주민들은 주목하세요. 우주선 착륙 15분 전입니다. 1차 출발 대상자들은 즉시 대기구역으로 오셔서 확인을 받으시기 바랍니다."

잔이 아까보다도 더 불안정하게 흔들리는 모습으로 나를 쳐다봤다. 아까보다 더 심하게 울고 있는 것 같았다.

나도 저절로 눈물이 났다.

"저를 찾아오진 못하더라도, 계속 저를 지켜봐주실 순 있는 거죠? 가끔씩 지구로 찾아와서?"

"아니. 나를 지키기 위해서라도, 지구와의 모든 연관을 끊어내야 해."

화장실 밖에서 쿵쿵거리는 발소리가 들려왔다. 그리고 로디, 세사르, 카모제가 문을 열고 들어왔다. 나는 목소리와 웃음소리만으로도 단번에 그 애들이라는 것을 알 수 있었다. 보나 마나, 지구로 돌아가기 전에 마지막으로 화장실에 다녀오라는 소리를 듣고 왔을 게 뻔했다.

세사르와 카모제가 로디를 제치고 내 옆 칸을 하나씩 차지하고 들어갔다.

"하하." 세사르가 놀리면서 말했다. "내가 이겼지롱!"

로디가 내가 들어 있는 칸의 문을 두드렸다.

"대시, 안에 너지?"

"그래."

"화장실 전세 냈냐! 나도 쌀 거 같단 말이야."

"거의 끝나가."

"여태 뭐 했어? 우주선이 코앞에 와 있는데. 지구까지 장장 40만 킬로미터나 가야 한다고."

나는 잔을 쳐다봤다. 지금 이 순간이, 그녀에겐 인류에 대한 마지막 기억으로 남을 거라는 생각이 들어 견디기 힘들었다.

"잠깐만."

그 말과 함께, 나는 화장실 칸에서 나왔다.

로디는 하마터면 쌀 뻔한 모양이었다. 내가 문을 열고 나오자마자, 녀석은 머리부터 들이밀고 들어가서 문을 쾅 닫았다.

잔이 나를 따라 나왔다. 지금 이 순간, 우리 둘만 있다면 얼마나 좋을까. 내가 생각한 작별의 순간은 이런 게 아닌데.

"잘 가, 대시." 잔이 말했다.

"잠깐만요…."

"안 돼. 시간 다 됐어." 잔이 뚫고 나올 듯한 푸른 눈으로 나를 애처롭게 바라봤다. "행복하게 잘 살아."

그러고는 내 앞에서 사라졌다.

〈지적 외계생명체와의 접촉에 대비한 NASA 업무지침서〉
(ⓒ NASA 외계업무부, 2029. 보안등급 AAA)

의사소통의 실패

　주의 사항: 앞으로 조우할지 모르는 외계인들은 우리와는 다른 문명에서 왔기 때문에, 의사소통의 수단 역시 인류가 이해하기 힘들 만큼 완전히 다른 방법을 사용할지도 모릅니다. 그들은 인간이 인지할 수 없는 감각을 이용해 의사소통을 할 수도 있습니다.* 그렇다면, 그들과 친밀한 관계를 형성하기까지는 상당한 시간이 필요하겠지만, 우리에겐 지구 최고의 과학자들이 있기에 어떻게든 그 방법을 알아낼 것입니다. 그러므로 당황할 필요는 없으며, 동시에 우리가 느끼는 당혹감이 그들에게 전달되지 않도록 해야 합니다. 그보다는, 다정하고 친근한 느낌, 그리고 조우의 기쁜 감정이 전해질 수 있도록 최선을 다해야 합니다.

---

*외계인들은 인간이 미처 감지해낼 수 없는 영역의 시각 및 청각을 사용하거나, 인간에게는 없는 감각을 이용하여 의사소통을 할 수도 있음.

달기지여 안녕

달에서의 마지막 날

기지 탈출의 시간

우리는 우주선이 착륙하는 장면을 지켜보지 못했다. 대기구역은
우주복을 착용하는 사람들로 북적거렸고, 에어로크 안에 있는 작
은 유리창 말고는 착륙장 쪽이 보이지 않았다. 달 위에는 대기층
이 없어서 우주선이 착륙하는 소리도 들을 수 없었다. 우리는 니나
대장의 발표를 듣고 나서야, 우주선의 착륙 상황을 알 수 있었다.

"착륙은 아무 문제 없이 마쳤으니," 그녀가 말했다. "출발 준비
들 하세요."

여전히 생기도 없고 감정도 없는 목소리였지만, 그동안 들은 말
들 중에서 가장 듣기 좋은 말이었다.

모두들 어제에 비하면 훨씬 질서 있고 차분하게 우주복을 챙겨 입고 있었다. 기지에 남는 사람들은 1차로 출발하는 사람들의 우주복 착용을 돕기도 했다.

아빠와 창 박사는 몇 시간 동안 에어로크를 들락날락하면서 지구로 싣고 갈 장비들을 기지 밖으로 옮겨놓은 뒤, 지금은 안에 들어와 있었다. 아빠는 엄마의 우주복 착용을 도왔고, 창 박사는 나를 도와줬다.

바이올렛은 다프네 박사가 도와주고 있었다. 그녀는 눈물이 나려는 것을 억지로 참아내고 있었다.

"네가 너무 보고 싶을 거야." 그녀가 바이올렛한테 말했다. "넌 이곳에서 햇빛 같은 존재였어."

"지구로 돌아가서도 꼭 다시 만나요."

그러나 그 말처럼 되기는 쉽지 않을 터였다. 지구로 귀환하면 우리는 플로리다 주의 케네디 우주센터에서 검역을 위해 2주 동안 격리생활을 해야 한다. 그 이후로도 몇 주 동안 지구의 중력에 적응할 힘을 키우는 재활치료를 받아야 한다. 그런 뒤에야 세계 곳곳에 흩어져 있는 각자의 진짜 고향으로 돌아갈 수 있다. 우리 가족은 하와이로, 다프네 박사는 휴스턴에 있는 NASA 중앙관제센터로. 다시 만날 수야 있겠지만, 그렇게 쉬운 일은 아니다.

"파자마 파티를 하면 좋겠어요!" 바이올렛이 신이 나서 말했다.

"나도 그랬으면 좋겠다." 다프네 박사가 말했다. "우리, 약속한 거다?"

그녀는 마지막으로 바이올렛의 머리카락을 가볍게 헝클어뜨리고는 헬멧을 씌우고 잠금장치를 걸었다.

"다프네 박사 말이 맞아." 창 박사가 나한테 말했다. "너희들이 없었다면, 이곳 생활이 훨씬 지루했을 거야."

"뭘요. 아직 재미있는 일이 많이 남았잖아요." 나는 가볍게 놀리면서 말했다. "쇼버그 가족이랑 재미 좀 보세요. 특히, 질식사 당하지 않게 항상 등 뒤를 조심하는 거 잊지 마시고요."

"그런 거라면 내 전공인 거 알지?" 창 박사가 장단을 맞췄다. "타고난 성격이 어디 가겠니?" 그러고는 나한테 가까이 몸을 숙이고 속삭였다. "넌 아주 영리한 아이야, 대시. 지구에 돌아가서도 연락하고 지내자. NASA엔 너 같은 머리가 필요할 거야."

그 말에 나는 너무 놀라서, 어떻게 대답해야 할지 모를 지경이었다. 창 박사 같은 슈퍼 천재의 입에서 내가 영리하다는 말을 듣다니. 내가 겪은 가장 놀라운 일 중 하나였다.

"알았어요."

"좋았어." 창 박사가 내 헬멧을 든 채로 말했다. "달기지 알파의 마지막 숨을 쉬어보렴. 헬멧은 그다음에 잠가줄게."

"잠깐!" 키라가 우리 쪽으로 달려왔다. 그녀는 헬멧만 빼고 우주복을 온전히 입고 있었다. "지구로 가는 동안, 우리 서로 못 보잖아."

"그러게. 그래도 격리 기간에는 볼 수 있을 거야."

"그래도 그렇지. 이틀이나 걸리는데. 그런 의미에서…."

키라가 나를 껴안았다. 사실, 우주복을 입고 있는 탓에 진짜 포옹하는 느낌과는 많이 달랐다. 스모 선수들이 서로 배를 부딪치는 모습에 더 가깝다고나 할까.

"나랑 친구 해줘서 고마웠어, 대시. 내내 짜릿했어."

"그러게 말이야." 나도 맞장구쳤다.

놀랍게도, 키라가 내 뺨에 가볍게 입을 맞췄다. "무사히 돌아가." 그러고는 바이올렛을 보며 말했다. "너도."

키라는 바이올렛과도 스모 포옹을 주고받았다. 바이올렛은 이미 헬멧을 다 채운 상태였기 때문에, 뽀뽀는 헬멧이 대신 받았다.

"잘 가, 키라 언니! 지구에 가서 만나!"

"그래. 저 밑에서 보자."

키라는 알바레스 박사에게 돌아가서 그의 도움을 받으며 헬멧을 착용했다.

"있잖아." 창 박사가 진지한 표정으로 말했다. "만약 내가 네 나이이고, 좋아하는 여자가 있다면, 딱 저런 타입일 거야."

나는 이번에도 무슨 말을 해야 할지 몰랐다. 그래서 그저 이렇게 말했다.

"준비 다 됐어요."

창 박사가 나한테 헬멧을 씌우고 잠금장치를 걸었다.

서로 안전 점검을 마친 부모님이 우리한테 다가와 바이올렛과 내가 우주복을 제대로 착용했는지 확인하고, 창 박사와 다프네 박사에게 작별 인사를 건넸다.

니나 대장도 숙소 밖으로 나와 있었지만, 작별 인사의 손짓이나 포옹은커녕, 이별하는 사람들 사이에서 있을 법한 행동은 아무것도 하지 않았다. 그저 지시하기에 바빴다.

"여러분, 빨리 이동하세요. 우물쭈물하다간 우주선 이륙 장면을 구경만 해야 하는 수가 있습니다."

그래서 우리는 바로 에어로크로 향했다. 하워드 박사 부녀와 골드스타인-이와니 가족이 먼저 안으로 들어갔다. 그들 다음으로 차례를 기다리는 동안, 나는 마지막으로 달기지 알파를 이리저리 둘러봤다.

"이런 끔찍한 곳에서 어떻게 살았는지 몰라, 안 그래?" 로디가 물었다.

녀석은 우주복의 무게에도 버거워하며 숨을 쌕쌕거리고 있었다.

"그 정도까진 아니었어."

"왜 이러실까. 이렇게 엉망인 데가 어디 있냐? 가상현실 게임은 5년 전 기술에다, 워프 워 게임 최신 버전은 구경도 못해봤는데. 제논의 우주 해적 게임은 어떻고? 집에 가면, 일주일 동안은 게임만 해야겠다."

"넌 밖에는 안 나가냐?"

로디가 다른 행성에서 온 외계인 보듯 나를 쳐다봤다.

"쓸데없이, 왜? 게임 속에 있는 것만큼 끝내주는 게 집 밖에 하나라도 있는 줄 아냐?"

나는 어처구니가 없었다. 지구로 돌아가서 내가 가장 피하고 싶은 것이 바로 안에만 틀어박혀 있는 건데. 나는 고향으로 돌아가면 무조건 해변으로 달려갈 작정이었다. 그리고 등산하러 산에도 가고. 처음 며칠은 밤하늘의 별을 보며 밖에서 잘 수도 있을 것 같았다.

쇼버그 가족의 숙소 문이 빠끔 열려 있는 게 보였다. 그 문틈 사이로, 패튼이 부러워 죽겠다는 표정으로 우리를 노려보고 있었다. 녀석은 마지막까지 비열한 눈빛으로 나를 째려보며, 자기 스스로 구제불능임을 여실히 보여줬다. 그러고는 문을 쾅 닫았다.

우리보다 먼저 에어로크에 들어간 사람들이 기지 밖으로 나가서 바깥쪽 문을 닫았다.

"다음 차례 들어가세요." 니나 대장이 말했다.

우리 가족은 브라마푸트라-마르케스 가족과 함께 에어로크 안으로 들어갔고, 니나 대장이 우리 뒤에서 문을 닫아줬다.

우리에겐 마지막이 될, 공기 빠지는 소리가 쉭 하고 들리면서 기압이 낮아졌다. 우리는 바깥쪽 문을 열고 마침내 달기지 알파를 빠져나왔다.

달 표면에 발을 내딛자, 우주선이 눈에 들어왔다. 두 대의 거대한 우주선이 보호벽 쪽에서 희미하게 아른거리고 있었다.

에어로크 바깥쪽 문 옆에는 지구로 싣고 갈 온갖 장비들이 잔뜩 쌓여 있었다. 하워드 박사 부녀와 골드스타인-이와니 가족은 각자의 짐을 챙겨서 우주선 발사대를 향해 힘겹게 짐을 끌고 가고 있었다.

조종사인 버스터 라이스만과 카트야 킹이 짐 싣는 것을 돕기 위해 밖으로 나왔다. 그들은 우리한테 짤막하지만 다정하게 인사를 건네고 짐을 싣기 시작했다.

다른 사람들과 마찬가지로, 내게도 들어야 할 짐이 있었다. 하지만 짐을 들기엔 너무 어린 바이올렛은 예외였다. 부모님은 바이올렛한테 마지막으로 달 위를 마음껏 뛰어볼 기회를 주고 싶어 했다.

"너도 잠깐 뛰어봐." 엄마가 나한테 말했다.

"정말요? 니나 대장님이 보면 어쩌려고요?"

"뭐 어때?" 아빠가 말했다. "이제 우리 대장 노릇도 끝났는데."

그래서 나는 들고 있던 짐을 잠시 내려놓았다.

"제가 하는 거 잘 보세요. 인류 역사상 최고의 점프로 기록될 테니까요."

나는 몇 걸음을 도약한 다음, 있는 힘을 다해 뛰어올랐다. 평소 같으면 그렇게 뛸 생각은 절대로 하지 못하겠지만, 이 정도 중력이라면 얼마든지 해낼 수 있을 것 같았다.

"신사 숙녀 여러분!" 아빠가 무전으로 스포츠 캐스터 흉내를 내면서 말했다. "대시 깁슨 선수가 새로운 달 점프 신기록을 세웠습니다!"

"바로 깨주겠어."

엄마가 그렇게 말하고는 들고 있던 장비 상자를 내려놓더니 허공으로 날아올랐다.

아빠가 그 뒤를 이었다. 다른 사람들도 우리 모습을 지켜보다가, 결국 다들 짐을 내려놓고 마찬가지로 달 위에서의 마지막 즐거움을 누렸다. 카트야와 버스터도 예외는 아니었다.

몇 분 동안, 우리는 규정 따윈 안중에도 없이 한가롭게 시간을 보냈다. 공중제비를 돌거나 발레 동작을 취하거나 누가 가장 높이 뛰어오르는지 시합을 벌였다. 세사르가 로디의 헬멧에 흙먼지 덩이를 집어던지는 바람에, 둘 사이에 흙먼지로 하는 눈싸움이 벌어지기도 했다. 이제껏 어느 누구도 그런 싸움은 해본 적이 없던 터라, 지켜보는 재미가 이루 말할 수 없었다.

모두가 웃고 떠들면서 즐거운 시간을 보냈다. 비로소 달에 오면서 꿈꿨던 장면이 실현되는 기분이었다. 지금 이 순간이 아니면 엄두도 내지 못할 일들이었다.

물론, 니나 대장은 그 꼴을 보고만 있을 사람이 아니었다.

"당장 그만들 두세요!" 그녀가 무전으로 명령을 내렸다. "지금 여러분은 규정 위반 행위를 저지르고 있습니다."

우리는 그녀의 명령에 아랑곳하지 않았다. 오히려 더 신나게 뛰어놀며 서로 흙먼지를 집어던졌다.

그러다가 마침내, 이쯤에서 그만해야 할 시간이라는 것을 깨달았다. 갑자기 이리저리 뛰느라 피곤하기도 했고, 우주복 연결 부위마다 먼지가 끼어 삐걱거리는 소리가 들렸다. 우리는 짐을 내려놓은 장소로 돌아가서 각자의 짐을 들고 낑낑거리며 우주선까지 끌고 간 다음, 무사히 화물칸에 옮겨 실었다.

우주선에 올라타서 에어로크 문을 닫은 다음, 우주복을 벗고 각자의 자리에 앉았다.

이륙을 위한 최종 안전 점검에 이후로도 20분이 더 소요됐다. 마침내, 내가 8개월 동안 미치도록 듣고 싶었던 말이 관제센터에서 흘러나왔다.

"랩터 12호. 발사 준비 완료."

곧 우주선의 엔진 추진 소리가 들렸다. 우주선 전체가 마구 흔들렸고, 우주선의 추진력 반동으로 인해 좌석에 파묻힐 것 같은 압력이 전해졌다.

MBA를 설계한 사람들과 달리, 우주선 설계자들은 우주선에 유리창을 만들어놓았다. 내 자리에도 바로 옆에 유리창이 있었다. 나는 유리창에 얼굴을 바짝 들이밀고 저 밑으로 아득하게 멀어지고 있는 달기지 알파의 모습을 볼 수 있었다.

그리 긴 시간은 아니었다. 위로 올라가니 기지가 광활하게 펼쳐진 흙먼지 바다 위에 덩그러니 놓인 작은 초소처럼 보였다. 태양열 집열판이 기지보다도 더 커 보였다.

어느덧 우주선이 약한 달의 중력 영향권을 벗어났고, 우리가 달 위의 어디쯤에서 살았는지도 구분하기가 어려웠다.

우주선의 진행 방향 때문에, 지구의 모습은 볼 수 없었다. 그대신 내 시야에서 달이 점점 멀어질수록, 무수히 많은 별들이 작은 점처럼 박힌 광활한 우주가 눈앞에 펼쳐졌다.

나는 잔이 마지막으로 한 번 더 내 앞에 나타나줬으면 좋겠다고 생각했다. 그녀가 내 앞에 나타나기 위해 물리학 법칙을 따를 필요는 없기 때문에, 우주선 유리창 밖에서 그녀가 짠~ 하고 나타나기를 내심 바랐다. 아니면, 유성을 타고 휙 지나치기라도 해주길. 그러나 그녀는 모습을 보이지 않았다.

그녀가 떠나버린 것은 슬픈 일이지만, 어쨌든 그녀는 나한테 약속했던 것을 주고 떠났다. 내겐 인류를 잘 대변하고 얻어낸, 인류를 파멸에서 구해낼 비장의 무기가 있었다.

그날이 언제가 될지 모르지만, 그때까지는 충분히 안심해도 좋을 것 같았다. 하지만 내겐 그보다 먼저 해야 할 일들이 있었다.

이틀 후면, 나는 지구에 도착한다. 그곳에서 나는 산소통에서 나오는 것이 아닌 진짜 공기를 들이마시고, 본연의 맛이 느껴지는 음식을 먹고, 샤워다운 샤워를 하고, 바다에 풍덩 빠져 수영을 즐기고, 새와 곤충 들을 보고, 셀 수 없을 만큼 많은 멋진 일들을 할 것이다. 예전엔 너무나도 당연해서 고마운 줄도 몰랐던 것들을.

나는 지금 고향으로 돌아가는 중이다.

성공

　여러분이 NASA 외계업무부와 함께 노력하여 친밀한 협조 관계를 유지하면, 인류와 외계인은 서로 갖고 있는 생각과 기술 등을 교환할 수 있을 뿐만 아니라, 궁극적으로는 인류 역사를 위대하게 바꿀 수 있는 새로운 장을 열게 될 것입니다. 그러나 모든 과정이 순탄할 수만은 없습니다. 그런 과정에는 항상 크고 작은 문제와 실수가 따르기 마련입니다.

　그 과정에서 간혹 문제가 발생하더라도, 여러분이 인류의 생존은 물론, 외계인의 생존에도 대단히 중요한 순간을 함께하고 있다는 사실을 잊지 말고, 끊임없이 노력하시기 바랍니다. 여러분의 모든 행동은 역사에 기록될 사건의 일부이므로, 그에 걸맞게 행동할 필요가 있습니다. 여러분도 인류 전체를 대표하는 최고의 한 사람이 될 수 있습니다.

에필로그 #1

전송

날짜: 2043년 11월 13일

발신: 창 코왈스키 박사

소속: NASA 달과학부, 제트추진연구소

주소: 캘리포니아 주, 패서디나

수신: 대시 깁슨

제목: Re: 이것 좀 봐주실래요?

대시!

방금 전에, 네가 보낸 방정식들을 확인했다. 와우! 네가 똑똑한 녀석이라는 사실은 진즉 알고 있었지만, 이 정도일 줄은 몰랐다. 그렇잖아도, 여기에서는 세상을 완전히 바꿀 수도 있는 것들을 연구하는 중이거든. 인류에게 엄청난 영향을 미칠 수 있는 것들이지.

솔직히 말하면, 나도 잘 이해가 되지 않는 것들도 있더구나. 네가 이리나 브라마푸트라 마르케스 박사에게도 같이 보낸 건 잘한 것 같다. 둘이 머리를 맞대고 분석해본 결과, 네가 보낸 방정식은 아인슈타인 박사에게 견줘도 손색이 없다고 의견을 모았어.

빨리 만나서 얘기를 나누고 싶구나. 네가 어떻게 이런 생각을 해 냈는지 궁금해 미칠 지경이야. 너한테 전화를 했는데, 연결이 되지 않더라. 보나 마나 서핑을 즐기고 있었겠지. 아니면, 여자애들 꽁무니 쫓아다니느라 바빴든지.

어쨌든, 천재 소년. 이 연락 받는 즉시 나한테 전화해라.

창 코왈스키

에필로그 #2

머나먼 여정

지구년 2075년

보스코 행성 도착 첫날

　행성은 내 예상보다 훨씬 큰 곳이었다.

　우주에서 내려다보면 지구도 그렇게 작게 보이진 않는 편인데, 이 행성에 비하면 지구는 엄청나게 작은 행성이다. 이 행성의 둘레는 지구보다 50%쯤 크다.

　그리고 행성의 표면은 대부분 물인 것 같다.

　지구와 비슷하게 화산 분출이나 대륙판들이 서로 충돌한 형태의 육지들이 일부 보인다. 행성의 표면은 지구와 마찬가지로 동적(動的) 표면 형태를 띠고 있다. 하지만 육지의 크기는 바다에 비하면 왜소하기 짝이 없고, 그나마 몇 군데 되지도 않는 육지들은 듬성듬성 떨어져 있다. 가장 커 보이는 곳이라고 해봤자 북아메리카 대륙 정도 되는 크기이고, 드넓고 푸른 바다에 둘러싸여 있다 보니 보잘것없어 보일 정도다.

　지능을 가진 생명체가 있다면, 바닷속으로 들어갔을 것은 지극히 당연해 보인다.

내가 온갖 우여곡절 끝에, 마침내 이곳에 와 있다는 사실이 믿어지지 않는다.

이 행성이 과연 어떤 곳인지 밝혀내는 일은 내 평생의 과업이었다. 나는 MBA를 떠나 지구로 돌아간 직후, 인간의 우주여행 프로그램으로는 절대 이렇게 먼 곳까지 올 수 없다는 것을 깨달았다. 내가 죽기 전까지도 힘들어 보였다. 게다가, 달 위에 식민지를 건설하는 사업조차 예상보다 훨씬 어려운 과정을 겪고 있었다. 그후로도 몇 년이 더 지나서야, NASA는 달기지 알파를 재가동시키는 데 성공했고, 달기지 베타의 가동에는 5배나 더 많은 시간이 필요했다. 그나마 아직까지 운영이 완벽한 것도 아니었다. 행성 간의 우주여행은 언젠가는 실현될지 모르지만, 최소한 수백 년은 더 필요해 보였다.

그래서 내가 대신 몰두해온 일이 바로 이것이었다. 잔에게서 배운 것과 나 자신이 스스로 터득한 것을 결합시킨 것을 지금까지 수십 년 동안 연습해왔다. 나는 지난날 달에서 릴리 쇼버그의 공격을 받았을 때, 다른 장소로 이동하기 위해서는 엄청난 갈망이 필요하다는 것을 깨달았다. 그것은 단순히 갈망을 쏟아내는 것으로 설명하기에는 부족하고, 엄청나게 복잡한 아원자 물리학 이론을 접목시켜야만 했을 정도다. 나는 중학교와 고등학교 시절 내내 그 일에 몰두하는 동안, 내가 하푸나 비치에서 라일리 복을 마주했던 순간이나 에어로크 안에 내 모습을 투영시켰던 순간을 짧게나마 재연하며, 아주 미세한 진전을 만들어낼 수 있었다.

글쎄. 솔직히, 초반에는 거의 진전이 없었다고 해야 맞을 것 같다. 하지만 이미 내겐 두 번이나 성공한 경험이 있기 때문에, 시도를 하면 할수록 성공할 수 있을 것 같다는 희망이 있었다.

나는 코왈스키-깁슨 방정식으로 알려진 나의 이론 덕분에, 별다른 어려움 없이 대학에 진학했다.(창 박사가 내 방정식을 일부 수정하고 개선해주긴 했지만, 그는 항상 내 공로가 더 크다고 인정해줬다. 그는 이미 유명한 천재 과학자인 반면, 나는 그저 어린 학생에 지나지 않았기 때문에, 사람들은 창 박사가 그 이론의 핵심 인물이라고 믿고 있었다.) 나는 천체물리학과에 입학해 브라마푸트라 마르케스 박사의 지도를 받았다. 그녀와 나는 공간과 시간, 거리에 관한 놀라운 발견들을 이뤄냈지만, 나는 나만의 숨은 목적을 절대로 내색하지 않았다. 그 목적은, 잔처럼 나도 생각만으로 은하계를 넘나들 수 있는 방법을 찾는 것이었다.

내 목적을 아는 사람은 오직 바이올렛뿐이었다.

바이올렛은 나와는 사뭇 다른 방식으로, 자기 노력만으로 세계적인 과학자가 되었다. 바이올렛은 극적인 순간을 만들어내는 천부적인 재능을 가지고 있어서 언제나 사람들의 이목을 집중시켰다. 그런 그녀가 과학계를 대표하는 중요한 대변인들 중 한 사람이 되어 대규모 청중을 상대로 강연하고, TV 프로그램 〈코스모스〉의 다섯 번째 진행자가 된 것은 물론, 이따금씩 영화 〈스타트렉〉 시리즈에 카메오로 출연하기까지 한 것은 나로서는 전혀 놀랄 만한 일이 아니었다.

바이올렛은 나 말고 잔의 존재를 알고 있는 유일한 사람이었다. 그녀는 내가 성공했던 것처럼 생각을 이동시켜본 적은 없었지만, 늘 그것이 가능하다고 믿었을 뿐 아니라 나와 함께 그 일에 몰두하기도 했다. 수십 년 전, 우리가 달을 떠나 지구로 돌아온 뒤로 세월이 한참 지난 어느 날이었다. 바이올렛과 나는 부모님이 살고 있는 하와이의 집을 방문했는데, 그날 나는 집 반대편에 있던 바이올렛에게 내 생각을 투영시키는 데 성공할 수 있었다.

가만히 생각해보면, 어떻게 성공했는지 그 방법을 알아내는 것이 가장 어려운 부분이었다. 일단 방법을 알게 되자, 익숙해질 만큼 기술을 연마해야 했다. 어느 정도 시간이 흐르자, 나는 좀 더 먼 거리에서 바이올렛에게 내 생각을 이동시킬 수 있었고, 나중에는 지구 반대편에서도, 그리고 개나 고양이나 영양 같은 다른 동물에게도 내 생각을 투영시킬 수 있을 정도가 됐다.(잔의 말은 틀린 말이 아니었다. 영양은 정말 별 생각이 없는 동물이었다. 하지만 돌고래들과의 교감은 정말 놀라웠다.)

이따금씩, 다른 사람들에게도 내 생각을 전달할 수 있었다. 하지만 내 능력을 그들이 눈치채는 것을 원치 않았기 때문에, 그때마다 상당히 조심스러웠다. 혹시라도 CIA가 눈치채고 나를 이용하려 하면 어쩌나 하는 착각마저 들곤 했다. 그래서 나는 라일리 복에게 조차 내 능력에 대해서는 입도 벙긋하지 않았다. 그녀는 그저 어느 날 해변 위를 거닐다가 내가 나타나는 꿈을 꿨다고 착각했고, 나는 그녀가 계속 그렇게 믿게끔 내버려뒀다. 그래도 가끔씩 그녀의 머릿속에 나타나 그녀를 깜짝 놀라게 하거나 헛것을 본 것처럼 만들곤 했다.

어쨌든 내가 주로 교감한 상대는 바이올렛이었기 때문에, 어느 정도 시간이 지난 뒤 그녀 역시 방법을 알아내고 나한테 자기 생각을 보낼 수 있게 됐다. 그녀의 능력은 나만큼 자연스럽지 않았지만, 우리 둘 사이에 굳이 전화가 필요 없을 정도인 것은 분명했다.

보스코 행성의 태양은 지구의 태양보다 더 뜨거워서 대기층이 펄펄 끓을 정도지만, 바닷물의 온도는 정말 따뜻했다. 물의 성분이 무엇인지는 알 수 없어도, 온전히 전해지는 물의 느낌은 지구의 바닷물과 똑같았다. 하긴 물이란 게 원래 그런 거니까.

하지만 수중 환경은 완전히 딴판이었다. 처음에 얼핏 봤을 때는 상어, 불가사리, 해삼 등 엄청나게 다양한 형태와 크기를 가진 생명체들이 사는 지구의 바다와 별다를 게 없는 줄 알았다. 그런데 막상 생명체들을 가까이에서 보면 볼수록 지구에서 보는 것과는 완전히 다른 형태였고, 어떤 것들은 내가 상상조차 못했던 형태를 이루고 있었다. 눈부시게 아름다운 형태의 생명체가 있는 반면, 꿈에 나타날까 두려운 생명체도 있었다. 어찌나 놀라운지, 입이 다물어지지 않을 정도였다. 지금은 해양생물학자가 된 키라가 이 광경을 본다면 넋을 놓고 쳐다볼 게 분명하다. 혹등고래 연구의 권위자이면서 지구에서 가장 급진적인 환경운동가가 된 키라는 전 세계를 돌며 환경보호를 위한 집회와 시위를 이끌고 있었다.

나는 은하계를 가로질러 나를 이곳으로 이끌었던, 내 마음속으로 전해지는 신호가 있는 곳을 향해, 내 생각을 온전히 집중하며 바닷속을 헤치고 나아갔다.

앞으로 나아갈수록 지능을 가진 생명체의 징후들이 느껴졌다.

바다 밑에는 지구와는 전혀 다른 구조물들이 자리 잡고 있었다. 인간들이 자연의 의지를 꺾으며 나무들을 베어내고 아스팔트로 도로를 냈던 방식이 아니라, 태초의 자연 환경과 조화를 이루고 있는 구조물들이었다. 그들의 구조물은 벽돌과 콘크리트가 아닌, 수정과 막으로 둘러싸인 기포로 만들어진 것 같았다.

지구에서는 아직도 자연을 파괴하는 건설 방식을 버리지 못하고 있었다. 인간은 여전히 엄청난 양의 쓰레기를 방출하고 있었고, 울창했던 열대우림은 파괴되어 잘게 조각났으며, 멸종 위기의 고릴라와 코뿔소, 코끼리는 자취를 감추고 말았다. 하지만 코왈스키-깁슨 방정식 덕분에 개선의 조짐이 나타났다. 지구의 온도는 더 이상 높아지지 않았다. 인구 숫자도 더 이상 증가하지 않고 적정선에서 유지되고 있었다. 위기를 극복할 수 있다는 희망이 생겼다.

그 방정식을 지지하는 사람들은 왜 이제야 이런 이론을 발견했느냐는 반응을 보였다. 과학자들은 곧바로 그 이론을 지지하고 나섰다. 그들은 그 이론이 얼마나 혁명적인 것인가를 알고 있었다. 물론, 새로운 이론에 문제를 제기하고 나선 사람들도 믿기 힘들 정도로 많았다.

새로운 변화를 두려워하는 보수적 기업들은 로비스트들을 동원해 의회를 압박했고, 엄청난 비용을 들여서 허위 정보를 유포했다. 창 박사와 나는 졸지에 나쁜 사람으로 몰리고 말았다. 혼란에 빠진 사람들은 급기야 과학을 부정하기에 이르렀고, 과학을 비정상적이라며 매도하는 사람들까지 나타났다. 게다가 정치인들은 그들의 말을 고스란히 받아들였다. 결국, 변화를 이루어내기까지는 생각보다 훨씬 오랜 시간이 걸렸다.

다행히, 잔이 그토록 우려했던 일은 발생하지 않았다. 그 이론을 다른 사람들을 파괴하는 행위에 사용하려 하는 사람은 아무도 없었다. 적어도 내가 알기론 그랬다.

처음으로, 이 행성의 종족으로 보이는 생명체들이 눈앞에 나타났다. 그들은 잔처럼 아름다운 형체를 갖고 있었다. 나는 그들이 물속을 유유히 헤엄치는 모습을 지켜봤다. 그들의 움직임은 너무나 우아해서 눈을 떼지 못할 지경이었다.

그 순간, 낯선 느낌에 나는 정신이 번쩍 들었다. 딱히 뭐라고 설명할 방법은 없지만, 수백 개의 감정이 한 번에 느껴지는 것처럼, 뭔가 기분 좋은 기운이 강렬하게 전해졌다. 마치 콘서트장이나 스포츠 경기장에 와 있는 사람들이 느낄 법한 행복한 기분이랄까.

이 행성의 종족이 내게 다가오고 있는 게 느껴졌다. 그들은 인간들과는 다른 방식으로, 즉 언어가 아닌 생각을 이용해서 의사소통을 하고 있었는데, 나는 그들의 생각을 읽을 수 있었다. 그들이 가진 친절과 조화의 감각을 고스란히 느낄 수 있었다.

이곳은 불쾌한 생각이나 불끈 치미는 분노 따윈 존재하지 않는 다른 세상 같았다. 그들은 몸집만 달라 보일 뿐, 겉모습은 나와 너무도 흡사했다. 잠시 정신을 가다듬을 시간이 필요했다. 나는 애초에 내가 찾으려고 했던 대상을 찾기 위해 정신을 집중했다.

느낌이 왔다. 나는 그 느낌에 집중했다. 순간 끌려가는 듯한 느낌이 들더니, 그녀의 머릿속에 내가 들어갈 수 있었다.

그녀는 깜짝 놀란 듯했다.(예전에 그녀가 내 앞에 갑자기 나타났을 때의 내 모습 같았다.) 그리고 수많은 감정들을 한꺼번에 쏟아냈다. 그중에는 내가 이해할 수 있는 것들도 있었고, 이해할 수 없는 것들도 있었다. 믿기지 않는 듯한 감정, 놀라움, 그리고 살짝 두려워하는 감정까지 느껴졌다. 하지만 잠시 후 그녀는 이게 어떻게 된 일인지, 내가 누구인지 알아차렸고, 비로소 안도하며 따뜻한 마음으로 기쁜 감정을 주체하지 못했다.

그녀가 나처럼 웃을 수 없다는 것을 알지만, 나는 그녀가 미소를 짓고 있는 것을 느낄 수 있었다. 나도 웃고 있는 내 모습을 그녀에게 투영시켰다.

"안녕, 잔."

☆The End☆

_작가의 말

앞서 출간한 두 권의 '달기지 알파' 시리즈를 통해 개릿 라이스만에게 감사의 말을 전한 바 있지만, 다시 한 번 고맙다는 말을 하고 싶다. 전직 우주비행사이자, 지금은 스페이스X에서 인류의 우주비행 프로젝트를 총괄하고 있는 개릿은 우주로의 여행이 어떤 것인지에 대한 경이로운 비전을 내게 보여줬다. 그는 우주만큼이나 신비로운 사람이다. 개릿의 도움이 없었다면, MBA 시리즈는 존재하지 못했을 것이다. 아울러, 특별히 내게 제트추진연구소를 탐방하게 해주고 미래의 우주 탐험에 대한 이해를 도와준 매튜 골롬벡에게도 고마움을 전하고 싶다.

이에 덧붙여, 개릿의 아내인 사이먼 프랜시스, 뛰어난 편집자로서 MBA 시리즈를 진행시켜준 크리스틴 오스트비, 선장 역할을 하며 모든 일을 진두지휘해준 리즈 코스나르, 언제나 내게 전폭적인 지원을 아끼지 않으며 책을 출간해준 저스틴 찬다, 마음에 쏙 드는 표지를 만들어준 디자이너 루시 루스 커민스, 나만을 위한 특별한 대리인이자 나를 중견 작가로 만들어준 제니퍼 조엘, 나의 뛰어난 자료 도우미들인 엠마 소렌과 네이트 맥러드에게도 고마움을 전한다.

　나의 아버지 로널드 깁스와 어머니 제인 깁스, 두 분은 내가 과학을 사랑하고 글쓰기를 좋아하도록 키우셨다. 아버지는 연구 활동을 하며 미래의 의사들을 가르치던 병원에 기꺼이 나를 데리고 다니셨고, 어머니는 귀찮은 내색 하나 없이 밤에도 나를 차에 태워 도시의 이곳저곳으로 데리고 다니셨다. 그 덕분에 나는 어린 시절에 핼리혜성을 지켜볼 수 있었다.

　또한 나의 아내 수잔은 물론, 나의 자녀들인 대시와 바이올렛에게도 말로 다 할 수 없는 고마움을 전한다. 우리끼리 매일 밤 서로 주고받는 말이지만, 이 기회에 글로 남기는 것도 좋겠다는 생각이 든다.

　여보, 그리고 애들아, 하늘만큼 땅만큼, 사랑해.